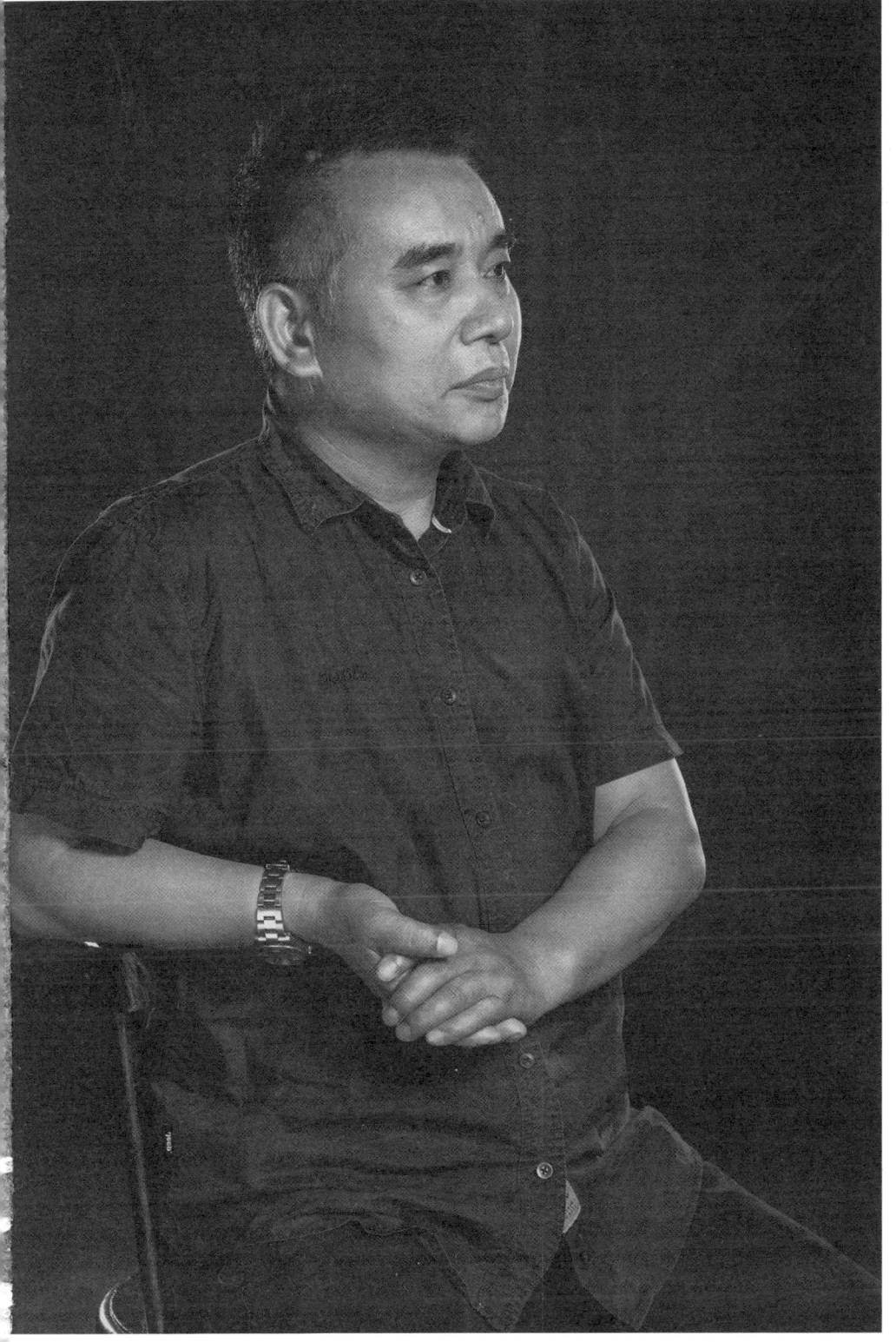

喊山应

王跃文 著

图书在版编目（CIP）数据

喊山应 / 王跃文著. -- 长沙：湖南文艺出版社，
2021.9（2021.12 重印）
ISBN 978-7-5726-0303-7

Ⅰ.①喊… Ⅱ.①王… Ⅲ.①散文集 - 中国 - 当代
Ⅳ.① I267

中国版本图书馆 CIP 数据核字 (2021) 第 151197 号

喊山应
HAN SHAN YING

王跃文　著

出 版 人	曾赛丰
责任编辑	张文爽
书籍设计	刘盼盼
出版发行	湖南文艺出版社（长沙市雨花区东二环一段 508 号 邮编：410014）
网　　址	http://www.hnwy.net
印　　刷	湖南省众鑫印务有限公司
经　　销	湖南省新华书店
开　　本	880mm×1230mm 1/32
印　　张	10
字　　数	187 千字
版　　次	2021 年 9 月第 1 版
印　　次	2021 年 12 月第 2 次印刷
书　　号	ISBN 978-7-5726-0303-7
定　　价	56.00 元

（若有印装质量问题，请直接与本社出版科联系：0731-85983029）

题记

  我家老宅门口是山间平地,尚算开阔;四周却是群峰耸峙,山高涧深。乡下人独自走山路,或在山间劳作,寂寞了,大喊几声,回声随山起落。此即喊山应。心里灵空的乡下人闭上眼睛喊山,能从喊山应里听出山的模样。

  我的文学写作,何尝不是喊山应呢?文学是寂寞的人,做的寂寞的事。我写过的那些人和事,那些时间和空间,那些实和虚,那些真和幻,都是人世的回声。透过我的文字回声,或许能看出人世的模样。

目录 CONTENTS

我的文学原乡 1

我的文学创作 49

我的文学检讨 171

附 录 229

王跃文的别一种风骨 231

权力镜像中的人心
——读王跃文的小说 242

时代蜕变中的诗意瞩望
——论王跃文的《漫水》 251

拒绝游戏 民间立场 灵魂写作
——论王跃文的文学观及其创作实践 268

王跃文小说原创性初探 280

王跃文文学年谱（1962—2020） 292

我的文学原乡

一

淑水河从南边深山奔腾而下，流到我的村子漫水，水势早已平缓了。河两岸是宽阔绵延的平地，田里的庄稼，油菜、稻子、甘蔗、橘子、西瓜，四时不绝。老辈人没出过远门，直把家乡当平原。我同老人们谈天，告诉他们淑水流入沅江，沅江入贯洞庭，洞庭汇入长江，长江奔向东海。老人们却同我讲神话，说淑水边有座鹿鸣山，山下有个蛤蟆潭，潭里有个无底洞，无底洞直通东海龙宫。

家乡地名"淑浦"二字首次见诸文献，是在屈原的《涉江》里。2300多年前，三闾大夫溯淑水而上，一个雪日黄昏，船泊吾乡。淑水两岸森林茂密，猿猴的叫声甚是凄凉，群山高耸遮蔽了天日，雨雪纷纷无边无垠，浓云黑黄塞满了天宇。诗人孤独迷茫，"入溆浦余儃佪兮，迷不知吾所如"。屈原不知自己到了什么地方，也不知道还将到哪里去。

我生长在屈原行吟过的土地上，这里至今保留着许多屈原的遗迹和传说。我自小踩着的土地，必定印有屈原的足迹；溆水两岸的芷草和香兰，必定是屈原采撷过的；旧县志说屈原坐过的亭子，虽夏暑而无蚊蚋；屈原垂钓过的江畔水潭，鱼至今还在水底僵侗。

沈从文说旧时溆浦人的营生靠的是"一片田地，一片果园"，说得颇有道理。溆浦农人自古相信一句话：人勤地不懒。溆浦人吃得苦，老天又赐下膏腴之地，这里的出产自是格外丰富。这方土地一年四季从不空闲，凡南方应有之物皆能产出。溆浦出产之物最可夸耀的是柑橘、红枣和西瓜，早已闻名遐迩。

"溆浦"二字皆从"水"旁，可见此地与水有深缘。境域内溪河密布，先民们沿溪依河而居，故地名多从"水"字，单是乡镇地名同"水"有关的，就在半数以上。这些地方，南起温水、龙庄湾、龙潭、沿溪、北斗溪、九溪江，经统溪河、龙王江、桐木溪、麻阳水，北到谭家湾、木溪、大渭溪、水隘、让家溪，西起洑水湾、江口、舒溶溪，经水东、桥江，东到油洋、两江、善溪。毕竟又是山区，有些地名就免不了山的意思，比如小横垅、岩家垅、岗东。但溆浦并不因为是山区，就缺少肥沃的土地。每一条河谷，都是一条米粮川。这自然也可从地名上看出来，比如黄茅园、葛竹坪、两丫坪、陶金坪、马田坪、低庄、均坪、水田庄、新田，这些地名都同山间盆地相关。县境中部南起水东，往北到麻阳水、桥江、低庄，方圆几百里皆为连绵沃野，一马平川。若欲简要概括溆浦地理地貌特征，"山""水""坪"三字，应为精当。

世界上每一条河流都是一个古老的故事。溆浦的文明史同中原地区大抵同步，春秋时代这里虽为偏僻之地，却早已在王化之内。汉初置县，从此日渐鼎盛。自古多有文人高士流寓溆水，留下过华章佳句。自屈原开始，南朝梁简文帝萧纲、唐代诗人王昌龄、明代学者王守仁等，都在溆浦写下过诗篇。王昌龄在溆浦作诗送别朋友："溆浦潭阳隔楚山，离尊不用起愁颜。"

溆浦属古楚地，方言多古音古韵。杜牧的诗："远上寒山石径斜，白云生处有人家。停车坐爱枫林晚，霜叶红于二月花。"这诗用普通话读不怎么押韵，用溆浦话念出来，"斜""家""花"三字都是押韵的。

旧时山地封闭，往往十里不同音，五里不同俗。山水阻隔的绝塞之境，反倒成就了古老风俗的多样，且得保存和流传。正宗的傩戏、目连戏，如今在溆浦乡下均可看到。溆浦地方戏辰河高腔高亢悲怆，最宜表演古典悲剧，观之令人联想到屈原《国殇》的调子。溆浦民风天真朴拙，年节多有舞龙灯、唱船灯、唱蚌壳灯、划龙船之俗。凡风俗皆有典故，或为纪念，或为祈祷，或为庆祝，但年月久了，早已忘却本意，演化成纯粹的娱乐。这正是乡人可爱之处，凡年节总是热闹为好。

乡俗亦有古趣，尤见于节庆，又以年俗为盛。家乡童谣说：二十五，推豆腐；二十六，熏腊肉；二十七，献雄鸡；二十八，打糍粑；二十九，样样有；三十夜，炮仗射！童谣用溆浦话念，"夜"和"射"也是押韵的。献雄鸡，指的是杀公鸡。进入腊月，溆浦人宰五禽六畜，忌用"杀"字，而用"献"字。大概是古时献祭之俗的遗风。过年不兴吃母鸡，得吃公鸡。用作年夜饭菜的公鸡，早在夏秋就阉了，长得极是肥硕。早早阉了备作过年的公鸡，亦称作献鸡。童谣所述时间，只是为了押韵，亦渲染操办过年的讲究和热闹。热热闹闹的童谣，也见出孩子们盼年的兴奋。正如俗话说的：大人望插田，小儿望过年。插田才有饭吃，这是大人想的事；过年才有好吃好玩的，这是小儿喜欢的事。

杀猪通常在腊月初，离过年还有些日子。不太讲究的就喊作杀年猪，虔敬的人家会说是献年猪。旧时，溆浦乡下人家家养猪，过年是必杀年猪的。只要忙得过来，年猪尽量早杀，为的是熏成腊肉。杀年猪那天，早上听得猪叫，小孩子一滚就从床上爬起来看热闹，从煺毛、开膛，直看到过秤。秤砣在秤杆上面慢慢地滑,主妇的心高高地提着,只望称出个好看的斤两。听得男人喊一声:一百八十五!主妇便撩起围裙揩手,嘴角露出笑容。有人便说:要是往日送食品站,称活猪足有两百斤。主妇笑得就更欢了,一年的辛劳真是值得!

献年猪是要请客的,俗称吃血汤肉。新鲜的猪血、猪肝、猪菌油、猪里脊肉,汤汤水水煮一大锅,再添些配菜,便是丰盛的血汤肉。放了胡椒粉、姜丝和葱花的血汤肉,吃起来极是酣畅,头顶直冒热气。男人再喝上几杯烧酒,把来年想干的几件要紧事,都摊到桌面上来讲了。女人兴许会在旁边泼冷水,说你喝几碗马尿就说大话,平日你懒得像黄儿蛇。没几个人说得清黄儿蛇长的什么样子,只听说黄儿蛇喜欢挂在树上晒太阳,那是很懒的蛇。

家家都会熏腊肉,却各家都有绝招。好腊肉得慢慢熏,不可浓烟急火,而是烧清炭火。清炭火熏出的腊肉,色泽黄黄的,透亮透亮。这须是殷实人家,天天烤着没有烟头子的清炭火,腊肉就挂在火塘上方。乡下房子的堂屋通常有个烤火的火塘,一个四方形的坑,冬日成天生着火。火塘上方是熏肉的架子,腊肉、鸡肉、鸭肉都挂在上面。客人进屋,必要先望望主人家的熏肉架子,高声喊道:你屋年热闹啊!主人必说:哪有你屋热闹啊!此为乡下人的礼貌。

溆浦人的年夜饭，一定要煮腊猪头。腊猪头过年时叫"财头"，或"万仙子"。"财头"的意思好懂，祈愿来年财源广进。"万仙子"是哪几个字，我至今没有考证出来，不能确知是什么意思。总之应是美好的愿望。财头一大早就下锅煮，炖得腊香满屋。炖好之后，切成两半，郑重地放在祭盘里，托到神龛前，焚香九炷，三炷一把，插在香炉里，又配以供果、供酒，拜祭祖先。讲究的人家，还得端着祭盘上坟拜祖宗。一应仪式完毕，主妇拿刀把财头肉切成小块。小孩子们早馋得不行了，围着砧板抢肉吃。家家户户门前，都是满嘴油光光的小孩子，手里都抓着财头肉。

小孩子们吃得满肚子油腻了，年夜饭才摆上桌子。乡下人吃饭，平时没多少讲究，有蹲在门口吃的，有端着碗满村打转的，小孩子最爱端了碗出去同别人换菜吃。一条小溪从村子里流过，有那喜欢蹲在溪边吃饭的，吃完饭顺手就把碗放在流水里洗了，拿筷子敲着碗，吹着口哨进屋。团年饭却得关起门吃，叫花子敲门都不会开的。八仙桌的摆法也有规矩，桌面的木板不能竖对着门，怕财喜流出去。家里人再多，八仙桌再小，也都围在一桌吃团年饭。辈分大的坐着吃，辈分小的站着吃。团团圆圆，和睦吉祥。

一家人围在桌前吃年夜饭，大人们兴致勃勃，小孩子们心不在焉。孩子们早吃饱了，心里只惦记着压岁钱。小孩子们要拿到压岁钱,得先陪着大人守岁。守过子夜,迎来新岁,大人才掏出钱来。我小时不识"守岁"二字,一直以为是"收税"。大些的小孩有心眼,压岁钱到手就藏起来了。小小孩压岁钱放在枕头下压一晚,第二天又回到大人口袋里去了。小小孩记事的,醒来会再问大人要钱,或是哭闹。大人脸色变了,说:新年新时不准问别人要钱,新年新时不准哭的!小孩子玩得太疯,或惹了祸,或是哭了,便会挨巴掌。又有说法了,说是小孩子新年挨打,越打越长高的,喊作"打长"。

新年不要账,确是敝乡一俗。大年三十,吃过年夜饭,通常是自家人围着火炉守岁。偶有外人上门,必是借了你家钱粮的。账不过年,年关必有交代。有钱钱交代,无钱话交代。上门来的,照例先是夸你屋年热闹,再是东拉西扯。主家明白客人来意,也不点破,客气待茶。礼数差不多了,客人就万分歉意,或是先还上一些,或请再宽限些日子。俗话说,伸手不打笑面人,主人家自然也会客气,只道不急不急,好好过年吧。

正月初一,家家都会睡懒觉。先天守岁晚了,早起也早不了。又有说,"觉"同"窖"谐音,多睡觉,就是多挖窖。这窖,当然是金窖银窖。起床之后,见人就拱手拜年,说的尽是吉利话。正月的禁忌很多,比如不准说不吉祥的话,不准掏人家口袋,不准空手进人家的门,男人不下地,女人不做针线。初一不准扫地，怕把财气扫掉，也不倒垃圾，亦是财不外送的意思。

非亲非故说拜年，只是口头上的祝福。亲戚间正儿八经拜年，多从正月初二开始。拜年只在姻亲间，一般又是男方拜女方家。男人领着妻儿往岳父母家拜年，还须拜妻家伯叔姑舅姨等长辈。礼信通常是腊肉一块，糍粑八个，柑橘八个，冰糖一包。依旧时的讲究，礼信都放在竹篮里，上面拿毛巾盖着。受拜的长辈通常要留吃饭，客人远的歇一夜，近的当日即回。年礼不可全都收下，新年提空篮子归屋不吉利。结婚新人拜年，又是别有规矩。受拜的长辈须收了腊肉，打发新人一包棉花。新人来日得子，收了腊肉的长辈，就得捉只鸡去贺喜。

男人女人们自己成长辈了，新年得守在家里等着晚辈来拜年，自己拜年的礼数就让儿女们去尽了。儿女们得去拜外婆、舅舅、姨妈，也就是小时候跟着父母去拜年的外婆那边的长辈。通常，男人自家这边的伯父、叔叔、姑妈不须正儿八经拜年。乡下人对外婆家的礼数，从拜年拜节开始一直尽到外公外婆老去，年年清明还得上坟烧纸。溆浦方言，"老"是"死"的讳称。清明时节，哪堆坟头没有挂白，要么是后人不孝，要么是香火断了。"白"，溆浦方言读作"派"。坟头挂上皮纸扎成的白纸缨条，叫作"挂白"，寓"发派"之意，即子孙兴旺，瓜瓞延绵。

正月初三，开始舞龙灯，谓之"出灯"。舞龙灯每到一村，便家家户户都得去，谓之间村不间家。晚上有龙灯舞到别的村上去，舞龙的头人须着人先送帖子，主人家好有准备。旧时，只须打发些糍粑即可，如今须是封红包。谁家今年有喜事，起新屋的，收亲嫁女的，儿女上大学的，须多准备些礼金。事先还须同龙灯的头人商量礼金多少为宜，免得到时候面子上不好过。哪怕先说好礼金多少，也要分次慢慢地给，图个热闹。主家每给一次礼金，头人就领着众人高呼一声："高升！"喊"高升"，意思是还要往上加礼金。直到头人喊声"好的"，龙灯才摇头摆尾出阁而去。龙灯共舞十天，正月十三收灯。收灯之夜，舞龙人聚到河边，焚香烧纸，龙入江河。

溆浦自古重茶酒二事。乡间的堂屋，不叫客厅或起居室，喊作"茶堂屋"。吃饭、待客、小憩、冬天烤火、熏腊肉，都在茶堂屋。坐在这间屋子，自然是要喝茶的。有客登门，一面喊坐，一面倒茶。人随贫富，或由丰俭，有茶无茶并不要紧，新鲜井水也要舀来献上。

倘若说茶是居家日常，酒则是关乎大事的。任何宴事，都说是"做酒"。生日做酒，结婚做酒；红事做酒，白事也做酒。人问："你明年大寿，做酒吗？"答曰："做酒做酒，请您吃酒啊！"哪怕乡下人打赌，也常会说："我要是输了，请你吃酒！"

溆浦善饮者多，或许同出产有关。那方山水盛产水稻，亦出红薯、苞谷、高粱、荞麦等五谷杂粮，还产甘蔗，山里更生长各色杂果，都是可以拿来酿酒的。乡间多有能人，善酿各种各样的酒。自小记得有种"阿板籽酒"，很受男子汉们喜爱。一种荆藤，开大朵大朵白花，叫作打烂碗花。说的是人若摘了这种花，吃饭易打烂饭碗。小孩子不信，偏要去摘这种花。碗未见得打烂，倒是先把手刺伤了。碰巧那天吃饭就打烂碗了，娘便用筷子敲孩子的脑袋，说："又到山上疯去了！"孩子惊疑娘的神算，心想："娘哪里就知道我摘了打烂碗花呢？"这种荆藤结的果子叫"阿板籽"，就是书上说的金樱子。"阿板籽酒"醇香，且有回甘，男人劳作一天，喝上几杯很松筋骨。不过，"阿板籽酒"是很珍贵的，节俭而又重礼的人家，定要藏着招待客人。

男人们平日常喝的是甘蔗酒。溆水两岸开阔的沙地，从夏到冬都长满了甘蔗。我小时候喜欢在甘蔗地里玩，想象那里是打鬼子的青纱帐，还可以躲在里面偷甘蔗吃。初冬开始，甘蔗地每隔三五里，便有一处糖坊。十几根杉木搭起三角尖顶的架子，盖上稻草便是糖坊了。甘蔗糖熬完就拆掉糖坊，来年再去搭建。我们生产队的糖坊却是瓦屋，很是让人羡慕。那糖坊只有冬天派上用场，平时都是闲着的。男孩子打仗，女孩子踢房子，都喜欢去糖坊。扯猪草的孩子，背篓往糖坊一放，就只顾着玩去了。眼看着时候晏了，才匆匆忙忙钻进棉花地或柑橘园去扯猪草。遍地都是可作猪草的野菜野草，可小孩子们总是很难扯满一背篓的猪草。回去时越到家门口，背篓里的猪草就越显得少。小孩子们总是在进屋前放下背篓，将只有大半篓的猪草扒得松松的垒起来。娘接过背篓，忍不住笑骂："你这猪草是弹匠师傅弹过的啊！"那时候，乡间常可看见弹棉花的弹匠师傅，肩上扛着长长的弓。

熬糖的季节，小男孩放了学就往糖坊跑。拿一节甘蔗藏在衣袖里，趁熬糖师傅背过身去，飞快地把甘蔗往糖锅里一伸。听得师傅一声大吼，偷糖的男孩已跑出三丈远。男孩举着甘蔗在寒风里飞奔，糖汁很快就结成脆脆的壳。这是甘蔗糖的一种浪漫吃法，叫"吃糖竿杵"。

甘蔗渣堆得高高的，男孩们在上面玩打仗。我小时候最爱学《英雄儿女》里的王成，蹲在用甘蔗渣垒成的战壕里高喊："长江长江，我是黄河！为了胜利，向我开炮！"最后，拿起一根长长的甘蔗当爆破筒，做一个慷慨赴死的王成造型，从一丈多高的甘蔗渣堆上往下跳。每次跳下去，都感觉自己跟敌人同归于尽了。

甘蔗糖还没熬完，就开始蒸甘蔗酒。堆放些时日的甘蔗渣开始发酵，成了蒸酒的材料。高大的木蒸桶日夜冒着白汽，酒香和糖香飘去好远，村里的人都闻得见。这时候，学校放了寒假，男孩子们天天守在糖坊。热气腾腾的糖坊比家里暖和。小男孩们时刻都像偷儿，想着偷糖吃，偷甘蔗吃，偷甘蔗酒喝。蒸酒的师傅看出我们的心思，用酒提子舀出酒来，笑道："来啊，醉得你摸门不着！"小孩子们一哄而散，就像晒谷坪边被赶飞的小鸡，想再回去偷谷子吃，又害怕主人手里的竹竿。过一会儿，孩子们又围到蒸酒师傅跟前去了。

正月里，亲戚间要相互请吃酒。我家的规矩，除了请亲戚，父母还请他们的朋友。晚上坐在茶堂屋烤火，娘会说明天请哪几位客人来屋里坐坐。亲戚是不用说的，说到每一位朋友，爹或娘便会说，这人如何好，又是在哪桩事上如何仗义。第二天，我和姐姐、弟弟，都被打发出去请客人。"叔啊，我爹喊你坐一下。"我说。叔或许正在忙着，或许坐在茶堂屋烤火，说："难为了，难为了，我不去哩！"我便伸手拉人，叔便推托。小孩子拉不动大人，人就坐到地上去了。小孩子捉不住大人的手，又扯叔的衣角。叔忙捉住我的手，笑了起来，讲："好了好了，莫拉了莫拉了，衣要扯破了。等我换换衣服。"叔进里屋去，很快又出来了，边走边低头拍衣襟、拍衣袖。衣服并没有换过，只是做做样子。讲究的叔叔或姑姑，一路上不停地拍衣襟、拍衣袖。进我家门前,一边讲"莫客气啊",一边还在拍着衣襟衣袖。妈妈早迎了出来,也拍着衣襟袖子,笑道:"哪里客气!又没有什么好菜,只请你来坐坐。"

溆浦正月十三还有个风俗,即家家户户地里的菜都可以随便去偷。当然只能是夜里去偷,被偷的人家绝不怪罪。小孩子会趁夜去偷别人家的白菜,回家煮年糕粑消夜,别有一番意趣。有那小气人家,白日里就把白菜浇上大粪,叫你偷不成。小孩子顽皮的,见有人菜地里浇了大粪,就故意把他家菜园子糟蹋得一派狼藉。这个风俗有些古怪,我妄揣它是给小偷,或穷人定的节日。过年了,谁都得有个喜庆,有口吃的。

二

娘今年九十三岁了,身子骨很健旺。她最爱对我讲的仍是那句老话:"我十三岁到你王家门上!"我说:"娘,都八十年了,王家是您自己的,儿女都是您生养的!"

娘是童养媳,比我爹大五岁。娘十三岁那年,叫我爷爷领回漫水。娘的家是在离漫水村五六里外的南村。爹那年不到八岁,娘快进屋的时候,他正在屋门前打陀螺。有大人突然喊我爹:"快爬到楼上去!"爹忙丢掉手里的陀螺鞭子,从堂屋门口的楼梯爬上去，跨开双腿站在屋门上方的楼梯口。娘低着头，从爹的胯下进了王家门。多年以后，爹把这故事当笑话讲出来，说："老人家教的规矩，说是从此女人就对男人服帖了。"

临解放，爹长到十四岁，娘已十九岁。乡下到处都听人在说：只等红旗舞过来，没结婚的男女，全捉到城里去，女的站在街上，男的封上眼睛，蹲到地上去摸，摸到穿襻襻鞋的，就是你老婆。老家旧时的布鞋，女鞋有襻襻，男鞋没襻襻。多年后，又是爹把这故事当笑话讲出来，说："我怕人家把你娘摸走，就同她结婚了。"

爹读过小学，在村里算是文化人。土改工作队进村没几天，爹就被相中作为干部培养。工作队长横过一杆步枪放在我爹手里，说："小王，好好干！"爹后来同我说："真是怪，同样是铁，枪杆子上的铁，同锅子、斧头和菜刀上的铁，气味不一样！枪杆子的铁气往人肉里钻，叫你有力量！"不出半个月，爹就坐在昏暗的桐油灯下，抱着那杆步枪写下了入党申请书。

娘最想学识字。村上来了速成识字班的老师，一个穿旧军装的中年男人。村里人不论男女老幼，想学识字都可报名。老师手里拿着一张报纸，凡去报名的都让你认认字。娘已认得很多字，一个一个指着念给老师听。老师和颜悦色地说："小黄，您不是文盲，扫盲班不收！"我娘急了，急出一身老汗。她原以为字认得越多,老师越会取录。娘讲尽好话,老师才让她进了扫盲班。速成识字班的学习,一个多月就结束了,我娘成了班上认字最多的人。老师问:"小黄,您没上过学,哪里认得的字?"娘说:"我自己捡的。"

爹很快就随工作队出远门了。娘已生下我大姐,既要干农活,还要侍奉公婆。可她不肯放弃上学。等到我大姐两岁时,娘背着我大姐正式上了三年小学。娘的学堂在溆水河对岸的鹿鸣山上,我爹就是那所小学毕业的。每天,娘都背着我大姐,先赶四五里路,再搭渡船过河去。有一天,渡船停在对岸喊不应,娘怕上学迟到,往上游走到河面宽浅处,背着我大姐蹚水过河。娘说:"刚到半江上,望到水起绿豆黄,晓得洪水要来了。我加劲往对岸行,哪晓得一声喊,洪水就齐胸膛了。我忙把你大姐从背上解下来,举起!离岸坎还有丈把远,洪水就到我肩上了。我呛了几口洪水,才泅到岸上。那回,差点把你大姐淹死了!"我平生唯独听娘把洪水将来时,河水最初淡淡的浑,比作"绿豆黄",真是准确极了。娘后来每次讲起那回的惊险,都忍不住抚着胸口,说她为了认几个字,差点儿要了大女儿的命。

爹在外头很忙,回家离家都匆匆的。有回,爹风风火火回到家里,低头吃饭的时候,说:"你要入党!"娘知道,爹这话是对她说的。娘也不吱声,只点了点头。爹吃饭是不抬头的,但他知道娘肯定点头了。娘早就写过入党申请了,只是没有告诉爹。那年,娘也入党了。这时候,爹已不再扛步枪,身上斜挎着快慢机,色如老银的枪把子露在皮枪套外面,暗红的缨子随风飘着。娘后来回忆那几年的事,总是说:"那时候的人,干净啊!从大财主家没收的金银财宝,整船整船沿河放下来,一个船工划船,一个干部押船。干部就是你爹,他硬是半点贪财的念想都没动过!"

我娘能说会道,做事干练。可她自己却说,年轻时嘴笨,人多就不敢开口。有一次,娘去县里开会,同去的南下干部说:"小黄,回去由你传达会议精神!"我娘听了两耳发炸,忙说:"我不行,我不行。"干部说:"你行的!"那位干部很严肃,娘对他既敬重,又害怕,只好答应,却又说:"那您不要在场,您在场我不敢说话。"干部答应了。开会时,娘怕手脚没地方放,抱着我大姐上台了。娘先是一边拍着我大姐,一边低头传达会议精神,台下坐满了村里的人。等她刚刚说完,忽听得身后响起了掌声。娘回头一看,吓得汗都出来了。原来,那位南下干部一直站在我娘身后不远处,这会儿正微笑着朝她竖起大拇指。过了六十多年,娘说起那回的经历,还会说:"那时候的南下干部,工作水平真高!"

我记事的时候,爹已不是国家干部,成了村里的养蜂人。

蜂群是大队公家的。养蜂是技术活，不是聪明人做不来。油菜花开的时候，溆水河畔一片金黄，不见边际。爹把蜂箱搬到花海深处，搭上简易草棚放蜂。花事繁盛时，一天要取一次蜂蜜。我放学后，背着书包就往花海里跑。快到蜂场了，我就猫着腰低着头，狂蜂乱舞中慢慢走到爹身边去。人在蜂阵里不能快走，快了蜜蜂会蜇人。爹忙着取蜂蜜，瞪我一眼，低声喝道："莫来疯！蜂要蜇死你，快回家去。"爹其实是怕人讲闲话，说我是来讨蜂蜜吃的。

花事是有季节的，漫水从春上到初夏，有油菜花、草籽花、柑橘花。过了这些花季，爹就得出远门赶花。爹去得最多的地方是四川和贵州，那里的山花蜜格外清香。爹外出赶花的日子，只要高音喇叭播天气预报，娘就会停下手里的事，低头细细地听。我和弟弟正打打闹闹，也会马上安静下来。知道爹那边天气好，娘就放心了，说："明天又有好蜜取。"爹那边要是天气不好，娘的眉头就紧紧的。

娘每回接到爹寄来的信，就直接交给大哥，说："你读一下。"全家人就坐在一起，听大哥读爹的信。爹无非是问家里是否安好，奶奶身子是否硬朗，自己在外事事皆妥，有时也说说那边有趣的事。听大哥念完信，娘长舒一口气，说："你写封回信吧。"哥就取了纸笔，听娘口述。娘原是识文断字的，也写得一手好字，可她每次都让大哥读信，让大哥执笔回信。落款处，大哥照例写道：田青字。田青是娘的名，字却是大哥的字。有一年，爹从贵州赶花回家，娘在灶屋忙着做饭，爹坐在灶前烧火。我进去舀水喝，听爹责怪娘，说："我出门两三个月，你半个字我都收不到！"娘红了脸，说："儿子这么大了，能读能写，还用我写信？"我看出爹不高兴，飞快地跑出灶屋。

家里有口旧皮箱，装的东西五花八门。有黄旧照片、空瓶空壶、螺丝钉、小钢珠、乱线团、旧笔记本、老证件，还有很多不认得的东西。小时候，我和弟弟常把皮箱里的东西倒出来，一件件拿着猜，拿着玩，又一件件放回去。有一回，我翻到爹年轻时的工作证，红色布面封皮已经褪色。证件的黑白照片上，爹留着三七开的短发，眼睛清澈明亮，眉毛粗黑如炭笔画上。大哥见我拿着爹的旧证件玩，就说："那时候，爹的手枪只有这么长。"哥张开大拇指和食指，比画着手枪的样子。我好羡慕大哥，他见过爹的手枪。

爹恢复工作那年，他自己得空又清理了那口旧皮箱，值得留下的东西他都拣了出来。那本旧工作证如今锁在他的抽屉里。爹的旧工作证，让我想起娘讲过的一桩旧事。娘年轻时，穿的满襟衣，旧式抿裆裤。有回去区里开会，叫人不小心泼湿了裤子。两位女干部拉着娘去商店扯布，做了一条新式西裤。娘先是死也不肯穿，千劝万劝穿上了，她却躲在角落不肯出来。两位女干部拉着我娘进了区公所，把她往我爹面前一推，笑道："看看你堂客，漂亮不漂亮？"我爹长得黑，笑起来一口白牙。爹当时的年纪，应该正是旧工作证上照片的样子。回想起这事，娘说："我从来没穿过西裤，怕丑，恨不得往土眼里钻！"当时年轻的娘，哪会想到自己七十年后竟是穿着极爱漂亮的老太太？爹娘越来越老，我离家越来越远。爹娘七十岁前还愿意随我在长沙短暂住住，后来就不肯出远门了。我劝他们出来走走，娘只说："我没有遗憾了。北京也去过了，西湖也游过了，大海也见过了，飞机也坐过了。"

　　我有空就回老家去，陪老爹老娘说说话。爹不太喜欢说话，娘的嘴是不停的。有些话娘说过无数次了，我也会笑眯眯地听。有回，娘说着说着，突然大笑起来。我问："娘，想起什么好玩的事了？"娘说起了村外的那条公路。解放初，公路刚修好的时候，只见汽车来来往往，从来不见汽车在村里停下来。娘说："村里小孩子就猜，汽车跑得这么快，怎么停下来的呢？你一句，他一句，吵得像山麻雀。有个小孩最聪明，说汽车开到公路最顶头，那里竖起好大一块青石，嘭地撞上去，就停了。"我听了，也笑得眼泪水都出来了。妈妈说："世界变得太快了，老辈人哪里想得到？当年那么稀罕的汽车，如今哪家没有？"

娘讲话颇有些蒙太奇，天上地上，东西南北。有回，娘突然说："人字，两笔，难写！写得不稳，东倒西歪；写出头了，一把大叉。"我听明白了，娘是嘱咐儿孙们好好做人，守规矩，不出格。

三

小时候的记忆，都是懵懂模糊的。我记不得那是什么季节，炎热还是寒冷。那年月，今天同昨天一样，明天同今天一样，过一天同过一年没什么区别。那天，妈妈扛了一条高高的长凳，带着我们兄弟姐妹五个去大队部开会。大队部就是王家宗祠，有戏台、看台和天井。妈妈把凳子摆在天井最前面，我们娘儿几个并排坐着，很显眼。一会儿，二十几个男男女女低着头，被人吆喝着，从祠堂外面进来，站在我们面前。我一眼就看见了我的爸爸，头埋得很低，双手笔直地垂着。我很怕，望望妈妈，却见妈妈并不看爸爸，似乎漠然地昂着头，望着戏台。戏台是大会的主席台，好些人在上面来来回回跑，忙得不可开交。

戏台上面的人来回跑得差不多了，就见几个人在台后的凳子上坐了下来。整个祠堂立即鸦雀无声。突然，有人走到台前，高喊："千万不要忘记阶级斗争！"喊了三声口号，满祠堂的人齐声应和。口号喊完了,那人厉声叫道:"把右派分子某某某带上台来!"只见台下两个男子冲向我爸爸,抓住我爸爸的双手,往后使劲儿一扭。我爸爸的头被压得更低了,腰弯成了虾米。两个男子扭着我爸爸,飞快地往戏台上推。木板楼梯很陡,我很担心爸爸的脚没那么快,会被折断。转眼间,爸爸就被揪到了戏台中间站着。人未站稳,爸爸又被他们踢了一脚,应声跪在地上。又有人飞跑着递了棕绳子来,爸爸便被五花大绑起来。这边两个人忙着捆绑我爸爸,另一个人在一旁高呼"打倒右派分子某某某"。台下的人又齐声响应。妈妈也同人们一道振臂高呼打倒的口号。我们兄妹几个也举手高呼口号,这是妈妈早就交代过的。我后来一直记得,捆绑我爸爸的是一根新棕绳,硬直粗糙,爸爸的手臂和后颈被捆出了深深的血痕。

批斗会正式开始。有人拿着一沓稿子,历数我爸爸的累累罪行。批斗隔会儿又让愤怒的打倒声冲断。却见戏台后面坐着的一个男子,戴着眼镜,总是站起来,指着我爸爸叫喊,说:"右派分子,你要老老实实向群众认罪!"突然,我妈妈站了起来,冲着那戴眼镜的人喊道:"你是右派分子的老同事,最清楚他的罪行。你干脆等别人批斗完了,再上来揭发,不要影响会议秩序!"那人望了我妈妈一眼,悻悻然坐下来,再也不叫喊了。

妈妈说完,悄悄离开了会场。

过会儿,妈妈提着个竹篓子回来了,径直上了戏台。全场人目瞪口呆,不知我妈妈要干什么。妈妈往爸爸身边一站,指着爸爸厉声斥道:"右派分子你听着!最高指示说吃饭是第一件大事!你饭也不肯吃,想自绝于人民?你先老老实实吃了饭,再来老老实实认罪!"妈妈说着,就揭开竹篓,端了一碗饭出来。

谁敢违背最高指示?马上有人上来替爸爸松了绑。于是,台上台下几百号人眼睁睁望着我爸爸跪在戏台上吃饭。我猜想这种场面哪里也看不到,尽管当时的中国如此荒唐。小说家如此虚构,也会被人指为不真实。台上有人不高兴,但也无可奈何。妈妈明明听见有人在一旁叽里咕噜,却故意高声喊道:"你慢点吃,别噎死了!碗底还埋着两个荷包蛋!"

爸爸吃完了饭,嘴巴一揩,双手往后一背,任人绑了。批斗会继续进行。

批斗大会完了,妈妈把爸爸领回家。妈妈进门就笑眯眯地说:"你今日受苦了。你晓得我不喝酒的,今日我陪你喝杯酒,松松骨头,疗疗伤。"妈妈说完,就去洗脸。几十年之后,妈妈告诉我说:"那回我洗脸洗得久啊!泪水不停地流,我就不停地洗。我不想让你爸爸看见我的眼泪。"

我们长大了,听妈妈说起,才知道那是爸爸第一次上台挨批斗。挨批斗的头天晚上,爸爸通宵没睡。爸爸是个倔汉子,受不了这种气,只想一死了之。妈妈劝爸爸:"你只大胆往台上站,我带着你的儿女们就坐在台下,看哪个敢吃了你!"

妈妈一世都不能原谅那根新棕绳,后来只要说起那天的批斗,她就很气愤:"不晓得是哪个人心思坏!你用旧棕绳绹,人也痛得好些呀!"我每回听妈妈说那根新棕绳的事,心里便十分悲哀。人到那个地步,最大的奢望竟然是一根旧棕绳!

那些苦难的日子,如今都成了妈妈的笑谈。妈妈说,我为什么要专门搬一张高凳子坐在前面?除了让你爸爸看见我们,还要让两种人看见。有人关心我们家的,担心我今天不知躲到哪里哭去了。我要让这些好心人放心,我在这里坐着,没事!也有人眼亮了,我就想让他们知道,我没那么容易就垮了。妈妈还说,你爸爸碗底哪里埋着两个荷包蛋,我是有意气气他们的。那年月,鸡蛋金贵啊!

我们村地主富农倒是不少,右派分子只有我爸爸一个,就显得特稀罕似的,只要开群众大会,爸爸必然得上台挨斗。后来妈妈再也没有带我们兄弟姐妹一道去参加过批斗会,她自己却每次都坐在最显眼的地方,望着我爸爸。等批斗会一完,妈妈就上台扶着爸爸回家。边走还边说,快跟我回去吃餐饱饭,你千万莫饿死,要留着好身体,要不下次开会,就没有右派斗了。

往日的辛酸,妈妈现在说起来总是充满了幽默。有回大队开会，统一开餐。有一席早就坐下几个人了，见我妈妈去了，他们连忙起身走开，说是不同右派家属一起吃。我妈妈哈哈大笑，说今天我真有福气，一个人吃一席。说完端起碗就开吃。那些人见我妈妈反而捡了便宜，又不甘心，马上跑了回来，气鼓鼓地吃了起来。妈妈慢条斯理地吃完饭，又说："我今天本来可以一个人吃一席的！"那些人气得脸色发青，我妈妈却没事似的，一抹嘴巴，走了。

有一年暑假，大队安排贫下中农子弟学雷锋，"黑五类"子弟摘油桐籽。妈妈找到县里驻队工作组的干部问：我的儿女算什么子弟？干部说是算"黑五类"子弟。妈妈便同那干部论理，说，先声明了，莫讲我讲反动话！我儿女爸爸是右派分子，妈妈是共产党员。他们在共产党领导下是"黑五类"，国民党来了他们又是共产党员子弟，他们不就横竖都是死路一条了？干部就说，那你让子女一边去一个吧。妈妈就让大姐去做"黑五类"，让哥哥去做红苗子。大姐不肯去，妈妈就说，你是老大，去做"黑五类"没人敢欺负。说不定，你今天还会当官哩。果然，晚上姐姐回来说，他们让她当小组长。妈妈笑道，我说你要当官嘛！那会儿我和二姐、弟弟都还小，红也好黑也好，都轮不到我们去。

妈妈虽算不上文化人，却能悟通大道理，判断大形势。早在1959年，妈妈从广播里听到释放国民党战犯的消息，立马跑回家跟爸爸说:"你要好生保护身体,会有出头之日的。王耀武都放出来了,你算什么呢?"爸爸听了,只是叹息。又熬了七八年,大队开会传达肃清"二十一种人"的文件,整个会场的人都大气不敢出。我妈妈听着,心里却轻松了。爸爸没有资格参加会议,除非要他去挨批斗。妈妈回到家里,悄悄对爸爸说:"放心吧,越是这样搞下去,你出头之日越早。你想想,先是整五类分子,如今都整二十一种人了。说不定哪天还有三十一种人、五十一种人。天下都是坏人了,国家还是国家吗?你放心,要重新排队的!"

四

小时候,我很害怕爸爸。爸爸脸色很黑,眉毛很浓,眼睛红红的,似乎总是充着血,又不太说话。我本来在外面蹦蹦跳跳,只要回到家里,立即就缩头缩脑,大气也不敢出了。我用不着多看,马上就知道爸爸坐在哪里。全家老小的目光和神情,都让我感觉到有股冷气正从某个地方吹过来。我虚着胆子回头望去,爸爸果然就坐在那里,低头抽烟。爸爸谁也不看,眼里空空的。

家里偶尔来了客,爸爸脸上会有笑容。我知道那是做给客人看的。我见来了客人,不免有些放肆,爸爸会避着客人横我一眼,我顿时浑身发毛,知道爸爸是在骂我"人来疯"。尽管这样,我还是很盼着家里能有客人来。可普通农家,又是右派家庭,哪有那么多客来?日子就这么昏天黑地地过着。

我们家最害怕开会,但那年月的会实在太多。若是斗争大会,爸爸就得上台低头认罪,弄不好还会被吊被打。若是社员大会,爸爸没有资格参加,他得独自守在家里。爸爸好像宁愿站在台上去被人批斗,也不愿一个人关在家里抽闷烟。不知有多少个深夜,我随妈妈开完社员大会回来,都看见爸爸屋子里满是烟雾,他脚边堆着一堆尖尖的烟屁股。爸爸抽的是自己现卷的喇叭筒烟。

爸爸被批斗,从来不需要太多的理由。不论碰上什么政治运动,都先拿我爸爸开刀。爸爸本来同村里所有人一样,都是盘泥巴的农民,凭什么就出去当了干部?当了干部偏偏又成了右派分子,被揪了回来,这就该斗争他。爸爸是每次政治运动会餐的头道菜,什么"四清""四不清""一打三反",数都数不清。春耕动员大会、"双抢"动员大会、水利冬修动员大会,也得揪几个人往台上站站,说是阶级斗争一抓就灵,我爸爸每次都跑不掉。

抓了革命,偏偏又促不了生产。那时候,队里的庄稼怎也长不好，水稻亩产只有两三百斤。爸爸聪明，又勤快，我家自留地里的辣椒、茄子、豆角，都比别人家的结得多，这却给爸爸惹来了麻烦。有人说他干资本主义起劲，干社会主义没劲。好吧，又上台挨批斗。

有一次，爸爸想服毒自杀，妈妈去抢农药瓶，大姐姐也帮忙抢。三个人绞在一起，在地上打滚。爸爸眼珠红红的，妈妈的脸白得像纸，大姐姐的眼泪把头发粘到了脸上。三个人都没有叫喊，绞成一团滚在地上使暗劲。我那时候太小，吓得傻傻地站着不动。最后，大姐姐抢到了药瓶子，妈妈死死地抱住爸爸不放。姐姐把农药瓶子塞进门外石板洞，又跑去捡了石头把药瓶砸碎了。

别人奈不何的是爸爸的才智。当时全生产队找不出一个会算账的人，只好让我爸爸当会计。可是，当会计是个轻松活，人又显得贵气，有人硬是不舒服。爸爸当会计那些年，不知被公社查了多少次账。虽说从来没有查出我爸爸有任何贪污问题，可是按照那时候的逻辑，右派分子没有经济问题是不可能的。所以，过不了多久，又会来查账。既然查账，我爸爸就得陪着，用不着下田干活。有回，查账的人突然间明白过来：社员们正在田里流汗，我爸爸却待在家里打算盘。他们似乎觉得上了当，又不想查下去了。只是他们怎么也不相信，一个右派分子会那么干净。

后来,爸爸不当会计了,替大队养蜂。有一年,爸爸又要去四川、贵州赶花,打了报告叫我去公社开介绍信。公社秘书拿着我爸爸的报告,轻轻说道:牧蜂川贵。秘书嘴角露出一丝讥讽。我的脸立马红了,为爸爸用错词感到羞愧。这件事我一直记得,可长大后又觉得爸爸用词也没错到哪里去。爸爸读过书,便有文化人的毛病,提笔写字总想显得文雅些。

我多年以后才知道,让爸爸养蜂,是妈妈的主意。爸爸尽量少待在家里,可以躲掉许多风雨。我那时还小,哪能体谅大人们的苦难?每次爸爸要出远门了,我反而格外高兴,用不着天天看他的黑脸了。

我曾对父亲在外地养蜂有着浪漫想象:白天四野花海,晚上繁星满天。用现在流行的鸡汤话说,那是诗与远方。其实,养蜂人非常辛苦,亦有意想不到的危险。有一年,爸爸的蜂群在贵州深山落脚,遇有马蜂来蜂巢偷吃蜂蜜,爸爸拿硬纸板一一消灭,却不慎被马蜂蜇了,右手肿得粗如大腿,浑身发烧,呼吸困难,几乎致命。幸遇村里赤脚医生懂得土法急救,免于一难。方法是:采花椒叶若干洗净捣碎,取淘米水浸泡。先服下一碗泡了花椒叶的淘米水,再把花椒叶渣涂敷在蜇伤处。赤脚医生如法替我爸爸救治,顷刻化险为夷。

爸爸告诉我,马蜂很凶险,千万别去招惹。万一不小心捅了马蜂窝,可用衣物裹住头,蹲下身子。千万别回击,马蜂愈战愈奋,纠缠不清,没完没了。马蜂跟风,人越跑它越追。马蜂这点儿特性同狗类似,人遇恶狗也是跑不得的。人怎么跑也跑不过马蜂和恶狗。以静制动,才是上策。

马蜂还具有复仇性,被打伤的马蜂如果飞回巢穴,会纠集同类前来报复。呼啸而至,声如排雷,势如黑云。爸爸在贵州大山里没遭遇马蜂集体血拼,实是幸运。原来爸爸把偷吃蜂蜜的马蜂都打死了,无有回家报信者。

我从爸爸讲述的经历中,却悟到了人生道理。平时,我是不同各类马蜂纠缠的。这是后话。

我上高中时,有天一位同学悄悄告诉我,说是右派分子马上要平反了。因为他的外祖父也是右派分子,他姨父在北京工作,早先一步听到了消息。我当时在学校寄宿,连忙偷偷写了封信,托低年级的同学带回家去。那是我平生第一次给爸爸写信,好像说了些"苦日子总算熬到头了"之类的话。周末我回家,远远地就见爸爸倚门而立,望着我微笑。等我走到门口,爸爸也没对我多说,只是摸着我的头顶,满面笑容。

从那以后,爸爸给我的印象不再是那张黑脸。爸爸很快恢复了工作。可是,爸爸也很快就老了,毕竟他白白地耗费了二十一年的生命！官方说法，右派分子落实政策不叫平反，叫作改正。

我虽从小就知道父亲因言获罪而成右派，却不清楚他到底说了什么大逆不道的话。有天闲扯，父亲偶尔说起这事，我竟有些哭笑不得。当年我父亲只有二十三岁，在家乡的县里任区委书记。县委书记也只有三十多岁，书记夫人是县妇联主任。都是年轻人，平时彼此很随便，有说有笑的。那位书记夫人虽说身份尊贵，却是个麻子。有回，我父亲开玩笑，在她蒲扇上题了首打油诗："妹妹一篇好文章，密密麻麻不成行；有朝一日蜜蜂过，错认他乡是故乡。"没想到我父亲年轻时竟如此幽默顽皮，不过这玩笑也太过头了。他不知道在阿Q面前连"亮"字都不能说的。但也仅仅是玩笑，那时候区委书记同县委书记或夫人开开玩笑也没什么稀奇。

可是，我父亲做梦也想不到，这个玩笑日后竟会为他带来弥天大祸。1957年，县委书记和他的夫人都想起这首打油诗了。于是父亲罪莫大焉，成了"右派分子"。一个玩笑，竟让我父亲终生命运逆转了。

我有段时间也在父亲工作过的地方讨生活，熟知20世纪80年代以后中国现实生活的况味。不敢想象父亲当年竟敢那么胆大。但可以推知，毕竟有那么些年月，中国社会等级并不那么森严。大概 1957 年以后,上级就是上级,下级就是下级了。同战争年代讲的"官兵一致、军民一致"相比,规矩与时俱进了。现在谁敢同上级开玩笑?上级的威严是不允许冒犯的,官越大越威严,侯门似海。

有位朋友见了我年老的爸爸,很是惊讶,说他老人家那双耳朵,大得出奇,就像如来佛,平生只在南岳大庙见过。爸爸听说自己有佛缘,爽朗大笑起来。

我的父亲老了,不知这世上的戏演到哪一出了,只是经常嘱咐我:不要乱开玩笑。

五

小时候,奶奶带着我和二姐睡。我睡奶奶这一头,二姐睡另一头。每次上床后,我同二姐都会闷在被窝里蹬来蹬去。本来都是我先惹事,可每次挨骂的却是二姐。那是一架睡过几代人的老床,垫着厚厚的稻草,柔软,暖和。蚊帐满是补丁,早被黑烟熏成了甘草色。记得有个冬天,我清早起床,抖了抖棉衣,听得叮当一响,像是硬币的声音。我再一抖棉衣,又听到了叮当声。原来,蚊帐上有个破洞的补丁,里面装满了硬币。

我猜那些钱是二姐平时慢慢储起来的，便偷了她的。二姐过后发现钱没有了，哇哇地哭。我却死不认账。那天任二姐怎么哭，奶奶也不骂她，只是抿着嘴笑。多年后只要讲起这个故事，二姐便会笑话我：你小时候尽欺负老姐！

我后来谋生在外，只要回老家去，妈妈说得最多的便是奶奶。但凡儿孙们稍稍有些出息，妈妈都说是奶奶保佑得好。我愿意相信奶奶的灵验。奶奶不过是俚乡村妪，终生劳碌，穷苦到老。她一辈子跪天跪地跪父母，却从来没有在别人面前低过头。我们穷人家孩子，能够从先人那里继承的，就只有他们身上的骨气了。我想这便是所谓祖德流芳吧。

爷爷奶奶手上，只有两亩薄田，养不起家小。那时妈妈已到王家来了，只是十三四岁的童养媳，我父亲比妈妈还小五岁。我还有位姑妈，年龄同我妈妈差不多。爷爷是个老实人，整个家都由奶奶撑着。起初，爷爷帮有钱人家干些活，挣些口粮。有回爷爷病了，不能去干活。奶奶上那人家报信，却让人家说了几句难听的话。奶奶一扭头就回来了，再也不准爷爷帮人家干活。奶奶设法凑了些小本钱，叫爷爷做小生意。从此，爷爷就在老家收些土货，走两百多里山路，挑往武冈贩卖。货脱手后，就地进些特产挑回溆浦，再赚些差价。七八天打个来回，赚下的钱刚够家里籴七八天的口粮。奶奶便带着我妈妈和姑妈在家织麻纺线，我父亲放牛砍柴。

　　说件趣事。爷爷是随我外公一起跑武冈的，外公有个双胞胎弟弟也一起做小生意。外公同他弟弟长得一个模子，我根本分不清他俩谁是谁。娘说二外婆刚嫁过来的时候，也分不清他们兄弟俩谁是谁。二外婆替二外公烧好洗澡水，眼睛望在别处，喊："洗澡了。"我小时候去外公家拜年，见双胞胎兄弟蹲在壁板下抽烟，穿着同样的老棉衣，长着同样的长寿眉。外婆把饭做好了，说："叫你公公吃饭。"我喊道："公公吃饭了！"外公就会逗我："你喊哪个公公吃饭？"我说："我喊我自己公公！"必有一长眉老人笑道："那我就不是你公公？"

　　我想说的趣事，却是他们年轻时做小生意的故事。有回，我爷爷同两位外公担货到了武冈，货还没有脱手，没有钱吃饭。我外公嘱咐我爷爷和他弟弟："你两个等着。"外公走到一家卖油糍粑的摊子前，说："你油糍粑太小了，我一个人吃得二十个！"摊主生气了，一定要打赌："你吃二十个，我还送你十个，不收钱！"外公说："好！"摊主又说："那你要是吃不完呢？"外公拍着货担，说："我吃不完，这担东西都归你！"外公吃完十个，说："老板，我去厕泡尿，货在，人跑不了。"外公回来对他弟弟说："你去吃十个油糍粑，再带十个回来给亲家吃！"摊主望着我二外公又吃完十个油糍粑，双手打拱直道好饭量。

每回爷爷跨进家门,头一件事就是摸摸米缸,看看他出门这几天,家里人是不是饿着了。一家人就这么觅生度日,相依为命。日子虽说清寒,倒也乐得不求人。

又是一个集日,爷爷早挑着货担上武冈去了,奶奶背上背篓,揣着爷爷留下的钱,去集上籴米。米铺老板接过钱,摇头说:您这哪是一块钱,是一串钱啊,只够籴一升米。奶奶听了,两眼直发黑。她这才明白,爷爷让人骗了。奶奶捏着那一串钱,在集市上转了半天,只好买了一背篓芋头蔸子。芋头蔸子,乡下人叫它芋头娘,就是剥去芋头的老茎根。可怜奶奶三寸金莲,背着一篓芋头蔸子,颤颤巍巍地往家赶。一路上,想着娘儿几个要吃五六日芋头蔸子,奶奶禁不住哭了起来。

正好遇上一户殷实人家的媳妇赶集,她辈分矮些,问:"五奶奶,怎么哭了?"我奶奶忙说:"哪里是哭,汗水咬进眼睛了。"那媳妇人好,料我奶奶有事,转弯抹角问了缘由。奶奶只得说:"怪你五爷爷睁眼瞎!"那媳妇忙说:"五奶奶莫急莫急,我正要请人纺鞋底绳。"奶奶便接了她家的活计,带着我妈妈和姑妈纺了几天几夜。结果,娘儿三个赚的米比爷爷跑一趟武冈赚的还多。

爷爷准时回家了,照例先摸摸米缸。他见缸里还有大半缸米,不知是惊是喜,问道:"你们娘儿几个这几天没有吃饭?"奶奶闻声,从灶屋冲出来,嚷道:"吃你个死!"

听奶奶嚷完,爷爷一屁股瘫坐在凳上,长叹着:"养儿不读书,等于养头猪啊!"原来,那年月钞票变来变去,不断变化的新票子,我爷爷不认得。奶奶同爷爷商量,再怎么苦,也要送我父亲去念书,不然长大了钱都认不得。我父亲因祸得福,当年就进学堂读书去了。

奶奶若是生在有钱人家,只怕是个识文断字的才女。老人家目不识丁,可我记得小时候听她说话,嘴边居然时常冒出些"之乎者也"来。她同人辩理,或是帮人劝架,满口四六八句,都能押上韵,总是说得人家心服口服。比如有人逞强,我奶奶就会打劝,说:"高里还有更高的,马上还有舞刀的。强人面前三尺让,菩萨都是低头相。"奶奶最让人佩服的是她的心算。旧时候,家家户户都要向祠堂交"子弟谷",族里用作众上开支。收"子弟谷"的日子,一家一家过秤报数,主事的算盘还在啪啪地响,我奶奶早就报出了斤两。村上人都说她脑子灵空。

当年为了争水,漫水王姓同邻村覃姓年年打架。土枪土炮,大刀长矛,很是惨烈。有一年,打架打出了人命案,官司打到县衙门。漫水王姓没有一个男丁敢当头上县里说理。想来想去,全族人公推我的奶奶。那是我奶奶这辈子最风光的一回,让男人们用轿子抬着去了县里，同覃姓头人对簿公堂。我奶奶谈锋如剑，句句在理，驳得覃姓人张不开口，睁不开眼。一个女人家，真还把官司打赢了。自此，我奶奶有了"乡约老爷"的雅号，半是玩笑，半是敬重。

奶奶的掌故很多，都是妈妈和爸爸告诉我的。可是，在我的记忆里，奶奶似乎一直就是一位瞎了眼睛的老太太，成天迈着双小脚，在老屋里转来转去，手上不是扫把就是抹布，嘴巴总是动个不停，好像老在吃什么。我小时候不懂事，总喜欢问奶奶："您吃什么？"奶奶便会笑着说："我在吃亏！"我们家乡，大凡人生种种苦楚，都可归之为吃亏。现在想来，奶奶那一辈人，除了吃亏，还能有什么呢？

奶奶临终的情景，妈妈后来时常说起。奶奶已病得不行了，医生每天都说老人家熬不过今天了。可奶奶浑浊的眼睛老是半睁着，就是不肯闭上。我妈妈知道，奶奶在盼她儿子回来。爸爸外出几个月了，他不知道老母已经病重。终于，爸爸寄回一封信。果然，听妈妈念完爸爸的信，奶奶眼睛一闭，喉头咕噜一声，就落气了。那时，我爸爸戴罪在身，独自飘零天涯养蜂，奶奶怎么放心得下？

我的妈妈也早就做了奶奶，可她总是把老奶奶挂在嘴边。看着儿孙们都大了，妈妈总说，要是你奶奶还在，多好。妈妈说，你奶奶坟眼是五色土,村里人都说奇。冬天,别的坟头上草都黄了,只有你奶奶坟上的芭茅青油油的。

六

我爷爷这辈子,不知道总在思考什么大事。除非做事,他总蜷在茶堂屋的长凳上抽旱烟。旱烟袋老长老长,戳在地上。爷爷不太说话,他有些结巴,嘴里就干脆衔着烟袋。他的眼睛总是望着某个地方出神。呛人的烟气满屋子慢慢打着转转。爷爷到死都是这个样子,在浪漫的读书人看去,像位深邃的哲人。天气慢慢热起来,爷爷仍在茶堂屋蹲着抽烟,身上的汗鼓得像黄豆。奶奶忍不住讲风凉话,说:"你可莫出门啊,阉猪匠来了!"夏天实在太热了,爷爷黄昏后早早地就在屋前烧上一堆浓烟,熏蚊子。天一断黑,吃了晚饭,爷爷就蹲在烟堆旁,旱烟袋伸进暗红的火灰里,一袋接一袋地抽烟。小孩子们嬉闹,大人们拉家常,都不关他的事。奶奶远远地坐在一边摇蒲扇,说:"五黄六月还熏腊肉!"

爷爷一辈子其实只做过三桩事:种田、种西瓜、当小贩。

爷爷的西瓜种在离村子三里的河滩上。河滩没主的,谁家愿意种瓜就去种。爸爸说起过小时候帮爷爷守西瓜的事。爷爷在河中间的沙洲上开了一片地,爷爷和爸爸每次都得涉过浅浅的河水,才能去瓜地里。爸爸说那时的西瓜很大很大,一个足有一二十斤。爸爸嘴馋了想偷吃,一个又吃不完,只有干着急。我说,那么好的西瓜,是不是很赚钱?爸爸说,哪里赚钱?亩产也不高,又不好卖,挑着两个西瓜四邻八乡打转,一天都卖不完。田里只种稻子,那时候禾栽得稀,田里还养鱼。要吃鱼了,拿个竹笊子去笊,一笊一个。猪吃叫,鱼吃跳。爸爸说得我都神往起来,可他马上又说,田少了,产量又低,爷爷农闲就跑武冈,做些小本生意。那生意做得苦,来去都得走两百多里山路,还挑着百把斤的担子。有回路上遇上强盗,把货担抢了,还里里外外搜身。爷爷有块光洋,事先缝在腋下的衣缝里,没有被搜走。可怜爷爷双腿叉开,双手举着,任人上上下下搜个遍,身上的汗就像黄豆样地滚下来。爷爷回家,却叫奶奶骂了个半死。她怪爷爷不该藏着光洋,老老实实送给强盗好了。"强盗搜到光洋,就要割你耳朵!"奶奶一辈子都在后怕这事。

爷爷闷着头抽烟,他能想些什么大事呢?他在想西瓜怎么不好卖?怎么就不能多置几亩田?能做些什么更赚钱的生意?遭强盗抢劫的事他可能只会偶尔想起,他在那条路上跑过无数回,毕竟只碰过一回强盗。

也许爷爷这辈子什么大事都没想过。他只是一声不响地劳作。饿了，就得吃饭；要吃，就得做事。哪样事该做，也都是不需要多想的，手和脚就是他的脑袋。有年冬天，爷爷从地里做事回来，见一个乞丐裤子破得像渔网，人冻得全身发紫，缩在稻草堆里嗷嗷叫。爷爷回来，跟奶奶说了声，就给那乞丐送了一条裤子去。一问，才知道那人是过路部队的兵，得病掉队了。其实，爷爷奶奶老两口儿总共才三条裤子，轮着换洗。不知爷爷奶奶又要节衣缩食多少日子，才能重新缝上一条裤子。

终于，爷爷身体渐渐虚弱了。先是腿弯儿发酸，后来脚发肿。慢慢就下不得床，撒手西去了。他老人家只活了六十三岁。妈妈说，爷爷是累死的，穷死的。不知道爷爷去世的时候，是否已穿上一条新裤子。

爷爷去得早，我那时还没有来到这世上。爷爷在我脑子里的模糊印象，都是爸爸妈妈断断续续讲述的。爷爷的那些故事，我理不清时间先后，也弄不准到底发生在什么地方，却都是真实的。

爷爷就葬在老屋对门的太平堖。上山的路很陡，顶上平得像跑马场。满山的枞树，夜半风起，林涛凄厉，很吓人。风清月朗的秋夜，山里的杜鹃叫得人鼻腔儿忍不住发酸。那里是王家祖祖辈辈的坟场。

有一年清明，爸爸带着全家老小上山扫墓。我们在枞树林里钻了好久，才找到爷爷的坟。坟不大，只是一个扁平的土堆，也没有立碑。爸爸是凭着坟前的一块石头认准的。我眼睛有些发涩。这就是我爷爷啊！他老人家活得像根木头，也算过了一世！我怀疑爸爸是否真的认准了爷爷的坟墓，说不定我们祭奠的只是一堆没了后人的荒冢呢？

七

很多作家都说自己的文学启蒙老师是奶奶或外婆，似乎这是作家们私下约定的策略。我必须承认，我的文学真的是从奶奶那里启蒙的。我生长在乡村，我的童年和青少年时代除了课本几乎无书可读，根本不知道什么是文学。奶奶讲的故事就是我最早的文学。我才四五岁，奶奶就经常对我说："六儿啊，你要读书啊。少壮不努力，老大徒伤悲。"我听不懂，心想我又不是老大，我为什么要伤悲？我在兄弟姐妹中排行老六，大哥才是老大。我至今仍弄不明白，奶奶一个字都不认识，出口尽是文言。

我在乡下长大成人，身上乡下人的烙印永远褪不了。乡下自有乡下人的规矩，守着那些规矩便成了教养。但乡下人所有的寒碜鄙陋在我身上也都是有的。我并不以为羞耻，当然也无所谓荣耀。不过，我因为自己是乡下人，眼里多了一个世界。出门游历，看乡村旧物，很多消失的农具用具，我都能叫上名称，说出它们的用途。别人也许并不以为意，可那却是我藏在心底的另外的世界。乡下人的眼神我看得明白，乡下人的内心我走得进去，我也像乡下人那样熟悉五谷六畜的气息。

我因乡下而丰富，我因乡下而局限。这是我的宿命，无从逃避，也无须逃避。乡村是我的精神原乡，我为此心底妥帖。"礼失求诸野"，中国古人对精神原乡早就有独到之见。说一个好玩的细节吧。我吃饭时不小心掉了菜，下意识地会双腿夹紧，不让菜跌到地上去。我每次都暗笑自己，因为油渍弄脏了裤子。可下一次吃饭掉菜，我仍会不自主地夹紧双腿，又生后悔和自嘲。这个动作就是我出生的烙印，永远都褪不了。我不是个吝啬鬼，却是个爱惜东西的人。惜物是从小养成的习性，"掉菜夹腿"是我乡下人的条件反射。自小丰衣足食的人，吃饭掉菜会马上闪开双腿，免得油渍沾在裤子上。这个细节能判断人的出身。

八

2017年清明，我照例回乡挂青。那些埋在黄土里的先人，我只见过奶奶。我自小是奶奶带的,直到她老人家去世。1975年,我十三岁。那年夏天的一个傍晚,我正从学校回家,听村里的人说:你奶奶死了。我喉咙立马干了,在田埂上飞跑。田野虫蛾狂舞,打在脸上生痛。回到家里,空中弥漫着鞭炮和纸钱的烟尘,奶奶已躺在棺木里,棺材盖还没有合上。我伸手摸摸奶奶的额头,凉凉的。

乡下的丧礼要图热闹,当时唱老戏是禁止的,村里安排了文艺演出。一个小节目,故事是一个叫"地老鼠"的地主,偷生产队的粮食,被女红小兵抓住了。红小兵端着木头削的梭镖不停地刺向地主,反复唱着一句唱词:地老鼠,大坏蛋!我听着很生气,因为我爷爷的诨名就叫"老鼠"。乡下人都有诨名,平辈间通常不喊大名,多以诨名相称。乡下人不能容忍别人喊自己长辈的名讳,而让人喊自己长辈的诨名简直就是侮辱了。母亲和亲戚们都在哭丧,帮忙的乡亲们只是看热闹,没谁在意正在地场坪演出的小节目。

奶奶去世时,爹在四川放蜂。通信不便,无法告知爹回来奔丧。夏天将尽,爹带着蜂群回乡。爹先安顿好蜂场,才领着运蜂的卡车司机回到家里。妈妈客气地招呼卡车司机,请他入座吃晚饭。临坐下,爹问:老母亲呢?爹望望妈妈的眼神,忙站起来,去了奶奶房间。我也跟了进去。依乡俗,奶奶床上被子、床垫草、竹簟,统统都烧掉了。奶奶的床上,只有空空的床板。爹站在奶奶床前,卷了喇叭筒烟,火柴却怎么也刮不燃。

四十多年过去了,那个荒诞的葬礼我时常会想起,也时常想起爹站在奶奶空床前刮不燃火柴的样子。

我爷爷和爷爷的兄弟们,我都没见过。爷爷五兄弟都穷得精光,只有我亲爷爷娶妻成家,养了一个独子,我的父亲。爷爷的兄弟们都是我父亲养老送终,他们的坟也都在村庄对面的太平垴上。清明上坟那天,我站在田垄上环顾四野,满眼皆是挂了白的黄土堆。我想起朱自清的"千山一霎头都白",不知道先生当年清明还乡是何心境?他在外教书,也写文章。他想过自己手头做的事,同那些故去的先人,同那些活着的父老乡亲,到底有多少关系?

那几天,我谢却所有酬应整理书稿。四月的乡村略有清寒,麻雀在窗外叫得纷乱。我偶尔出门同邻舍说说话,听他们讲讲家长里短。我家对面屋里的男人叫"胖子",长我几岁。我从未见他胖过,似乎还越来越干瘦了。我听妈妈说,当年过苦日子,他一岁多,外婆接去住了半年,回来就被人喊作胖子。他外婆家在大山里,五谷杂粮多。他回家时脸上稍有些血色,村里人就都讲他胖了。

我脑子里关于乡村的故事,有自己亲眼看见的,但大多都是这么听来的。我知道的村里有名望的老辈人,只有一位父辈的,两位爷爷辈的。那位父辈的叫王楚伟;两位爷爷辈的,一位大名王禹夫,一位大名王悠然。我自小听奶奶说,解放前村里人并不知道王楚伟在外干什么事,他在乡亲们眼里只是一位在长沙读书的富家子弟,回村见了乡亲们很讲究尊卑上下。1949年以后,村里人才听说他是溆浦县第二任共产党地下县委书记。1927年5月,溆浦发生"敬日事变",县委书记及其同志全部被害。白色恐怖的血腥还在空中弥漫,在长沙求学的年轻共产党员王楚伟回到家乡,重新建立了党的地下组织。二十二年之后,王楚伟组建了革命武装迎接解放军进入溆浦。王楚伟应是很能鼓动的,他的堂叔王悠然是县自卫队队长,居然拉着队伍听从他的号令。王禹夫是村里田地最多的大户人家,王楚伟组建革命武装的发起会议,就是在王禹夫的大窨子屋里召开的。

王禹夫毕业于黄埔军校武汉分校,回乡后投身教育。村里小学就是王禹夫为首捐地倡建的,他亲自撰写碑文,以抗日图强阐明教育之宗旨:

国家之强弱,关乎国民识字之多寡,是故有识之士莫不以广兴学校普及教育为目前救国之急务。稽其所入学者,类为有产之家，贫困优秀之子弟，每苦于求学无门。禹夫怵然忧之！窃以为教育贵在普及……禹夫并拟加筹资金，永久附设民众夜校，使乡中年长失学者均能入学光大。乡中多一读书识字之人，即社会多一安分守己之人，亦国家多一健全良好之国民，岂止儿童哉！

这块碑立于"民国二十五年"，即1936年。此碑后来沦为水渠砌石四十多载，二十世纪九十年代才被取出来重新立在村小学。

二十世纪六七十年代，这三位前辈都是经常挨批斗的地主。王禹夫三天两头被拉到王家祠堂去批斗，逼他交出变天账，逼他供出藏金条的地方。1969年初夏，王禹夫不堪凌辱，上吊自杀。

我写中篇小说《漫水》的时候，脑子里全装着村里过去的人和事。我自小听说，土改时马上就要分田分地了，我家还欠着王禹夫家三升米。很多人家欠财主的账都不想再还，我奶奶却在夜里偷偷跑去把米还了。奶奶说，欠的就是欠的，借账是要还的。多年后，这件事常被人说起，有人笑话我奶奶胆小怕事。那些乡亲，有对王禹夫他们拳脚相加的，也有对他们暗自同情的，更多却是围着看热闹的。如今，喧嚣的历史尘埃已经落定，乡亲们谈起王禹夫、王楚伟、王悠然，都说他们是大善人。

村里看过我小说的,只有我的父母兄弟和几位在外教书的老师。别的乡亲们只说我做事轻松,动动笔头子就赚钱养家了,命好。我的文学,于他们也许确实是没有意义的。

我的文学创作

一

乡村有自己的文化传承方式，最常见的是世代口口相传的民间故事。耳濡目染间，一种后来知道叫形象思维的能力，就在听奶奶讲故事的时候养成了。民间故事的叙事方式天然去雕琢，行云流水，清新质朴。我最初获得的文学养料不是文学名著，而是听奶奶讲的民间故事。回想儿时听过的民间故事，我会有种让自己的写作回归到原始朴拙的冲动。写小说最终成为我的职业，应该说童年生活是其远因。我几乎没有别的娱乐爱好，工作之余不干别的，只是读书和写小说。心性如此，慢慢就把自己弄成作家了。

我上的不是名牌大学，只是家乡的一所专科学校，当时叫怀化师专，后来升了本科，改叫怀化学院。1981年，我去怀化师专上学，最兴奋的事是见到了图书馆。入学第一天，老师发给我们一个长长的必读书单。看着那个书单,心想:我将读这么多书!三年间,我读完了书单上所有的书。学校图书馆书很有限,谁借到一本书同学们就预约,轮着看完了才退回去。

学校背后有座小山,长着并不太茂密的松树。每天大清早,我会钻进松林里背书。直到今天,只要想到当年背书的场景,鼻子里仿佛就充溢着松树的清香。我那时候写过一个短篇小说,发在同学们办的油印文学刊物上。小说名叫"山娘娘",同学们都说写得好,但那并不能算我真正的文学创作之始。那本文学刊物当时叫"雏语",我和同学们把它改作"涉江",至今仍在办着。

大学毕业后,我分配到老家县政府办公室。工作任务是写公文,写县长讲话稿,写调研材料。当时县里所有区乡镇我都去过,有时是跟随县长调研,有时是自己调研。溆浦山水很美,当时未曾在意的经历,如今回忆起来颇有些神往。真可谓:"此情可待成追忆,只是当时已惘然。"有个善溪乡,从县城过去交通极为不便,须先坐火车到邻县安化境内,再坐船才能到达。船行在资江支流上,两岸高山入云,村舍掩映。乡政府前面有小河,水清见底,游鱼可见。夏天,吃过晚饭,往溪涧深处去,寻幽静水潭沐浴,听归鸟入林,看流萤眨眼。那时年轻,日子过得自在,心无任何挂碍。

我虚心跟着前辈学写机关文章，三年之后就成单位的主笔了。大学中文系虽然开了应用文写作课程，但中国官方写作范式是在大学课本上学不到的。所以，刚去工作那几年，文学梦想也放弃了。一直到写机关材料已非常熟悉，有业余时间了才有意开始文学创作。正像孔子说的，"行有余力，则以学文"。文学梦想在那时又迸发了。当时，我才二十五六岁，尽管工作兢兢业业，但感觉前途迷茫。写作，成了我的精神寄托。

我的第一篇文学作品是散文，它发表在《湖南日报》文艺副刊上，题目叫"书房小记"。很多年，我一直把发表处女作的日期记成1988年8月8日。我曾开玩笑说，这是做生意开张的好日子。多年来，自己写的作品并不称意，却能得到读者认可，兴许同这个日期有关？我后来请湖南日报的朋友查证，才确认这篇小散文的发表日期是1989年8月8日。可见，时间长了，人的记性是靠不住的。

这篇文章在我那个小县城的文坛引起小小震动。记得有一天，我去参加一个小会。会议开始之前，会议室电视机开着，费翔正在唱《读你》："读你千遍也不厌倦，读你的感觉像春天。"一位领导嘴里啧啧不停，摇着脑袋说："太黄了，太黄了！娱乐行业是怎么管的，这样的歌也让唱！"我实在听不出这歌黄在哪里，便装作没有听见领导的话，目光从电视上移开，正好望见坐在旁边的向继东先生。继东悄悄抿嘴而笑，我也偷偷笑了。这时，继东说："读了你的《书房小记》，真好！"我含糊着谦虚几句，因为这实在不是谈文学的地方。我过去同继东先生不太熟，似乎那回是我同他第一次面对面说话。他当时在编史志，我早闻其名，暗自敬佩。后来，向继东也调到长沙工作，成为颇有名气的编辑。

我当时根本没有书房，只把自己不到九平方米的小居室叫作书房，其实就是一床一桌。我的书都放在几个纸箱子里，塞在床底下，也没有书架。这篇散文里，我写自己在这个所谓的书房里的生活点滴和胡思乱想，只有八百多字。写得还算精致，但是有些拘谨。

我把稿子投寄到《湖南日报》，不到几天就发表了。我受到鼓舞，马上又写了两篇。那一年，我在《湖南日报》连续发了三篇散文。当时，一个不为人们熟悉的作者在省报文学副刊上频繁发表作品，也很不容易。

但散文创作，我没有完全坚持下去。我后来才意识到，哪怕是写散文，我也写不出纯粹空灵的文字。我的写作必须是"有事"的，是"及物"的。我就开始写小说。我发表第一篇小说之前，写过四五篇半途而废的小说，都只写了一两千字的开头，觉得没有意思，写不下去了。直到1991年，我才写成第一篇完整的短篇小说《无头无尾的故事》。

我从未向文学杂志投过稿件，手头也没有任何文学杂志的地址。我把小说送给当时县文联主席舒新宇先生，请他指点。当天下午，新宇先生风风火火跑到我办公室，进门就说："太好了，写得太好了！"他说话嗓门很大，整个办公楼的人都听得见。他说："我吃中饭时看的，本想先看几页，睡午觉起来再看。哪晓得我一看就放不下了，太好了太好了！我帮你投到《湖南文学》去！"新宇先生那神情，似乎比我还要高兴。从那天起，新宇先生只要碰到县里的文学朋友，就要讲我这篇小说写得如何好。后来，这篇小说被当时《湖南文学》的编辑黄斌先生发现，很快就发表了。这是我的小说处女作，发表在《湖南文学》1992年第2期。黄斌先生现在是《湖南文学》主编。他从自由来稿中看到我的稿子，不知道我是干什么的。

此处有个花絮。当时《湖南文学》发稿体例是在篇末附作者简介，但黄斌先生没法及时同我取得联系。那时没有手机，打长途座机电话很麻烦，他也找不到我办公室电话。黄斌先生就凭同事们隐约说的信息，编了一条作者简介："王跃文，湖南溆浦人，二十六岁。这是作者首次在本刊发表作品。"我当时已二十九岁了。过了两年，我才同黄斌见面，他说："如果是处女作，我们会特意说明。但你的作品太老到了，我不敢介绍是处女作,所以说这是作者首次在本刊发表作品。"《无头无尾的故事》,写的是一位叫黄之楚的小公务员的生活际遇。小公务员的谨小慎微、患得患失、动辄得咎、前程未卜、悲喜由人等百般况味,都在这个时期我的小说里有所反映。

我在《湖南文学》两年之内连续发了四个短篇小说:《无头无尾的故事》《很想潇洒》《望发老汉的家事》《花花》,其中《望发老汉的家事》被《小说月报》选载了。

二

1992年,我从工作了八年的县政府调到怀化行署(后来改为怀化市),1994年又从怀化调到长沙。1995年,我在《湖南文学》7、8月合刊上发表中篇小说《秋风庭院》,被《小说选刊》选载。这篇小说对我有特殊意义。当时全国优秀中短篇小说评奖已中断多年,鲁迅文学奖尚未设立。1996年,《小说选刊》主持了一个全国范围内的评奖,《秋风庭院》获奖了。记得同时获奖的还有汪曾祺、阿成、徐坤、邓一光等。行内人士评价说,那次评奖的质量不低于后来的鲁迅文学奖。1997年,我到石家庄参加全国青年作家创作会议,陈建功先生见面就说:"跃文,像《秋风庭院》这样的小说,你只要写十个到二十个，你就是著名作家了。"我听了很受鼓舞，说："那我就努力吧！"

记得第一届鲁迅文学奖评选时，初评入围小说二十部，《秋风庭院》依得票排第八位。终评获奖作品十部，我的小说落孙山之外。我当时在中国文坛籍籍无名，小说能让人稍作注意，我就十分欣慰了。

从1997年起，我在《当代》连续发表中篇小说，包括《今夕何夕》《夜郎西》《夏秋冬》。这些小说的编辑都是周昌义先生。昌义先生后来同我聊天说，编跃文的小说特别省事，稿子几乎没有错别字和标点错误，若不是流程原因可直接发稿。我很感谢昌义先生的夸奖。我自参加工作起就在机关做文字差事，无意间受到了校对训练，这于写作是有好处的。我在《当代》连续发表小说，引起人民文学出版社编辑刘稚女士的注意。她跟周昌义商量，约我写长篇小说。多年以后，周昌义先生跟我讲："我们也是想试一下。为什么呢？你的中篇小说跟其他人的不一样，你是完全靠一种味道支撑小说的。我们有疑问，这种味道支撑一个中篇可以，这样写长篇行吗？"我听了真是后怕，问："万一我辛辛苦苦写了，你们觉得不行怎么办？"周昌义先生笑笑，说："那只好退稿，你就白辛苦了。"我调侃说："你们真是店大欺客呀！"我心里其实是很理解出版社的，编辑们必须严管小说质量。周昌义先生后来在他的回忆文章里详细记述了这件事。

《国画》于 1999 年 5 月由人民文学出版社出版，不到三个月重印五次。我对《国画》总体上是满意的，它的不足是我当时那个写作阶段的不足。

小说主人公朱怀镜被很多读者认同和理解，说明中国人对官员的道德期许并不高，甚至说明中国人的道德标准在降格以求。一句"人之常情"，或一句"人在江湖"，可以消解一切原则、道义、是非。这是我们民族性格中很糟糕的东西。朱怀镜虽然是善良厚道的，绝非大奸大恶，但他圆滑自私、趋利避害、投机钻营、玩弄权术、没有信仰、没有原则，也没有真正的道德感和正义感。他仅仅是不主动做坏事，在不损害自己利益的前提下也做点好事，有时候也被迫违心地做点坏事。但就是这样一位官员，小说中人人把他当朋友，视他为知己，他自己也以清流自居，虽然有时也自责和暗自忏悔。读者认为官员能像朱怀镜这样，就已经很不错了。这是老百姓太厚道，或是人们无奈的权宜和妥协？

朱怀镜这个人物因为《国画》一举成名，许多人在他身上看到自己或身边人的影子。有些场面上，人们也以互称朱怀镜相调侃，可见他是真实的活着的人物。我的小说对生活中存在着的人身依附关系是持批判态度的。朱怀镜在《国画》中依附于皮市长,在《梅次故事》中依附于王莽之。他能够化险为夷,与他适时"跟线"和及时"抽身"大有关系。朱怀镜的人生哲学,最是常见和庸俗。朱怀镜的官其实也是跑来的,也是买来的,只不过他比别人稍聪明些,做得不那么赤裸裸,做得让人好接受。现实中一手交钱一手发货的买官卖官生意,屡见报道,并不新鲜。朱怀镜只是个良心没有完全泯灭的官员,用网上流行的话说,叫疑似好官。

画家李明溪、装裱师卜未之符合人们心目中的知识分子形象,即淡泊名利,鄙夷权力。但两个人境遇都不好,画家疯了,装裱师死了。孟子所说的"大丈夫"在现实中难以立足,劣币驱逐良币非常"合理"而"真实"。《人民日报》曾专门就警惕劣币驱逐良币发表时评,可见此风早已引起各方注意。好的秩序倘若未能建立,品行方正之人只能沦为无能无助。好比秩序混乱的火车站售票口,守规矩的干不过插队的,插队的干不过票贩子,票贩子如果同车站售票窗口相互勾结,老实人就只能买高价票了。而窗口外的人谁也干不过计划室配票的人。过去很长一段时间,我觉得现实就像一个秩序很糟的火车站。如果继续拿火车站打比方,自从高铁发展以后,购票透明了,也快捷了,票贩子和内部人勾结的情况就少多了。拿这个比方亦可说明一个道理,即社会进步才是解决各种问题和矛盾的办法。

《国画》出版以后，也发生过一些故事。有一年，湖南省作协申报《国画》参评某文学奖，引出一段花絮。我从来没有指望过《国画》获奖，申报的想法都没有，可省作协要我一定申报。我手里没有样书了，市面上也没有《国画》买了，只有铺天盖地的盗版。我买了五本品相好的盗版书作为申报资料，颇有点讽刺。没多久，一位领导打电话来，说明天到长沙来同我聊天。这是一位同作家关系很好的领导，我对他很尊重。见面才知道，他专门到湖南找我，是要我自己表示退出参评文学奖。我很理解主办方的难处，二话没说就同意退出评奖。有位当年参加评奖的评委说，因《国画》被很多评委看好，万一评了奖会弄得各方面尴尬。最好的办法，就是作家自己退出评奖。"被"字结构的表述是后来网络上的发明，有人说我当年是"被自动"退出评奖。这个说法也不准确，因为我本来就不打算参评，退出参评完全是自愿的。有位多年参加文学奖评选的评论家说，包括《国画》在内的一批作品没有评上奖都是遗憾，他建议出版一套文学奖遗珠丛书。我听这位评论家在很多场合说过这个意思，但也只能当玩话听了。

《国画》出版后，我就从业余写作转为专业写作。从此，文学成了我的职业，也成了我的生计。我很感谢文学。没有文学，我无以为业。为官假不起，经商奸不来，干苦力体格又不健壮。当然，并不是说做官必须假，经商必须奸。我见过很多好官员、好企业家，向他们致敬！我认识北方某中级人民法院一位 80 后年轻法官，他每年判案四百多件，获得很多荣誉，令政法界同行敬重，更令老百姓满意。他说自己之所以每年办案件数在全院最多，就是因为他接了案子不拖，从速公正办理。凡接了案子拖着不办的，个中猫腻国人皆知。

我不敢说《国画》写得怎么好，只是我的真诚血性之作而已。我从二十二岁起就在机关工作，目睹了很多叫人可为感怀的人和事，很多事说起来都是鸡毛蒜皮。但是，正是种种摆不上桌面来说的琐碎之事消磨着我们的人生，让很多看似简单的事情变得无可奈何，让很多本该正常的事情变得云诡波谲。一股沉闷压抑之气，越来越逼得我透不过气。于是，我开始写小说。小说里的很多人，都是值得同情且应该得到救赎的。

我的小说并不以故事取胜，而是靠周昌义先生说的那种特殊"味道"吸引读者看下去。周昌义在其回忆录《文坛往事》里面说到了这事：原来担心王跃文，他的那种注重氛围渲染的写法，能不能支撑长篇小说？周昌义说他看完《国画》初稿就打电话给刘稚，说依然是王跃文小说惯有的味道，却写得非常结实，真把一部长篇小说撑住了。我理解周昌义先生所说的味道，应该就是我小说中细腻的生活肌理、可以触摸的质感、读者可以感同身受的作家对生活的理解等等。

《国画》顺利出版，值得庆幸。我很敬佩人民文学出版社的编辑，他们有极专业的文学眼光，对政治底线有准确把握，对出版风险也有非常清晰的判断。当时人民文学出版社社长聂震宁先生在他的回忆文章里也谈到过《国画》出版前后的故事，他身上那种出版人的文学担当意识很叫我感慨和敬服。我很感谢周昌义、刘稚两位编辑，他们联手把《国画》推出来。很多评论家认为《国画》令人耳目一新，颠覆了旧有的模式化的造像手法。有些热心的评论家要写评论文章，好好地讨论《国画》，出版社都谢绝了。

常有人问我小说起名《国画》有何深意。无所谓深意，扣着题目作文本来就是僵和迂。王国维在《人间词话》里说过："诗之《三百篇》《十九首》，词之五代、北宋，皆无题也。非无题也，诗词中之意，不能以题尽之也。"自南宋《花庵词选》《草堂诗余》开始每诗才有题目，那些题目都是编者硬拟的。倘要勉强说说《国画》题目的含意，我把"八小时"之内的生活全部留白，用的是中国画的技法吧。

创作《国画》在别人看来需要极大勇气，但我自己连所谓明显的创作动机都谈不上。只是爱着文学，就写自己最熟悉的生活。我浸染红尘日久，耳闻目睹，亲见亲历，胸口时常激荡起悲悯和哀伤。如果我是画家，也许会在画布上挥洒很多惊世骇俗的色彩；如果我是歌者，也许会一路行吟长歌；可我是作家，就写小说。我没有想过什么使命和责任，最多只是出于作家的本能。我也没想过这部小说会如何走红，尽管它客观上的确走红了，我有了更大的名气。可以说，这部小说的出版，对我的人生有里程碑意义。我不相信有什么命运，如果非得借用命运这个说法，那么人同生活主动或被动的碰撞与磨合，就是所谓命运吧。

我从不认为《国画》是一部很了不起的小说，它的瑕疵是很明显的。它是否具有文学史价值，能不能传诸后世，都得看它能否挺得过时间。《国画》出版二十二年了，至今仍受人欢迎，但这个时间长度还不足以证明其价值。它目前颇受瞩目，只因为我用中国作家过去未曾有过的视角，观察和表现了真实的生活，它就显得有些陌生。很多作家写现实生活总逃脱不了既有概念，提起笔脑子里立马就有了固定造型，而这种造型是社会语境先天给予的，不是作家深切体验得出的。作家跳不出头脑中的既有概念，这是很不幸的事。这也是所有中国人面临的困扰，看到的、想到的、说出的往往不一样。作家不能按外界给定的思维程序去思考问题和观察世界，不能按格式化语言去进行表达。我写《国画》，执意抗拒这些东西。我是个乡下人，刻意保持乡下人的天真，大有好处。中国式的思维、中国式的情感，存留和传承于安静凝滞的乡村，而不是日新月异的城市。城市化是人类发展大趋势，人类进步的必然结果将是城市化。我不是反智主义者，更不是反进步主义者。但任何进步都是双刃剑，我会时刻警惕进步剑锋两面的刮痕。这大概是文学应当留意的。当我看到城市生活的种种怪象，我最基本的价值判断其实是属于原始朴素的乡下人的。最朴素的乡下人，懂得最基本的是非。不断翻新的眼花缭乱的幌子，心思简单的乡下人一眼就能看穿。我平时观察生活，也是力图冲破重重话语魔障，力图直抵真相和本质。很多冠冕堂皇的话语，很多天衣无缝的逻辑，很多花样翻新的说辞，我听着看着并不以为然。

三

书犹如人，也是有命运的。1999年5月到7月，《国画》出版后三个月内重印五次。此后十年间，市面上就只有盗版《国画》了。曾有出版业界人士估计，盗版《国画》总量应在五百万册以上。中国最偏僻的县城，都可以看到各种面目的《国画》盗版。随之泛滥的还有各种盗名小说，不下百种署我名字的伪书，充斥于各地小书店、小书摊。一家著名淘购网上有署我名字的书籍四千多种，皆为盗版书和盗名伪书。这家网站的老板堪称名嘴，说他的网络平台上没有假货，被指为假货的应该称作网货。

我原本拒绝为盗版书签名的，但有年夏天在深圳，我宣布从此给盗版《国画》签名，直到它再版为止。故事由来，原是酒店总经理抱来几十本《国画》让我签名，无一例外全是盗版书。那天，我放弃刻板和迂腐，决定给买不到正版《国画》的读者签名，借此表达对读者的尊敬和感谢。自那以后，我见了卖盗版书的小贩也不生气，他们多是无以谋生的升斗之家。也有单靠印制盗版《国画》发了大财的，如今或许已悠闲地在加勒比海岸晒太阳去了。单是在长沙，就有好几位商人表示，他们发迹的第一桶金就是印制和销售盗版《国画》。十年间，正版《国画》无处可寻，盗印版本广为流布。这本书曾顽强地活在地下。

命运如天，高高在上，无可逃避。但倘能叫人忘记命运的存在，这人间便是美好的。所谓遇上了好命运，必是先历经过太多的苦难；所谓交上了恶命运，则是陷入了深深的困厄。命运之神时刻在头顶盘旋的地方，终究不是乐土。中国人自古敬畏命运，原是命运之神太强大了，而人往往是渺小和无助的。

我对天地万物满怀敬畏，却又是个顽固的无神论者，并不相信命运之神真的高在云天。他们其实就在地上，同我们呼吸同样的空气，沐浴同样的阳光，吃着同样的五谷杂粮。此类所谓的活神仙们，倘若只掌管文字的死活，倒也不算太大的不幸。人死不能复生，文字却是不会死的。时间足可敬畏，希望总在潜滋暗长。

2012年《国画》再次出版。重读此书，我仍禁不住热泪盈眶。这超乎我的心理准备。十多年过去了，我早该变得冲淡和平静。但是，书中的人和事，常常撩拨起我心中的火焰。《国画》里的保龄球馆须人工计分，如今电子计分的保龄球都已不再时髦，高尔夫成为贵人们的日常娱乐。当年的手机是奢侈品，如今豪宅和名车是贵人们私下收受的常见礼品。匍匐大地的众生越来越认命，愤怒已是很没有意思的事。

我承认，《国画》是一部孤愤之书，也是一部忧患之书。然而，它却又是一部叫人深深误解的书。"悲凉"二字可能更接近我作品的底色；这种"悲凉"还有更深层次的底色，即对某些人性阙失的悲悯。因为悲悯，所以温暖。《国画》并不是一本灰暗、阴冷的小说，书中处处散发着人性的温暖和光辉。当然，我的小说更有对国民性的揭示和批判。鲁迅先生那代作家提倡的国民性批判的使命，当代文学并未完成。我想，误解此书的人，绝不是因为其心智，而是某种极不诚实的故意。指鹿为马的人，并非真的不认识马。

《国画》是我首部长篇小说，充其量只能算是习作。十多年间，关于这本书的说法很多，或褒或贬，兼而有之。我不是个喜欢听奉承话的人，反倒更珍惜那些批评。金玉良言，若能弥补的，我愿借以斧斫之。但我十多年间在文学上仍未能有长进，知道《国画》尚有明显的瑕疵，却没有办法把它弄得更好些。我嘱咐自己，今后写小说须惜墨如金，不可太汪洋恣肆了。全书不分章节，更无回目，苍茫而下，混沌一片。我的原意是把生活状态本身的模糊，直接投射到文本形式上。我的想法也许是幼稚的。

我听不少年轻朋友说，他们大学或研究生毕业的时候，老师都郑重建议他们读《国画》。我闻之暗觉悲凉。中国古代君子，胸怀修身齐家治国平天下的理想，必读之书是《论语》，他们相信半部《论语》足以治天下。若生逢乱世，想要出人头地，便读《战国策》和《孙子兵法》之类。乱世中要生存下来，非用策与计不可的。然而策或计用得愈多，人心便愈加险恶狡诈。中国人却偏要把心机曲折美化，叫作"城府深"，或曰"心思缜密"。我有自知之明，知道《国画》并非一部了不得的书。如果年轻人涉世之初真的必读《国画》，我愿诅咒它速朽！

《国画》一直是畅销书和长销书。有人说很忌讳自己的书畅销，我不知道他们是否说了真话。鲁迅先生同其弟周作人最早翻译国外小说《域外小说集》，据说一共只卖掉二十本，其中一本是鲁迅先生自己假扮读者买的。正是这本用文言文翻译的小说集，让鲁迅先生看清文学语言必须向白话方向走。鲁迅先生很在乎自己的书是否畅销，天经地义。我的书很畅销，这是件很开心的事。我并不认为好的文学书籍必定是不畅销的。恰恰相反，中国古典文学经典都是畅销书，试想《红楼梦》《西游记》《三国演义》《水浒传》《金瓶梅》哪一部不是畅销书？《百年孤独》是人类二十世纪伟大的文学经典，它自出版以来就畅销全世界。畅销书未必是好书，而好书往往是畅销的。

我写作的时候从未考虑过这本小说会不会销售，更不会为了畅销而刻意添加所谓畅销元素。说实话，我也不知道什么是文学畅销元素。仔细想想，我的任何小说都是写日常生活的。《国画》出版后很快流行，真是出乎我的意料。这部小说写的实在是鸡零狗碎啊！也许，正是那些看似毫无意义的生活，就像钝刀割肉一般消磨着我们的人生。有痛感的文学是好的文学。这也许是《国画》受读者喜爱的原因吧。

我非常高兴自己的书能畅销。记得《苍黄》刚出版十来天的时候，我做客某图书网站，主持人点开一个网页，告诉我说这本书在美国加州卖 9.98 美元，在北美订购一周就可以到货。

我当时看了很吃惊，现代传播手段太快了。中国一些偏远山区都还没有到货，在北美就可以买到书了。记得那天是星期六，那个网站一天销量近四百本，这是很好的销售情况，因为周末网络销售往往是平时销量的一半。我在北京西单书店做签售，场面也十分热闹。前来签名的读者告诉我，《苍黄》已名列北京图书排行榜第一。有一年，我去黄河源头一个只有三万多人口的偏远县采风，共进晚餐的朋友们都拿着《国画》来让我签名。尽管他们拿来的都是盗版书，我也很高兴地签了名。我听有位作家说，如果自己的书太畅销，他会觉得耻辱。可我特别高兴，我的境界太低了吧。

同书是否畅销相关的一个问题，就是所谓严肃文学。我觉得这是个笑话。我才不会管什么叫严肃小说，什么叫通俗小说。放眼中外文学史，小说大抵上都是通俗的，不通俗的只是极少数例外。中国四大古典文学名著，都是通俗的，只要能识文断字都读得懂。同时，它们又都是畅销书，畅销三四百年了，还要永远畅销下去。假如必须固守严肃文学的说法，通俗也不是它的对立面。文学通俗了，就不严肃了吗？用通俗、畅销这样的词来贬损读者喜爱的小说，十分可笑。有人宣称自己写作不在乎读者爱不爱看，这种说法极不诚实。既然不在乎小说有没有人看，那就不要发表，写日记就行了。我希望有足够多的读者看到我的作品。我喜欢写作，视文学创作如生命，希望把创作的喜悦带给更多的读者；我需要借写作表达自己的想法，尽管我没什么深刻的思想，只是力图表达真相和常识。

文学关乎理想，大凡热爱文学的人都是理想主义者。我没有思考过更好的实现理想的路径，但我想至少应有批判精神。批判精神任何时代都是需要的，人类从来没有过伊甸园，也不可能有伊甸园。记得2019年初夏我去挪威，心想都说那里是天堂般的福利国家，老百姓对政府应该没什么意见吧。没想到，美丽的海滨城市卑尔根因为花木太多了，花粉过敏的市民很不高兴，为此投诉政府的事常常发生。一个社会如果自命太平盛世而不允许批判，说明它病症很重。所幸的是，我们现在从各种媒体上，包括从文学作品里都能听到批评的声音。这是国家之幸，亦是国家最大的自信。

没有理由要求作家们都是思想家，但作家必须得有敏锐的洞察力，对社会的进程和生活的流向有前瞻性的思索。目前中国作家应该在关注现实、记录时代、直面艰难、呼唤公平正义等方面有所作为。多年之后，如果翻开我们这个时代的中国作家们留下的文学作品，全是咖啡厅里的浪漫，高尔夫球场上的风雅，上流社会的儿女情长，全是奴颜婢膝和吹牛拍马，那将是中国这一代作家的耻辱。

川端康成说过，颓废似乎是通向神的相反道路，其实是捷径。我想川端康成的颓废也许同我们理解的颓废并不完全一样。川端康成的颓废应该说是在虚无的底色上追求一种幽玄、哀伤的美。他的文学观念同他深受佛家思想的影响很有关系。他的所谓颓废如果并不是自暴自弃，而是一种彻底看破、放弃之后的寻求解脱之路，那么这确实是通向神的捷径。这要求作家有一种清静的人生态度，保持精神的纯粹，这样才能真实地观照人生和社会。

作家在创作作品的同时，他也在创造自己。沈从文先生曾经说到这样一个意思：一切优秀作品的制造，都离不开手和心。更重要的是，也许它还是培养手和心的境。我理解先生的意思，他所说的手，是指文学创作的手法和技巧；心，讲的是作家的人格、品格和道德。也就是说，作家的创作离不开其文学能力和人格力量。而同时，作家在创作作品的过程中也培养了自己的创作能力和人格。

四

《国画》出版之后，常有人说如果再深刻些就更好了。经常有人约我聊天，说要把很多内幕同我说说。我都不感兴趣，一一婉谢。我对生活中很多真实的离奇故事不感兴趣，不管那些故事的主人公身份如何堂皇。有些人说的小说还可再深刻些，真实意思是说现实情况比我的小说更严重、更复杂、更恐怖。可是，我一再说过，文学是不必同生活比厚黑的。假如把生活中严酷的真相毫无保留地表现出来才是所谓的深刻，我并不同意。人间的很多黑暗是不忍看的，不值得用文学来展示。

读者有权从小说中读出任何意义，文学的、哲学的、社会学的、历史学的、心理学的等等。如果有人读了我的小说不愉快，也许是他从作品中看到了不想看到的自己身上的不堪。对此，我只能表示遗憾。小说一旦发表，解释权就不仅仅属于作者。据说晚清曾有一位少女，因为读了《红楼梦》而害相思病，口里呼唤着宝玉的名字而死。少女之死，能追究曹雪芹的责任吗？或者可以打一个这样的比方：谁在镜子中看到了使他不愉快的影像，他能怪罪镜子而把镜子打碎吗？镜子碎了，他的嘴脸也不可能好起来。相反，他拿碎镜子去照，那嘴脸更可怖。

我是顽固的现实主义文学者。新时期以来影响中国文学的流派和思潮有很多，比方拉美魔幻现实主义旋风影响了所有先锋作家和时髦作家，他们言必称马尔克斯、博尔赫斯。

魔幻现实主义是人类优秀的文学经验，马尔克斯说自己作品中写到的任何故事都可以在现实中找到对应，但在有些中国作家那里魔幻现实主义却成了文学脱离现实的托词。有人说从《百年孤独》里只看到魔幻没看到现实，只能说明他被顽皮的马尔克斯捉弄了。马尔克斯说，作家是用密码写作的。

20世纪90年代中期，一种被评论界称为"现实主义冲击波"的文学现象在中国文坛出现，这标志着现实主义文学总体上在中国回归了。这是值得称道的。为什么现实主义文学最终会受到作家和读者的青睐？说明文学的基本规律是不可抗拒的，那就是文学必须接受生活的召唤。过去几十年，华夏大地上，一方面是波澜壮阔，一方面是艰难曲折；一方面是欣欣向荣，一方面是纷繁复杂；一方面是发展进步，一方面是矛盾凸显。面对如此一言难尽的现实，文学不能漠视。这也逼使作家不能不对现实问题做出思考，这应该是现实主义文学回归的最根本的基础。

我的文学态度相当包容，作家各有各的写作自由。同时，我也认为目前中国最需要的是现实主义文学，特别是需要直面现实的现实主义文学。所谓作家的责任感，既有社会责任，也有文学责任。二者密切相连，不可分割。不存在所谓为文学而文学的纯粹文学责任，文学的社会责任是被天然赋予的。

文学必须真实地反映生活，必须对现实问题和历史问题做出思考和回答。

五

长篇小说《苍黄》是 2009 年开始创作的。这是一部自动生长出来的长篇小说。最初，我只是想写个中篇，写了个七万字还收不住尾。心想：算了，写长篇吧！"苍黄"二字出于《墨子·所染》，说的是素丝到了染坊，"染于苍则苍，染于黄则黄。所入者变，其色亦变"，比喻事情变化反复。同我此前的小说相比，《苍黄》由个人命运的沉浮刻画，转向侧重对社会生态诚实地观察和思考。当然，我过去所有小说也都有对社会生态的观察。

很多作家都说自己的小说有人物原型，但我的小说都是没有原型的。不过，我写《苍黄》的时候，有个真实故事触动了我，令我震惊。但我真写起小说来，却把那个真实故事彻底放弃了。太残忍，太血腥，我下不了笔。某县有个干部到省里挂职，后来就留下来了。职场上人与人之间关系是相当微妙的。这位干部挂职时是外单位的人，同事们对他都是客气的，他同那些临时同事不会有利益竞争。但他一旦留下来了，人际关系马上就变了。他同大家成为真正的同事，肯定会有竞争。客气就没有了。通常刚调进来的人，只有级别，没有实职。这位干部在县里是大权在握的官员，调进省里就是普通副处级干部。他老婆把县里的工作辞了，却没有能力在省城找到工作。一时间，一家人没有房子，老婆工作没着落。有一天，夫妻俩在临时住房的楼顶平台上吵起来了，男人纵身一跳，堕入了永远的黑暗。我听警察说过，男人跳楼是头着地，女人跳楼是屁股着地。这位干部可能在空中被什么挡了一下，双脚着地。一米七的个子，只剩下米多长了。非常惨！我听说了这个故事，通宵都睡不着觉。我在《苍黄》里塑造的李济运同这位干部的经历有些相似，但我没让他跳楼。我写另外一个人跳楼了，就是那个因选举落选而疯了的"差配"干部刘星明。

刘星明在选举大会上当场发疯，很多人质疑这个故事的真实性。我知道现实生活中就有一个原型，虽然没有小说中这么戏剧化。这个人也是一个基层干部，不知道他哪根神经出了毛病，有天清早醒来就觉得自己是领导干部了。从那天起，他每天拎着一个包，跑到这里和别人谈一下工作，跑到那里和别人握一下手。大家都知道他疯了。一个小县城里，干部之间相互都认识，谁也不好意思点破他，大家都配合他握手演戏。他也就像我小说中写到的那样,每天在那个县城上演小品。

现实生活中残酷的游戏规则非常摧残人性,有些人的疯与不疯其实并无区别。有些正常人干的疯狂之事,难道同疯子有区别吗?我虚构疯子刘星明的故事是有生活依据的,媒体报道过某些地方送上访者去精神病医院的事,逼迫上访者书面保证再不上访才放他们出来。头脑清醒的人说假话,头脑不清醒的人说真话,这种情况并不少见。或者可以反过来讲,说假话的人被看作头脑清醒,说真话的人被看作脑子有毛病。所以说,刘星明这个人物,并非艺术夸张。这个形象有深刻的寓意,揭示的正是某种生活的真实。

我从《国画》到《苍黄》其实都力图勾画一段历史的真实氛围,描述一种社会生态。一个现实过于强大的社会,个人都是非常渺小的,都是被裹挟的。什么时候感觉个人有力量了,什么时候社会就正常了。我说的是所有个人都有力量,而不是极少数个人法力无边。

从《国画》出版(1999年)到《苍黄》出版(2009年),中国社会经济发生重大进步,这是不可否认的事实;随之而来的社会矛盾也越来越复杂,很多方面的问题几乎陷入僵局,这也是不可否认的事实。比如,贫富悬殊、分配不公、机会不均、价值混乱、道德沦丧、贪污腐败、草根阶层上升通道越来越狭窄、权贵阶层已经形成并雄踞社会金字塔顶端、权贵阶层同草根阶层甚至形成利益冲突和情绪对立等等。十多年前，我写过一篇小杂文，叫《被平均的大多数》，专门谈到中国平均数掩盖大多数的问题。这些问题都纠结在一起，一团乱麻。

《苍黄》写到的那幅叫作《怕》的油画不是我虚构的，它曾长年挂在我家客厅里。我后来搬了家，这幅画就挂在我书桌正对面。我之所以把这幅画写进小说，只因深感当今有些人太不懂得怕了。什么话都敢说，什么事都敢做，什么钱都敢挣，不怕天，不怕地，不怕鬼，不怕神。所谓"大无畏"，必致大灾难。这幅画出自一位高僧之手，由我的家人在海外慈善义卖场拍下。画的是深蓝色的花瓶，插着一束粉红玫瑰。构图有些像凡·高的《向日葵》，调子是安静祥和的蓝色，不同于凡·高的炽烈。花瓶却是歪斜着，扶正了花瓶，画框歪了；扶正了画框，花瓶又歪了。这幅画的名字叫《怕》。这幅画的艺术价值我没资格评价。我是看到画框上写了小小一个"怕"字，心里很触动。"怕"是佛教提倡的一种精神。所谓菩萨怕因，凡人怕果。善因有善果，恶因有恶果。菩萨怕因，讲的是菩萨不种恶因，于是在最初就阻止了恶的果。凡人目光短浅,往往要等到看见了恶的果,才知道害怕。面对天地万物,面对滚滚红尘,面对纷繁世事,面对自己内心,一定要有所怕。为什么常有不幸的人间惨剧发生?就是有些人心里太没有怕了。怕也可看作敬畏。我们活着,一定要有所敬畏。中国古人敬畏举头三尺有神明,所谓"人间私语,天闻若雷;暗室亏心,神目如电",说的都是敬畏。我所说的敬畏,既是自我约束,也是自我救赎。这是内在道德力量的外化。有信仰,有原则的人才会有所敬畏。人若放弃所有信条,没有任何原则和道德底线,就只剩下欲望。欲望是一个魔咒,人不能成为欲望的奴隶,不能成为权、钱、色的奴隶。人在欲望的驱使下,倘若无所忌惮,为所欲为,这是很可怕的,必然遭到来自社会、来自自然、来自命运的报应。这不是玄乎的迷信,而是真实自然的生活法则。

　　信仰是个神圣的词,它不等同于个人目的,更不是个人私欲。不管政治信仰,或宗教信仰,都是崇高纯粹的公共意志。所谓有信仰,指的是个人对崇高纯粹公共意志的坚守。但有些人所谓信仰只是挂在嘴上的,他们真正信仰的就是权力,说白了就是做大官掌大权赚大钱。严格说,这不叫信仰。有些人踏入仕途,就像进入角斗场。哪个年龄应该当上什么官,最低追求目标是什么,最高追求目标是什么,有些人成天想的就是这些事。快升官、做大官,这是有些人的所谓信仰。但是,这不是信仰。

我在《苍黄》里对无所不在的"利维坦怪兽"做了些剖析,对李济运等人的处境表示了同情,营造了一种悲天悯人的氛围。但我没有能力对理想图景进行描写,这已远远超越了作家的能力。文学作品充其量只能给人光明、正义、希望等,而要像政治家、思想家那样搭建理想蓝图,似乎做不到。思想家们用某种学说去阐述未来社会可以做到,而作家用具体故事、形象去描绘未来是不可想象的。中外文学名著中类似的文学作品并不多见,著名的《乌托邦》摆在现实面前是天真幼稚的,《桃花源记》也只是勾画了一个虚无缥缈的梦境。恩格斯说过大意如此的话:一部作品如果真实地反映了现实生活,哪怕没有提出解决问题的方法,我们也认为这部作品完成了它的使命。

我儿子上初中时,有一天听他背诵《礼记·大同篇》,"大道之行也,天下为公",顿时悠然神往。大同世界是中国人几千年的梦想,虽非常美好,但未能实现。这其实就是中国古人描述的"乌托邦"。我心目中,没有什么绝对的理想社会,只有相对良好的社会而已。

我们所居住的这颗星球,为文学家提供了源源不断的素材和养料；作家出于知识分子的敏感，不免会生出"生不逢时"的慨叹。中国人的这种慨叹，从孔子时代就开始了，"郁郁乎文哉！吾从周！"历史总在前进，人类总在怀古。任何国家任何时候都会存在各种矛盾，而知识分子因为思考力强、责任心强，常会有种种不如意的情绪。这是历史宿命，也是人类通识。所以，文学的批判性是其重要的天然属性。

塞缪尔·约翰逊说过，当一个人使自己变成野兽时，他就摆脱了人之为人的痛苦。我笔下，主人公多是难以彻底摆脱痛苦的个人。他们经常观察到野兽出没，但是无能为力。他们有时候甚至加入"野兽"中去。但是，尽管"野兽"见得很多，我却不愿意在作品中直接描写。因为心有不忍，没有勇气把真实的生活感受完全呈现出来。不是出于世故的怯弱，而是自己心底不能承受。我害怕描写黑暗的过程，也不忍把所见的真实全盘告诉读者。我有限度地描写着生活的不堪，内心压抑着巨大的痛苦。

六

《国画》和《苍黄》，前者郁愤，后者苍凉。作家的心态和写作态度是紧紧关联的，或者可以说是一回事。刘鹗在《老残游记》序言中说："盖哭泣者，灵性之相也，有一分灵性即有一分哭泣。"人们现在却是渐渐忘记了哭泣。我进入中年之后，却是常有大哭的冲动。

1999年《国画》出版时我三十出头，我现在已是个白头翁了。记得父母辈在我这个年纪时，并没有我这么多的白发。他们的岁月其实更加艰辛，可我们的境遇也许更叫人白头。白发成就了蓬勃的染发剂行业，而染发剂又在荼毒着生命。真担心有一天，我们的后代生下来就满头飞雪。

记得康熙皇帝五十多岁时，头上长出几茎白发，有人便进以乌须药。康熙皇帝拒绝染发，说："古来白须皇帝有几？朕若须鬓皓然，岂不为万世美谈乎？"可我们现代人，对白发不那么淡定了。

白发似乎可以看作某种隐喻？我们的生存状态是否陷入了某种困境？那些用染发剂掩饰着憔悴的成年人，仍然会用最美好的信条谆谆告诫孩子们，自己却在险恶的境遇里无所顾忌地拼杀。很多人忍受着别人的伤害，又不假思索地伤害别人。职场上与同事钩心斗角的人，回家会批评孩子不跟同学搞好团结。做官的人说：我最大的优点就是认真，最大的缺点就是太认真。做生意的人说：我最大的优点就是讲诚信，最大的缺点就是太讲诚信。做学问的人说：我最大的优点就是严谨，最大的缺点就是太严谨。混世界的人也是这套腔调：我最大的优点就是讲义气,最大的缺点就是太讲义气。我在各种场合都会听到种种冠冕堂皇的表白,听上去天下尽是好人,盗亦有道。

财富帝国、私人岛屿、名车游艇和摩天大楼是中国的真实,而中国最大的真实却在辽阔的乡村。《苍黄》写的就是一个叫乌柚的县。我的生命触角,情感脐带,一直联系着乡村。不论听到何等堂而皇之的高论,我的条件反射就是想到熟识的乡村:撂荒的田野、孤独的留守老人和儿童、乌烟瘴气的赌场、瘟疫似的地下六合彩、游手好闲的青少年、中华田园犬通宵的狂叫。

乡下的狗若有心智,它应最能体会生存的尴尬和屈辱。城里人给它起了个很有文化的名字:中华田园犬。城市禁养中华田园犬,禁养通告在这几个字后面打了括号,里面写上:俗称土狗。颇有些像20世纪80年代初,叫进城务工的农民为盲流。乡下的狗不知道它们被侮辱了,反正被赶出了城市。盲流事实上也是侮称,可乡下人为着生存,仍然浩浩荡荡进城去。直到多年之后,他们才被叫作农民工。农民工在城市,也是被歧视的。有些城市被农民工侍候了几十年,突然觉得这些人素质低端了,开始驱赶。

上面谈到的这些杂乱的思绪,也许就是我写作《苍黄》的心理背景。我通过小说观察和思考生活,重在观察和思考的过程。小说就是长于写过程的文学。生活的希望总是有的,但我不会凭空虚构。读者有自己的头脑,他们不需要听作家教导。一个作家总想着教导读者,一定十分可笑。中国人的教化伦理需要反省,长者教导幼者,尊者教导卑者,精英教导大众,强者教导弱者,居上者教导屈下者,这种秩序未必都是天然伦理。

《苍黄》书名用的是《墨子·所染》的原典:说的是素丝入染房,染于苍则苍,染于黄则黄。比喻事情变化反复,世事无常。苍黄还有一义,即带青的黄色,或叫青黄色。这同小说的调子也颇为相符。我想,这是一个好书名。

《苍黄》里创造了一个名词,叫"网尸"。网络等现代媒介对社会和生活的影响,有些让人始料未及。有些人的愚蠢荒唐之举,放在过去也许司空见惯,如今被晒到网上就会引发舆论风暴。《苍黄》里的李济运、朱芝等,他们得花很多精力对付网络和各种媒体。朱芝把那些被封掉的帖子叫作网尸。这个比喻很贴切,很有意思。我们上网看看,很多帖子运用搜索引擎可以找到,却打不开,只是显示:您查找的帖子无法打开或被删除。后来,就显示"404"。也有些网站玩小幽默:哦!您要找的在火星!这都是些死掉的帖子,像尸体一样飘浮在网络世界里。

《苍黄》里的乌柚县是虚构的,里面有很多南方方言,但并不是某个固定地方的方言。我基本上是普通话写作,不过一个南方人的普通话肯定有地方特色。我刻意用了一些很地道的方言,其实就是我自己家乡溆浦话。但写的事件没有家乡的影子,我的所有小说都是百分之百的虚构。我用家乡的方言作语言素材,为的是增加小说语言的韵味。比方,北方人说"破罐子破摔",我家乡讲"烂船当作烂船扒";北方人讲"沸沸扬扬",我家乡说"讲抬起来了";北方人讲"起哄",我家乡讲"起拱子"。我家乡的话很生动。

《苍黄》里面写到一个风景绝胜的地方叫白象谷,有我家乡的影子。我的家乡很美,属雪峰山区。山多雄奇秀丽,溆水河流过县域大部分地方。有山有水,自成佳境。比如穿岩山、山背梯田,都是名胜景点。但白象谷完全是我虚构的,可以说是我在《苍黄》里写的最大闲笔。当然,闲笔中间也演进故事,不是单纯的闲笔。

我的家乡属大湘西,那里山清水秀,既有延绵山陵,又有平畴绿野。我在老家替父母修了一栋小房子,起名叫忍冬居。忍冬就是金银花,一种南方随处可见的藤蔓植物,其花可入药。金银花在阳历五六月间开放,山野里,田地间,香气日夜弥漫。

七

有人说我《国画》之类的小说刺激，而我其他的小说则相对平淡，比如《爱历元年》《也算爱情》《桂爷》《漫水》。读者的阅读期待通常喜欢冲突、悬念之类。我有自己的文学原则。作家要尊重读者，但不能迎合读者。我凭自己对文学和生活的理解去写作，不会考虑读者爱不爱看。日常化叙事，我小说创作的基本手法即此。

我的《国画》那样的小说，其实也是写生活的日常状态，绝少离奇曲折的故事，且有意拒绝所谓宏大叙事。越是日常化的生活，越是生活的本来面目，越能反映生活的本质。我的《国画》之类的小说同乡村小说有"浓淡"反差，也许是因为这两块生活的成色本身存在差异。权力场上无风三尺浪，而乡村纵然有风也是月影婆娑。短篇小说《也算爱情》其实也是颇有些不平淡的，但小说里的人物，哪怕是吴丹心那种被环境扭曲了人格的人，也有可爱可怜可叹之处。《桂爷》写的是一个很悲惨的故事，而深层里却有着乡村人物的大尊严、大温暖。《爱历元年》同样写的是日常种种，我把很不起眼的生活琐碎尽量写得熨帖，叫人感觉"悠然神会，妙处难与君说"。

悬念固然是常见的文学手法，也有把悬念用到极致的文学大家，但一般说来，运用悬念吸引读者不是太高明的手法。悬念是一次性消费，完全依赖悬念的小说不具有反复阅读的魅力。一个对《红楼梦》完全陌生的读者，贾宝玉到底会娶林黛玉还是娶薛宝钗，这是悬念。但读过之后，这个悬念就不存在了。《红楼梦》的伟大在于它并不依靠悬念。我们重读《红楼梦》的时候，知道此处是爱情悲剧，依然会为之哀痛。这是文学深沉的力量。《红楼梦》是最琐碎的小说，它恰恰又是迄今为止中国最伟大的小说。

作家描写现实生活的笔触永远达不到现实的真实程度。现实的复杂和严酷，大大超过作家的想象能力。客观存在的某些黑，作家有能力把它抹白吗？白的抹不黑，黑的抹不白，这是起码的常识。但是，随着年龄增长，到了写《苍黄》的时候，我的心态越来越平和了。同年轻时的郁愤悲凉相比，内心多了些温暖、理解、宽容。但是，这并不等于我认同现实中存在的消极和负面。

故事每天无声无息地发生，很多庸常故事波澜不兴，却影响着我们每个人的命运。一个血气方刚的青年，踌躇满志地走向社会，天长日久就被某只看不见的手慢慢扭曲了。这个青年，也许就是《朝夕之间》中的关隐达，也许就是《国画》里的朱怀镜，也许就是你自己。我笔下那些芝麻小事，倘不用小说细细说出来，上不了堂皇的台面。什么都发生在司空见惯间，并不会令人警觉。当这些日常琐碎被写成小说的时候，竟是那么触目惊心。我们短短几十年的人生，正是被那些说起来都可笑的无聊之事消磨着。有些人获得世俗意义上的成功，付出的却是深层次的灵魂溃败。只不过，有些人会不以为意，或者是麻木了，或者是同化了，或者是装通透了。

文学的功用是有限的，倘能让人警醒也算是奢望了。我能写写小说，心里就安妥了。

八

我曾成天面对忙乱无序的工作，不知何日是尽头。虚无感、荒凉感，时常会堵在胸口。《无头无尾的故事》里的黄之楚就是这样一个小人物，他的日子过得很窝囊，很无助，很谨小慎微，很没有尊严。他不是自己生活的主人，只是被生活裹挟着前行。这种小人物在生活中比比皆是，令人叹惋。我天然裁取生活流中的一段，展示小人物在巨大而庸常的生活流中的惶然和渺小。

我这类小说有《无雪之冬》《很想潇洒》《旧约之失》《蜗牛》等，里面的人物都像黄之楚的裂变，虽各有神貌，却共着命运。《旧约之失》里的舒云飞说："如果有人将这里的生活写成小说，一定很枯燥、很乏味。大家只是极斯文地坐在那里，大动作和小动作都看不出，没有什么精彩的细节，既不能丝丝入扣，又不会惊心动魄。"这就是我笔下场域的一个特征，就像工厂：重复。上级下级，上台下台，腔调文章，个性消亡。人们在程序中生存，无论扭捏还是迎合，结局都无差别。这样的人生故事，自然是无头无尾的，因为工厂还在，程序依然。这些小说好比浮世绘，种种世相的集合。我小说中的朱怀镜、关隐达、皮德求、陶凡、汪凡、黄之楚、张青染等等，他们能否在文学人物画廊中存活下去，他们在文学史上的命运如何，我不敢断言。如果他们存活下去了，我这些小说就不是无效的重复。

《朝夕之间》里的关隐达是一个让我"心头隐隐作痛的人物"，他既追求一种隐的生活美感，又有热血男儿的功业抱负，注定是一个纠结的人物。他是读书人，儒雅、聪明、正直、有抱负，凭知识分子的朴素情怀做人做事，想做个好官。眼前的所有把戏他都看得懂，但基本上不愿意同流合污。他两次被人民代表推上行政一把手位置，一次被选为县长，一次被选为市长。第二次被选为市长，现实生活中是没有可能的。我依照小说中能自圆其说的"封闭逻辑"，让人大代表把他选上去了。这违背了生活常识，却实现了我的个人愿望。关隐达所谓追求隐的生活美感，实际上是保留中国传统知识分子的优良品质。

他的功业抱负并不是要做多大的官,而是想真正做点有益的事。事实上,这种人在现实生活并不少见,但他们往往会走得很艰难。关隐达看到了自己新任秘书的才华,但这位年轻人今后会走得怎样他无法预知。作为过来人,他看得破却不能点破,只能在心里感叹:又一个诗人死了。

一个内心明白的人,自守和同流,时刻矛盾着。严酷的现实面前,人自守的东西会越来越少,同流的东西会越来越多。人性是脆弱的。现实生活强大的逻辑力量逼迫或者引诱着人们把生存利益放在首位。有些人经历了一个从被迫到自觉的过程,有些人明白道理却不讲道理。他们清楚,现实利益比道理实惠得多。他们清楚,很多事情不能那样做,但照做不误。很多人走进强大的现实就不会想到自守,现实游戏规则在他们意识里是很自然的,他们会非常配合地适应其间,也就是所谓同流。用场面上的话说,就是会玩。评价一个人顺水顺风,大家都会非常佩服地感叹:这个人玩得活!一个人让人看不到个性了,看不到喜怒哀乐了,他就是所谓成熟了。关隐达这样的人,真放在现实生活中是很难突围的。他要么就是败下阵来,郁郁不得志;要么就是适应游戏规则,仕途通达。而后者,按关隐达的价值标准,则是:又一个诗人死了。

1995年后的七年间,我先后写了六部相互关联的中篇小说,分别是《朝夕之间》《秋风庭院》《今夕何夕》《夜郎西》《夏秋冬》和《结局或开始》。每写完一部,下一部就在暗自生长。我必须接着写下去,心里才得安妥。我最初并没有把这六部中篇结成长篇的想法,后来合在一起通读,我几乎有些吃惊。原来内在气脉,情节铺陈,人物呼应,竟浑然天成。有人评价说《朝夕之间》是我所有小说中艺术韵味最醇正的,认为它比《国画》更蕴藉、更温婉、更敦厚。

九

2001年10月,我同时出版了两部长篇小说,一部是《梅次故事》,一部是《亡魂鸟》。

20世纪90年代中期,我从报纸上读到一则报道:一位女知青,当年为了庇护自己的恋人,被迫同农场场长结婚了。但她的善良未能让自己的恋人躲过厄运,那位优秀的年轻人最终被以反革命罪处决了。罪名是莫须有的。女知青的悲苦命运从此开始。不足两千字的文章,我读过之后愤懑难已。报纸还配发了这位女知青的照片,那双眼睛美丽忧伤。

2000年底,我暂时撇开正在写着的一部长篇小说,开始写作《亡魂鸟》。2001年7月,为了躲避长沙的酷暑,也为省去些应酬，我跑到会同、靖州去了，继续修改这部小说。朋友们偶尔打通了我的电话，想知道我在哪里，我只戏言在西方的一个山洞里。靖州、会同两个县城都很漂亮，有山有水，又有山野菜蔬，人更是古道热肠。我在会同落脚的地方，半山上有座亭子，松风鸟语，流泉鸣蝉。我白天坐在亭子里修改小说，黄昏便去县城的小巷子闲逛。到了靖州，我仍是白天工作，傍晚就去河里游泳。那条河叫渠江，并不太大，却很清凉，两岸烟树。

《亡魂鸟》不是概念上的知青小说。我祖祖辈辈都是农民，我没有丝毫高贵的知青情结。我不喜欢有人说到知青生活就苦大仇深。知青们祥林嫂一样诉说的苦难，不过是亿万农民千百年最日常的生活。我这部小说叙说的是一个女人的命运，曲折、凄美、无常、荒诞。如果说这部小说能有些价值，也许在于它以文学的方式为那个时代制作了历史标本。

《梅次故事》的主角依然是朱怀镜，有人却说他变成了另外一个人。这部小说也因此遭人诟病。朱怀镜的所谓变，就是在依然的周旋与权衡中，在纠缠与迷惑中，他终于有抗拒，有坚守，有开拓。朱怀镜在梅次的风格有别于他在荆都，实在是其自然不过的人生轨迹。

古人论画常说，运墨而五色备矣！墨生五采，干黑浓淡湿,谓之五墨。阴阳明暗、凹凸远近、苍翠秀润、动静巨微,尽在五墨之妙。我不太喜欢把小说故事写得剑拔弩张,或离奇曲折。这无意间或许有了没骨画的韵致,不重线条勾勒,好用墨色晕染。《梅次故事》中的朱怀镜与人谈论绘画时感叹:人生百态,无非五墨。做人做事,也要五墨自如。个中三昧,谁人得会?

我最初曾以《五墨》命名这部小说,并写了个很不错的题记以释名,但出版社怕引起别人对字面的误解而没有采用。墨,毕竟是黑。小说题目被编辑改作《梅次故事》是不得已的偷懒做法。

十

千百年的中国乡村多灾多难,却又如离离原上之草,都能浴火复生。一个重要原因,就是乡村传统文化的相对稳固。古代帝制社会不管如何改朝换代,根本的文化不会受到冲击。即所谓道统不变,天下不亡。我自小知道,村里最大的地主叫王禹夫,他是吸劳动人民血汗的坏人。但是,我在家常听奶奶讲:王禹夫是个好人。这位地主是村里文化最高的人,黄埔军校毕业。当年,他骑着高头大马回家,必定在村前下马走进村子。村外有个地名,叫下马田。历朝历代的漫水人,不论在外如何风光，回到家乡必须放下身段。一个在外发达的人回到村里骑马行走，会被村里人鄙视。王禹夫在路上见了村里长辈，必定下马请安。

我关于乡村的心境非常矛盾和复杂。一方面，我对它有天然的感情，爱着那里的山水和人们；一方面，我知道它的颓败和危机，内心颇忧虑。同时，也深知乡下人的某些狭隘和愚昧拖累着乡村的进步。这些年，乡亲们外出打工挣钱，燕子垒窝似的盖成了新房，看上去进步很大。但是，由于中国草根阶层上升渠道越来越狭窄，乡下人看到上大学已不再是改变命运的途径，很多人对下一代的教育基本上放弃了。一个国家百分之八十以上的人口不再重视教育，危机马上就会到来。乡村是最大意义上的中国，不但在于它所占国土面积巨大，人口数量巨大，而且中国传统文化的根脉在乡村。城市在现代化进程中被格式化了，城市文明代表不了中国文化。文学表现好了广大乡村，就真正表现好了中国和中国人。说句题外话，也只有解决好了中国乡村问题，才算真正把中国问题解决好了。

我之所以喜欢自己的乡土小说，除了喜欢作品中展示的自然散淡的生活状态，以及乡村人物身上的质朴人生，写作本身的过程也是令人陶醉的。我写这些小说的时候，自然而然地就把自己置身于家乡的地域文化背景之下。笔下人物的习性、声口和形象，尽是我熟识的，他们都是家乡的风俗风情和山水阳光陶冶出来的。

我感触最深的是在创作《漫水》的时候，体会到乡村人物语言是那么有意味。他们有自己的语汇，有自己的修辞，有自己的幽默。我还发现一个有趣的现象：只要用心留意，某些很土的乡村方言也可以在标准汉语里找到读音和意思吻合的字。我并不认为严格地使用方言才是好的乡村小说，方言文学化的解决方案有很多种，不少经典作家给我们提供了好经验。比如周立波对东北方言和湖南方言的处理都到了百炼钢成绕指柔的地步。我在学习借鉴民间语言上也有些心得。我使用民间语言的时候，学到的不仅仅是老百姓的词汇、修辞，还有家乡人物的神态、腔调、笑貌，以及他们的思维方式、生活态度等等，这些都通过他们的语言活生生逼到眼前来。语言就是我们的世界，这是个哲学常识。我写不同题材的小说，语言呈现出不同的风格。这就像做衣服，西装同衬衣，面料肯定不同。语言是小说的材料，只看这部小说是西装还是衬衣。不同的小说语言，构成不同的文学世界。

我此前此后都没有因为写完一部小说失眠，但写完《漫水》我通宵没有合眼。小说结尾写到慧娘娘的灵棺被火红的飞龙架着抬上太平垴，慢慢地就像升到天上去。写到这里，我眼里充满泪水。一个乡村农妇的一生,让我生出许多难以言说的感慨。余公公、慧娘娘,他们是极其普通的乡村人,活得真实、自适、仁爱。他们终生匍匐大地辛勤劳作,而回到大地时却是那么庄严。他们都是我熟悉、热爱的乡亲,我小时候见到过的乡亲就是这样的人。我奶奶,我妈妈,她们身上都有传统乡村妇女的智慧和贤惠。我父亲,我叔伯,他们身上都有传统乡村男人的善良、勤劳和聪明。乡村人呼吸着乡野气息,不管风云如何变幻,他们心里都有自己的一杆秤,只认天底下堂堂正正的大道理。

乡村老百姓的思维方式,读书人倘不熟悉,无论如何想象不出来。他们的处世方式、情感方式、世界观,也是作家无法虚构的。我在《漫水》里写到乡下老人对待生死的通达,均是古风。村上有人老了,村里人不会讲什么节哀之类的套话,只会实实在在地安慰丧家:"莫难过,人都有一回的!"乡村人对待生死,如同对待四季,如同对待花开花落,多持一种平和心态。他们谈到别人的死,不会像城市人出于礼节必须表演一下悲痛,言语和表情都是非常平淡的,有时甚至会把死亡当成笑谈。乡村人进入暮年,会早早地预备好自己的后事,云淡风轻地谈论自己的后事。我从记事时候开始,就知道堂屋角落里放着一副棺材,那是奶奶年纪轻轻就为自己备下的。隔一段时间,奶奶就要把盖在棺材上的破蓑衣拿开,像对待宝贝样地抹一遍。我常听奶奶同人谈论自己的死，就像谈论与己无关的事情。乡下人对待死亡的豁达，大抵出于认命。也许自命高贵的人会对乡村人的认命抱以同情甚至轻蔑，事实上这就是乡村人与生俱来的生死观，世代相因，根深蒂固，无须教化。乡村的人死了，没有人会考虑丧事的规格，尽管有的人家奢华，有的人家简朴，但都会一律庄严肃穆。古人讲的"死生亦大"，乡下人都明白。

我热爱且敬仰沈从文先生，我受他小说的影响，也许是无意之间的事。但是常有人说我的《漫水》像《边城》，这恰恰是我非常害怕的。齐白石先生说过：学我者生，似我者死。我宁愿自己的小说同沈从文先生的小说相差十万八千里，也不愿意我的小说像他的小说。沈从文只需要一个，多出半个都是多余的，都是毫无意义的。文学的残酷性就是如此。好比评论界屡有人说残雪是中国的卡夫卡，我觉得这丝毫不是夸赞。卡夫卡只需要一个，不需要第二个。残雪就是残雪，不是别人。

十一

我收在小说集《漫水》里的作品，写的全是乡土生活。我同乡村有千丝万缕的联系，乡村所发生的一切，我都时刻关注。

中篇小说《漫水》是一幅淡远恬静的中国南方乡村风情画、风俗画。我用这样的小说安慰自己的灵魂，找寻失去的梦想。

这本集子里的中短篇小说，从《漫水》到《雾失故园》《桂爷》《乡村典故》《冬日美丽》，似乎可以看出乡村衰败的过程，这种衰败更多是精神上的。故而，乡村需要振兴。《漫水》里的有余对来村里蹲点的绿干部说："你晓得自己不是坏人，就莫随便说人家是坏人。我活到四十多岁，漫水老老少少两千多人，我个个都晓得。讨嫌的人有，整人的人有，太坏的人没有。整人，都是跟你们学的。"而《雾失故园》里的"我"，早早就学会了"恨"。有余身上那些淳朴、宽容、精致的乡土精神，似乎在乡村渐渐断了。看上去，似乎是矛盾的，其实是真实乡村变迁史的写实。

我心里装着一个乡村，那里是我的文学故乡。我自小生活在乡村，熟悉那里的人及风俗、风情、风物。少年时代离开故乡，同泥土越来越遥远，求学，工作，成家，为人夫，为人父。二十八九岁才开始写小说，写的都是同故乡无关的事。早想过要写写故乡，但提起笔来却相当隔膜。很长一段时间，我很不明白：那么熟悉的乡村，为什么让我如此陌生？

大约中年以后，似乎是突然之间，对故乡的思念常常逼得我胸口发慌。我开始写些与乡村有关的小说，如中篇小说《我的堂兄》,短篇小说《乡村典故》《桂爷》。这时候,我发现自己写乡村小说,完全是另外一种状态,语言、节奏、色调、情绪,种种自适和熨帖都是自己过去的写作没有过的。

我并不刻意为之,乡村生活决定了文字的面目。我虽然为自己的乡村叙事沉醉,却并不明白我之所以沉醉的缘由。直到写了《漫水》,我似乎渐渐明了自己写作兴趣变化的根源:熟稔的乡村,也许正在教我重新认识生活。

漫水是个真实地名,那里就是生养我的村庄。小说中写到的余公公和慧娘娘们,世世代代生死都在那地方。溆水是沅水支流,沅水是长江支流。因为溆水汤汤流过,漫水村四周几万亩田土无比肥沃。这方水土养育的人,有自己的生存方式、处世习惯、情感形态、是非标准。过去几十年,不管世道如何变迁,不管历经多少风雨,乡村人身上最本真、最美好的东西从来没有消失过。

记得20世纪70年代的时候,一位犯了错误的干部下放到我村改造,有个村妇愤怒地指着这位干部斥骂:"你这个鸡窝鸡窝分子!"她要斥骂的是"右倾机会主义分子",但她因为没有文化讲不清这几个字。一个连人家罪名都讲不清楚的妇人,内心莫名其妙地就充满仇恨和愤怒。

我奶奶也没有文化,她听广播里唱着"无产阶级'文化大革命'就是好",就说:"还好?天天打打杀杀还讲'就是好'?"村里人听着就开她的玩笑:"你讲反动话,要把你绚起来!"我奶奶把手往后面背着讲:"你绚啊,你绚啊!不绚你就是孙子!"那人笑道:"我就是你孙子啊!"

那个叫人家"鸡窝鸡窝分子"的妇人,一直被邻里们当作笑话讲了几十年;我奶奶讲了当时听来非常反动的话,也没有人真把她绚起来批斗。乡村自有乡村的伦理尺度,也自有乡村的是非标准。过去六七十年的社会革新、嬗变或动荡,无时无刻不在动摇和侵蚀传统的乡村文明,而传统的乡村文明却又无声无息地疗救着乡村的创伤,抵御或缓冲着各种政治运动的暴力,让乡村在过去几十年的苦难里疼痛有所减少。如果没有乡村传统文明的抵御和缓冲,过去几十年发生在中国乡村的人性灾难会更加深重。

小说集《漫水》记录的就是我对乡村生活的记忆。我出生的村庄如同我在中篇小说《漫水》里写的,团簇在田野的中央,紧临溆水。我在村里生活了十九年,直到考上大学离开。我人生中最原初的,也最深刻的记忆就留在那里,那里也是我永远的乡愁。

《漫水》这个中篇小说,就是我对家乡的诗意叙述。家乡充满灵性的山水风物,含蓄敦厚的情感方式,质朴纯真的人情人性，重义轻利的乡村伦理，都成为我刻意追求的审美意境。我有意淡化情节的因果连贯，尽量以一种从容、平淡的方式还原乡村生活的本真状态，以淡墨写人物，追求细节的丰满逼真和意境的简约空灵。

《漫水》中的余公公和慧娘娘这两个人物，我尽量把他们写得温厚、朴拙而有深蕴，我用心中最柔软的那支笔来写他们两人之间的情意，那种情意有乡村中聪明人之间的惺惺相惜，有男人和女人间相互怜惜的亲情，那是两个都懂得美、追求美的人之间的默契。他们是乡村文明的传承者和守护者，他们身上体现了我的乡村理想和审美追求。余公公可谓乡贤表率，他虽不是旧时那种读书明理的乡绅，但这方土地淳厚的民风如雨露滋润五谷，把他养育得坚忍刚毅、心灵手巧、乐善好施、豪放仗义。慧娘娘贤良、聪慧、宽厚、慈爱，亦是那方水土上随处可见的寻常女人。余公公和慧娘娘相处了半个多世纪的中国，是非颠倒好几来回，人情冷暖若干春秋，他们却从来没有改变过自己做人做事的方式。他们判断世道，不听莫名其妙的口号，只凭最原始和最实在的是非标准。外来暴力或许会暂时把乡村的人们压服，但流淌在他们血液里的正直善良的禀赋不会永久地失去。当然，我写《漫水》，不可能完全把它写成理想中的乌托邦，社会历史的暴力性楔入给乡村物质生活与精神生活带来的或显或隐的改变，乡村残存的诗意文明的凋敝和式微，也成为《漫水》这一小说里的另一种声音。小说越到后段，这种隐隐的忧患和恐惧的声音越来越明显，最终不可挽回地成了一首悲歌，只是这首悲歌哀而不伤，没有纵横的泪水，只有含泪的悲凉。

中国乡村过去几十年有些方面发生的变化可谓沧海桑田，有些方面却又是停滞的、板结的。乡村传统的宗法伦理被粗暴地改变，扭曲了乡村人物的命运。我也许只能叹息乡村诗意的溃散，目送它渐行渐远的背影。我如今回到故乡去，看到乡亲们都住着新盖的房子，乡亲们仍依家谱辈分起着名字，然而我知道他们中间再也没有余公公和慧娘娘。

《漫水》叫我懂得乡村的美好传统坚韧无比，许多自命不凡的庄严或崇高在它的反衬之下变得荒诞和虚无。

十二

《大清相国》写的是清康熙年间事，主人公是官至文渊阁大学士的陈廷敬。康熙皇帝对陈廷敬的评价是：卿为耆旧，可称全人。恪慎清勤，始终一节。这是陈廷敬的基本性格。但是，古代官场是复杂的，如果完全如康熙评价的这样，陈廷敬只怕在官场待不下去，不可能为官五十多年老死相位。这中间有文章。历史风尘会掩埋很多有价值的人和事，我想让后人记住陈廷敬。

我写陈廷敬虽因偶然机缘，可一旦接近这位古人，我就被他的魅力所吸引。作家们过去写历史人物，多习惯写轰轰烈烈的英雄，这似乎成了中国人潜意识里的历史观。但平治之世，更需要像陈廷敬这种务实低调的循吏良臣。轰轰烈烈的英雄们其功在于摧枯拉朽，而在更多庸常的岁月里需要大量陈廷敬这样的官员。如果非要说现实意义的话，此即是吧。

康熙朝名臣辈出，陈廷敬不是太有名气。陈廷敬被历史遗忘，同他当年能平稳致仕有极大关系。也可以说同他做人做官的方式有关。同朝的很多名臣重臣如明珠、索额图、李光地等等，留下许多故事。比如李光地，当时就很有名气。耿精忠在福建造反时，李光地正好跟同科进士陈梦雷在福建老家，成了事实上的附逆之人。他俩怕朝廷平复叛乱之后获罪，商量着悄悄上书朝廷，报告耿精忠造反情状。密信是用蜡丸子封好送到京城去的，历史上叫这事为"上蜡丸书"。但是，李光地是个不厚道的人，他同陈梦雷两人商量好的，由李光地回去秘密起草，以两人的名义上书。李光地不够朋友，密信上只落了自己的名字。因此，"三藩之乱"平息后，陈梦雷被治了罪。这个故事被同时代很多人的笔记记载，李光地自然就被后人记住了。光靠史书上干巴巴的文字，很难让后人记起。李光地身上有很多故事，都引人注意。

康熙朝许多名臣，比如熊赐履、于成龙、张鹏翮、张伯行、徐乾学、高士奇、汤斌等，都因罪因过受到处置，最轻的就是放还田园。观康熙一朝历史，极少像陈廷敬这样从未被治过罪的官员。陈廷敬能让后人记起的事好像只有他主编过《康熙字典》，他的平生功业得从大量故纸堆里去寻找。

严肃的历史小说创作，必须尊重历史。完全罔顾史实的写作，我不赞同。当然，写历史小说并不是事事有出处，事事有考据。历史小说同史书是有区别的。我说的尊重历史，就是对历史人物的基本认识要符合史实，对其所处的时代要有研究，写出来的故事、人物行为方式、生活场景等等，都应有历史现场感。这些是创作历史小说起码的要求。启功先生说清朝的男人蓄辫子其实是只留头顶一个盖子，四周都要剃得光光的。只有人到死的时候，才把后脑勺的头发留着，为的是讨个吉利话，叫留后。我们在电视剧里看到的清朝男人的发型，都是留后的。启功先生说，看这种电视剧就像看着一帮死人跑来跑去。这是不懂历史细节。

我曾用四句话概括陈廷敬：清官多酷，陈廷敬是清官，却宅心仁厚；好官多庸，陈廷敬是好官，却精明强干；能官多专，陈廷敬是能官，却从善如流；德官多懦，陈廷敬是德官，却不乏铁腕。中国百姓有着很重的清官情结，但自古以来很多清官却又是酷吏，海瑞就是典型的例子，他甚至要皇帝恢复剥皮酷刑。历史上很多清官往往以道德高尚自诩，总以为自己无私无畏干的都是好事，免不了逞一己之意气。陈廷敬是清官，却并不酷。

陈廷敬是清官、能官、好官、德官，但这四者没法分个先后顺序，缺一都不是官员应有的品格。比如说能力，如果一个官员很清廉，品行也好，但他是个庸才，什么事都做不了，或者尽做傻事，或者一片好心却尽办坏事，这样的官员有什么用呢？不管历史上，还是现实中，有些官员能力很强，确实也干了很多实事，有政绩摆在那里，但他就是很贪婪，这样的官员更不是老百姓需要的。

晚清时左宗棠有句名言："廉仅士之一节耳，不廉固无足论，徒廉亦无足取。"左宗棠这几句话，并不是说廉洁可有可无，而是说为官仅有廉洁是不够的。但是，有人对这话做片面理解，认为官员在清贪之间模模糊糊无所谓。不过，帝制时代政治环境复杂，皇帝取人用人并不全依法度。左宗棠还说过："最怕世人许我以清廉之名。"不是说左宗棠就不清廉，而是说在当时清名太盛会成为众矢之的。

十三

作家写历史小说，不可避免地会受到史料真实性的质疑。《大清相国》写的是三百多年前的人物和故事，经常被读者和媒体人问到真实性的问题。美国历史学者杜兰特在他的著作《东方的遗产》中说："绝大部分历史是猜测，其余的部分则是偏见。"杜兰特这句话很流行，很多人拿这个观点来看待历史。这其实是误读。杜兰特说的只是对历史的研究，而非历史本身。历史真相是唯一的，与歪曲、掩盖、粉饰、作假都无关，只不过歪曲、掩盖、粉饰、作假也成了历史的一部分。这是伪历史，尽管它也是历史。

历史小说创作需要想象，这同杜兰特所言历史研究中的猜测和偏见是两回事。我写的是历史小说，不是历史研究专著。真实历史同历史小说必须有区别，这个区别就是历史小说存在的理由。写小说必须虚构，写历史小说也不例外。我不赞同有的学者苛刻地看待历史小说，认为小说故事同历史事件要严格铆合。中国最伟大的古典历史小说是《三国演义》，但它能同《三国志》对照着读吗？如果按有些学者的观点，英国作家希拉里·曼特尔的《狼厅》也不是历史小说,但它恰恰是杰出的历史小说。中国史书典范《史记》反而有大量的小说笔法,如人物对话及情态描写。我觉得,历史小说主要人物须是真实的,人物基本命运是真实的,人物的大致事略是真实的,而小说情节、细节是虚构的。比如说,陈廷敬有一次随康熙皇帝南巡到杭州,皇帝准他的假让他尽情地游览西湖风光。南巡时,皇帝下达过不准扰民的恩款若干条,实际上底下却又做不到,甚至发生官员在杭州偷买女子回京、歹人冒充皇子向官员敲诈钱财等事,都是有史料记载的。写历史小说通常讲,大事不虚,小事不拘。《大清相国》里写的主要事件都是在历史上发生过的,我把陈廷敬放在这些事件中描写,这是符合历史小说创作习惯的。比如,我在小说里写陈廷敬就救灾办法提出修订,这是史料记载的。

  但有些专家的意见却让我非常吃惊。比如,我在小说里写到经筵进讲之后,康熙皇帝驾临文渊阁给讲官赐茶。有位专家在《大清相国》研讨会上说文渊阁大学士只是官名,并无文渊阁这么个建筑,指出这是我小说的硬伤。北京故宫东华门内立着那么巍峨的文渊阁,去过故宫的人都能看见,这位文博界专家居然没看见过?我写皇帝赐茶文渊阁是依据史料的,《清史稿·经筵仪》载:"顺治九年,春秋仲月一举,始令大学士知经筵事……毕,帝临文渊阁,赐坐,赐茶……康熙十年举经筵,命大学士熊赐履为讲官，知经筵事。"乾隆朝之后，藏《四库全书》于文渊阁，它成了国家图书馆。

《大清相国》的切入点是科举舞弊案。小说里，无论是山西乡试，还是北京会试，都发生了严重舞弊案。但史实是清顺治十四年（1657）山西并没有发生科举舞弊案。那一年的乡试发生舞弊案件的是顺天府，也就是北京。但舞弊在科举考试中是经常发生的，没有发生舞弊案件不等于没有舞弊。科场舞弊自有科举制度以来就存在，舞弊手法花样百出。那一年顺天府的乡试，应该是整个清朝历史上最大的舞弊案件之一，主要案犯是同考官李振邺和张我朴。我在小说中把丁酉顺天府乡试舞弊案的主犯李振邺放到了会试，这是虚构。合理地移花接木是历史小说创作常见手法。

顺天府乡试考场是当时全国最大的考场，京津冀和关外士子都在顺天府考场乡试，还允许外省考生和八旗子弟、汉军子弟，以及国子监监生在顺天府参加考试。顺治皇帝求贤若渴，真心希望通过科举考试招揽人才，结果发生了舞弊案件，他非常震惊和愤怒。同考官李振邺居然让住在他家的一个考生老乡到生员当中去寻找行贿的人，也就是介绍贿赂。中国历史上，因为科举考试开杀戒就是自顺治皇帝开始。史料记载，顺治皇帝对读书人还是很爱惜的，很多参与舞弊的考生以为自己会被杀头，最后顺治皇帝宽赦了他们，给予他们补考的机会。

可以说，这部小说中间移花接木、无中生有的地方很多，但并没有违背历史小说创作的规律。关键是看对塑造人物是否有利。清朝出现过几次大的科举舞弊案，最著名的江南科场案和顺天府科场案，受查处的人特别多。科举制度是中国古代的重大发明，它对维护社会公正、保持社会活力以及选拔人才做出过重大贡献。但是，它的弊端也是显而易见的，而且这个制度越到后来问题越多。

功名是当时读书人的唯一出路，士子们挤的又是独木桥，以身犯险搞舞弊在所难免。清朝科场舞弊的故事很多。我在小说里面写到有一位叫朱锡贵的考生考取了山西乡试的第一名。这个人几乎是个半文盲，连自己的名字都经常写错。有的读者觉得这个故事写得太夸张了。事实上，这是有依据的。清朝发生的最严重的科场舞弊案是康熙五十年（1711）的江南科场案。有的电视剧表现过类似故事，说考生们把江南贡院牌子取下来，把"贡"（貢）字改成了"卖"（賣）字，把"院"字的双耳旁去掉，"江南貢院"成了"江南賣完"。这是发生在康熙五十年科场舞弊案中的真实事情。那年江南乡试，有两位半文盲中了举人，他俩都是大盐商的儿子，通过花钱中了举人，士林哗然。我在《大清相国》里面写到愤怒的考生们冲进文庙，把孔子的塑像穿上财神爷的戏服抬出来游街。这也是在康熙五十年江南科场舞弊案中真实发生过的故事。这个案件让康熙皇帝震怒，先后派出两批钦差去查，都没有查出结果。因为案子牵涉的人员太多，牵涉的官员级别太高。后来，康熙皇帝不得不亲自审案，才把案子审结。最后把所有参与舞弊的要犯全部杀头，两江总督、巡抚都论罪免职。

小说里有一段康熙想建"圣谕碑"未遂的故事。这个故事是我虚构的，但我的虚构不是凭空的。史料记载，确实有好多地方提出建龙亭，康熙皇帝自己制止了。比如，山西官员和百姓为感谢朝廷减免税赋，先后三次提出建龙亭谢恩，都被康熙皇帝制止了。山西第一次奏请建龙亭时，康熙皇帝说："大同地瘠民穷，建万寿亭着停止！"康熙皇帝总体上讲是位开明君主。史载，当时陕西巡抚提出修复长城，康熙皇帝说：长城虽固，当年我大清照样长驱直入，问鼎中原。故，重要的是全国军民万众一心，众志成城。所以，康熙皇帝不同意修复长城，认为这是劳民伤财的事。后来，古北口将军也奏请修复长城，康熙皇帝同样驳回了。但是，每逢月吉，全国各地衙门召集士绅宣讲《圣谕广训》，这是真实的故事。我把建龙亭和宣讲《圣谕广训》两桩事放在一起加以虚构，不知是否符合历史小说创作的法则？

《大清相国》中写了许多官场贪腐案,但最后处理的结果往往是职位最低的成了替罪羊被杀头,第一责任人只是罢免或者降职了事。历史上真实的"潜规则"亘古未变。刑不上大夫,礼不下庶人,自古而然。

康熙皇帝当朝晚期吏治松弛,官场腐败相当严重。政治有自己的规律,尽管相当诡异,但绝对不可违背。康熙皇帝在位六十一年,很多大臣忽而被治罪,忽而又起复。康熙雄才大略、功高盖世,但缺点也相当明显,有时对臣工特别严厉,有时待人又过于宽仁,宽严都因时因事因人而异。这是帝制本身存在的问题,所谓乾纲独断即是如此。我不敢说自己塑造了一个很成功的康熙皇帝形象,但我笔下的康熙应该说是立体的、丰富的、有血有肉的。康熙皇帝总体上讲是位明君,他的问题主要出在晚年。

十四

我在《大清相国》里写到,朝廷为了打噶尔丹而实施"大户统筹"征税政策,虽然这样很容易造成土地兼并,更利于大户盘剥小户,但康熙皇帝还是下令实施这一办法。真实的情况是当时湖南实行多年"大户统筹"之法,康熙皇帝后来发现此法易生大户役使小民之弊，着令停止了。

我在这部小说中写到的故事，都有史料出处。中国封建王朝一直没有解决财政体制问题，完整的财政体制都谈不上，更谈不上科学的财政体制。封建王朝在税赋征缴问题上朝令夕改、政出多门的情况比较常见，朝廷或地方到底是横征暴敛还是与民休息，都看碰着的皇上和官员好坏，也看朝廷遇着什么事情。比方康熙朝，于成龙任河道总督，奏请开河捐筹资。皇帝斥责他说：于成龙任河道总督，不谈如何治河，先奏请开河捐，朕即知道他治不了河。康熙皇帝不同意开河捐。但到了晚清，因为打太平天国，朝廷拿不出银子，就出现了所谓"厘金"，实际上就是乱收费。

我把康熙朝发生的事情可谓逐日看过，康熙皇帝是位值得后人敬仰的君王。但我小说里的康熙皇帝形象，也有很多毛病和缺陷。比如，他从小就被高士奇这样的"名师"愚弄，做皇帝后被王继文这样的"干员"欺骗。政治是复杂的，有时候皇帝并不是不明是非，而是不会顾及是非。政治是功利的，实用的。现实的政治利益、眼前的胜负对决，比是非和真理更重要。

陈廷敬是我心目中近乎完美的中国古代知识分子，才华、才干、性格、品德都可称道。但我没有把他塑造成"高大全"的形象。他有时也委曲求全，有时也违心办事，有时也投鼠忌器，不像老百姓喜欢的海瑞或包拯。比方他到山东查富伦假报丰收一案，却并不参劾富伦，反而帮富伦想办法开脱罪责。我是遵从现实逻辑塑造故事的。陈廷敬知道富伦同康熙渊源太深，如果冒冒失失参富伦，不仅人参不下来，该干的事也办不好，自己要吃亏，百姓也要遭殃。陈廷敬是政治家，他做事不能太理想化，不能急于求成，而是要看现实可能，事情一步一步做。此刻不参富伦，不等于今后不参，且看情势变化。

中国历史上效法圣贤为人处世的知识分子确实不少。我不会美化现实，也不会美化历史。中国古今读书人，多患有历史依赖症，喜欢从历史中寻找对现实的救赎。这不能完全说读书人史识蒙昧，缘故在于活生生的现实叫人无奈。我知道历史未必那么美好，但仍想从古人那里寻求文化养料。

我在《大清相国》写陈廷敬"等、忍、稳、狠、隐"五字为官真言，这是虚构的。旧官场的官员们要施展自己的才能，必须讲究时和势。非时非势而强为之，很可能一败涂地。所以，陈廷敬尽管年轻时才气逼人，但他必须等待时机，学会忍耐，做事稳重，伺机而行。此所谓"等"。"忍"和"稳"也很好理解，不必多说。小说里写的"狠"，绝不是心狠手辣，而是关键时候要有魄力、有铁腕、敢担当。皇权时代的官场毕竟太过凶险，陈廷敬做到文渊阁大学士，皇帝对他格外恩宠，他就知道需要功成身退了,这就是"隐"。很多人叱咤风云而不得善终,就是不懂得最后要"隐"。我在小说里写陈廷敬装聋请求告老,且家有老父倚闾悬望。史书记载陈廷敬最后以耳疾乞归,小说里这些细节的虚构也是有依据的。

我是湖南人,故常被人问及如何比较陈廷敬与晚清名臣曾国藩。陈廷敬与曾国藩最大的区别,也许是他们人生境遇完全不同。不同时代的历史人物,担负不同的历史使命。陈廷敬处在王朝蓬勃向上的平治时代,他要担负的使命是辅佐君王。当时,也发生过"三藩之乱"、收复台湾、征剿噶尔丹等大事,但王朝的走势是上升的。曾国藩处在朝廷大危局之中,他要做的事是平定天下再开太平。两相比较,曾国藩除了隐忍之外,需要更多的血性、刚毅和果敢,曾国藩为臣为官比陈廷敬更为不易。曾国藩是把整个天下扛在肩上了,陈廷敬当时没有担负这么重的历史使命。

这部小说从2005年开始动笔,大概写了两年,可以说是我写作时间最长的长篇小说。因为须做些史料准备,而我的史学修养很薄弱。我翻阅了相关的《清史稿》,读了大量清人笔记。陈廷敬是顺治朝进士,做官主要是在康熙朝。两朝近八十年,哪天发生什么事,大臣们是怎么上奏的,皇帝是怎么处理的,我都细细看了。这个工作相当费神费时。我只是对陈廷敬这个人物感兴趣,这是我写作动机的全部由来。我赞同一句很流行的话:一切历史都是当代史。我写作这部小说,并没有感觉太多历史隔膜。古今一脉相承。我所能做的就是在尊重历史的前提下,大胆地进行艺术虚构。文学作品靠形象表意,借故事说话。当然,任何时代的作家写历史小说,都离不开当下语境的影响,而且也不应该回避当下语境的历史再思考。历史小说存在的意义,也许就在于时过境迁之后的再思考。

有时拿古时候的事对照眼前,真有些百感交集。《红楼梦》第九十三回,写贾府屯里管地租子的家人来报:"十月里的租子奴才已经赶上来了,原是明儿可到。谁知京外拿车,把车上的东西不由分说都掀在地下。奴才告诉他说是府里收租子的车,不是买卖车。他更不管这些。奴才叫车夫只管拉着走,几个衙役就把车夫混打了一顿,硬扯了两辆车去了。奴才所以先来回报,求爷打发个人到衙门里去要了来才好。再者,也整治整治这些无法无天的差役才好。爷还不知道呢,更可怜的是那买卖车,客商的东西全不顾,掀下来赶着就走。那些赶车的但说句话,打的头破血出的。"《红楼梦》描述的时代,正是陈廷敬的时代。

《大清相国》写了古代官场对人性的伤害。这是常被人忽略的。清代政治高压、权臣争斗、吏治腐败、作假成风,小说里都有具体描述。陈廷敬要抵御残酷的政治斗争,出淤泥而不染,非常不容易。我塑造的陈廷敬也有个成长过程。他年轻时非常耿直,遇事不能忍,常使自己陷于困境。慢慢地他学会了迂回和隐忍,这是政治智慧而非权谋。他遇事知道轻重缓急,知道有所为有所不为。暂时的隐忍,为的是争取机会。道与术,最大的区别在于目的。陈廷敬心里装的是大事,小有所忍,为图大谋。他晚年有首诗写道:"平生未解巧如簧,牙齿空然粲两行。善病终当留舌在,多愁应不及唇亡。相逢已守金人戒,独坐谁怜玉尘妨。身老得闲差自慰,雪梅烟竹倚残阳。"他这首诗虽是以自己牙痛作自嘲和调侃,实则是表明自己从不巧舌如簧,坚持刚正公直。"善病终当留舌在",说的是他历经官场坎坷还能留住正直的舌头。

《大清相国》初版是 2007 年,至今仍受读者欢迎。我的所有作品都是在集中热销之后变为长销书。我没有想过其中的原因,也许是我幸运吧。我没有想过什么畅销秘诀,唯一清楚的是我绝不违背艺术良心。人心都是肉长的,能让我动容的人和事,必能牵动读者的心弦。我不会为了刻意吸引读者而写作,但也绝不把自己弄得比读者高明。

中国目前反腐败力度很大,很多贪官倒下了。有一种舆论,认为贪污腐败问题严重,根子是社会环境出问题了。这个观点有一定的道理,但把个人不能自持全部推向外部原因,也是不公允的。康熙王朝尽管是个辉煌的升平时代,但这个时期的官场也是非常复杂的,康熙中晚期官场腐败十分严重。《大清相国》把陈廷敬所处的社会政治环境描写得非常艰险,陈廷敬常常身处险绝之境,这不光是塑造人物之需要,也是真实历史的再现。但是,陈廷敬都挺过来了。人在非常复杂的环境中其实是可以独善其身的。人们不能指望社会环境都好了,大家再好好地做人做事;恰恰相反,大家都应为改良社会环境做自己力所能及的事。做不了中流砥柱,也不要随波逐流。

  《大清相国》里写到的祖泽深这类人物,历史上从来都没有绝迹,他们往往游走官场如鱼得水。今天人们只知道战国时代的苏秦和张仪,他们是治国平天下的大谋略家,当时其实还有个叫邹衍的人也非常有名。他到梁国去,梁惠王亲自到郊外迎接;他到赵国去,平原君陪他走路是侧着身子的,还用自己的衣服替他擦座位;他到燕国去,燕昭王不仅恭迎到国界,还亲自替他清扫道路。邹衍混到这份儿上,比苏秦、张仪还风光。这个邹衍为什么有如此大的能耐呢?他原来是谈阴阳玄学的!尽管我们现在可以把邹衍看作古代哲学家,但他的学说在世俗人看来就是神神道道的东西。梁惠王、平原君、燕昭王并不是哲学系的好学生,他们礼遇邹衍就因为他神神道道。中国古代的阴阳学也罢，佛教道教也罢，在世俗人眼里同牛鬼蛇神是不怎么分家的，所以和尚、尼姑、道士才同看相算命、问卜打卦之类混在一起。《大清相国》里的祖泽深是有原型的，他先在王公贵族中间给人看相，名气大了就捞了个官做。颇有深意的是这类妖孽式的人物现在仍活在人世间，很多达官贵人还相信他们的鬼把戏。

  我很多情况下会厚古薄今，事实上这是很不理性的。但现实总让我焦虑，我不由自主地就会敬仰古人。中国古典文学中评价历史人物，多流行朴素的民间思维，不是大忠大善，就是大奸大恶，刻画人物多走极端。比如《三国演义》中，曹操大奸，诸葛大智，张飞大勇，关羽大义。我写《大清相国》不自觉地就落了这个窠臼。我是自愿陷入这种古典审美范式的，与其说是写了历史上真实的陈廷敬，不如说我希望历史上真有这样的人物。我也知道前哲先贤很多是被美化了，但那些被美化的形象正是我们后世所需要的。我读真实史料，也看到过陈廷敬顺应当时惯例，母亲过寿收人银钱，替同乡担保收取印结银，等等。但这是当时的通行惯例和人之常情，我没有把这些写出来。陈廷敬的诗文太正统，并不是我喜欢的一类；他居然还是音乐家，但也不过是替宫廷规范礼仪乐章而已。不过，陈廷敬在小说里的完人形象不是我凭空想象出来的，有所本的史实是康熙皇帝夸赞他"卿为耆旧,可称全人","恪慎清勤,始终一节"。

康熙身边的宠臣重臣,比如明珠、索额图、徐乾学、高士奇等等,或下狱,或罢官,或斥退,无一善终。陈廷敬仅因亲家犯事短暂回避了三年,他做过工户刑吏四部尚书,最后官至文渊阁大学士。依史鉴看,官做到陈廷敬这个地步,不为大善大忠,即为大恶大奸。从史实看,陈廷敬称得上大善大忠之干臣能吏。但伴君如伴虎,陈廷敬所受煎熬也是可以想见的。

十五

为着创作《大清相国》,我阅读了大量清史资料。既有正史,也有野史。观康熙年间事,常看出读书人的不肖。康熙皇帝说满官性多质朴,汉官机巧太重。汉官身上的毛病,康熙皇帝常有责备。这些汉官,都是科场出身的读书人。康熙四十五年(1706)三月,皇帝因查办了几个科场舞弊的考官,说:"朕观会试,主考系北人,则必取北人为首,系南人,则必取南人为首,可谓之无私乎?"此处说的南北考官,指的都是讲究乡谊的汉人。康熙皇帝还说过:"汉人虽有师生之名,仍好互相结仇。若平日稍有不合,必寻求其过失陷之;如或不能,即作为文章极论其非,以抒其愤而后快。此汉人陋习,至今尚未改也。"又曾斥责汉官九卿保举人员:"非系师友,即属亲戚,是皆汉人相沿恶习。"于成龙是康熙皇帝极为赏识的大臣,他也未能逃脱皇帝的批评:"于成龙人尚可用,亦有劳绩,但比年以来,徇情为人,大有错谬。""其所奏之事只徇人情面,欲令人感彼私恩。"康熙皇帝曾指出于成龙从任河道总督到随驾征讨噶尔丹,举荐之人尽是亲友、同乡、门生、故旧之类。

汉官们的毛病,康熙皇帝时常敲打,很不留情面。康熙十八年(1679)八月,帝责吏部等衙门汉官不好生上班,"只图早归宴会嬉游,不为国家尽力担当,料理公务"。汉官们或因乡党,或因同砚,或因师生,或因故旧,皆喜结党呼应,互为援引,公务之余宴请游玩,酒桌上的话比公堂上说的更管用。

这一年,平复"三藩之乱"的战争虽节节胜利,吴三桂也死了,然其残余部属仍在抵抗;耿精忠虽已请降,变数仍难逆料。偏又灾害不断。正月十二日,康熙皇帝得知,先年全国很多地方发生水旱天灾,"山东、河南及大江南北均受灾,饥民食草根、树皮,以至千百成群,夺官粮,劫乘马为食,山东行旅俱绝"。

朝廷边打仗边救灾,情势十分艰难。祸不单行,七月二十八日北京又遭地震,从上午九点到晚上七点,"声如雷,势如涛,白昼晦暝,顺承、德胜、海岱、彰义等城门被震倒,城墙坍毁甚多,宫殿、官廨、民居十倒七八","原任总理河道工部尚书王光裕一家四十三口压死，文武官及士民死者甚众"。康熙皇帝爬上景山，避震三昼夜。余震不断，一直延续到九月中旬。

宴会嬉游之类，自古官场都属常见，但康熙皇帝发现，"奢侈之风汉人居多。今满官田舍俱在畿辅之地，人皆知之。汉人内或有自称道学，粉饰名节，而本乡房舍几至半城者，或置田园者有之"。"如此奢侈之风，在满洲乎？在汉人乎？"显然，康熙皇帝对满人是袒护的。满人入关圈地侵民为祸不浅，帝虽于康熙八年（1669）下令圈地永行停止，但满人强占汉人田产埠铺的事仍常有发生。康熙二十八年（1689）六月，奉天府府尹金世鉴上疏，说：旗人与民人争地，请求凡八旗庄头余地、荒地，丈出给民人耕种。康熙皇帝听了很不高兴，撤了金世鉴的职。新任奉天府府尹王国安赴任时，康熙皇帝对他说：奉天田土，旗人与民人疆界早已丈量明白，旗下余地先交给庄头管理，待满洲人慢慢多起来，再把这些地给他们耕种。不久前金世鉴奏请将旗下余地都给百姓耕种，眼光何其浅陋也！其实，旗人与民人田地疆界丈量得再如何明白，旗人的田地也都是从汉人手里抢夺过去的。

倘若公允论之，则是汉官满官都有行奢侈之风的。康熙皇帝就曾数落"索额图巨富，通国莫及"，并斥责索额图没有管好弟弟心裕和法保，说心裕"素行懒惰，屡行空班"，法保"系懒惰革职随旗行走之人，并不思效力赎罪，在外校射为乐"。可见，满官的不肖，康熙皇帝并非不知道。这位皇帝常说自己满汉官员一体同仁，事实上仍是护着满官的。

但汉官们的可恶，却是不但贪图享乐，还要装点道学门面。康熙皇帝经常谈到汉官们的虚伪，有次就说了："道学者必在身体力行，见诸实事，非徒托之空言。今视汉官内务道学之名者甚多，考其究竟，言行皆背。"康熙十九年（1680）十月，帝命大臣们推举廉吏，大学士冯溥便说，顺天府府尹宋文运清廉，"其家甚贫"。康熙皇帝见多了汉官中的假道学，说："汉官贫富亦甚难知，必于原籍访问方得其实。且清廉原不在贫富，谓富者必贪，而贫者必廉，可乎？亦视其人居心何如耳！"康熙皇帝于世道人心是极练达的。

朝廷自然是喜欢清官的，但装扮清官的招数却是五花八门。康熙皇帝看得很清楚，说："所谓清官，不过分内不取而巧取别项，或本地不取而取偿他省。更有督抚托所欲扶持之人，暗中助银使其掠取清名，二三年后随行荐举。似此互相粉饰，钓誉沽名，尤属不肖之极。"康熙皇帝说的是有些督抚暗中寻求金主，偷偷捞钱却假扮清官，二三年后看机会提拔重用行贿的人。

汉官好名，有时几入滑稽之道。时有蓟州知州杨天祐据说官声颇好,当地百姓遍贴歌谣称颂。康熙皇帝看了那些呈上来的歌谣,心里就明白了,说:"地方官员果能爱养百姓,实心任事,声誉自然著闻,不在各处粘贴歌谣,且闾阎小民亦不能为文。朕观其称颂德政之文,俱系大计考语,愚民何由而知?此必杨天祐自行买名,定非实事。"所谓大计考语,即朝廷考核官员的评语,老百姓如何看得到呢?朝廷派员查问清楚,那些满大街称颂知州德政的歌谣,确系杨天祐自己张贴的。想那杨知府自己或派心腹夜里偷偷儿跑到街上去贴小抄,真是可叹可笑!

十六

官有花样百出扮清廉的,更有明着就是要捞钱的。康熙皇帝曾责备汉官"嘱托公事,肆意妄为,外播威势,挟制多端",说的是汉官只要手中得了差事,就置国法民生于不顾,想怎么干就怎么干,到外头拉虎皮当大旗,耀武扬威,不可一世,制造矛盾,多生事端。如此乱搞一气,不惟为了逞威风,更是为了捞好处。水弄浑了,才好摸鱼。

地方受灾了,报不报灾,如何报灾,都有文章。如实报了大灾,朝廷便免税赋。地方无税赋可收,官员就没机会捞钱。所以,百姓受灾无收,官员多故意隐瞒不报,不管百姓死活,只为照例征取钱粮，以图火耗之利。康熙年间，山东、陕西灾害频仍，当地官员常在报灾这事上打如意算盘。皇帝早已洞悉情弊，曾于康熙四十四年（1705）第五次南巡途中说过：山东出现大饥馑，只因地方各官匿灾不报。向日陕西饥荒，亦由于地方官匿灾不报闻。朕曾问百姓，地方官为何匿灾不报，据老百姓说，地方一遭灾，朝廷即免税赋。不征税赋，地方官就得不到火耗之利。故地方官隐灾不报也。当然，这些督抚，有汉官，也有满官。

大灾不报是为了捞钱，小灾大报也是为了捞钱。早在康熙四十二年（1703），也是因山东受灾，朝廷即行赈济，除留漕米五十万石平粜外，又派八旗官员三百人，共携银两三十万前往救助灾民，并派出三路官员巡察救灾情况。康熙皇帝还传旨山东在京官员，说："你们山东大臣庶僚及有产业的富人要体恤穷人。像这样的荒歉之年，你们虽做不到大为拯济，但若能减轻田租等项，各自赡养你们的佃户，不但对老百姓大有恩惠，你们的田地日后亦不致荒芜。"康熙皇帝这番话极合人情物理，并不唱官员当爱民如子的高调。但事后皇帝却查明，该年山东是小灾大报。原来巡抚王国昌和布政使刘皑素有钱粮亏空，故夸大灾情奏报，意欲巧图完补。为骗取朝廷银钱，王国昌和刘皑买通言官李发甲条奏，编造山东因为灾害而致"盗贼蜂起，人民相食"的虚假民情。用康熙皇帝的话说,王国昌和刘皑的目的是希望朝廷"或开事例,或拨银两,因于其中侵蚀。托言赈济而实欲完补亏空,以施鬼蜮之谋"。所谓开事例,就是以工代赈,朝廷要是拨银两下来,官员就有捞钱机会。

官员领了赈灾的差,便想方设法侵吞赈饥粮及蠲免钱粮。先是,陕西因受大灾,朝廷拨款救济。康熙三十八年(1699),川陕总督吴赫被人控告,侵蚀朝廷借给民间的种子银两四十多万。查了两年多,虽说吴赫并未贪得民间种子钱,其下属知州、知县、同知等却侵吞了十多万两银子。吴赫对属官失察亦是有罪,况且他自己并不干净硬朗,最终因别的案子议罪革职了。老百姓怕天灾,官员却盼天灾,此为当时官场怪事。只要有钱可捞,管他洪水滔滔!

官员手里接了官司,即想着如何从中诈赃取财。有官司就有生意,从堂官、主簿、衙役、典狱到讼棍,都有油水。比如,"三藩之乱"平定之后,一时间处理逆产成了官员捞取钱财的好机会。广东巡抚金俊便借查处尚之信逆产,使尽种种手段,设下重重圈套,侵吞钱财达九十多万两银子。康熙皇帝派员去查案子,派去的官员马上伙同贪污,如同飞蛾赴火。再派员反复纠查,最终金俊等满汉官员八人处斩监候,另有处绞监候、革职若干人。云贵总督蔡毓荣攻下云南,查处逆产是其职分,但他不但侵吞吴三桂家产,还把本应入官的吴三桂孙女霸占为妾。事隔五年,蔡毓荣的罪行才败露。为着白花花的银子,官员们时常忘记肩膀上的脑袋原是可以掉下来的。

十七

仕途门径很多,康熙朝最光鲜的法门是讲道学。道学若能讲到皇帝面前,颇能得国士之名。康熙皇帝八岁登基,亲政时也才十四岁。冲龄践祚的皇帝,学问见识尚在稚浅,必定拜服有学问的大臣。此亦人之常情。当时,大臣们向康熙皇帝进讲道学者很多,熊赐履是最早因讲道学而得宠的汉大臣。康熙六年(1667)六月,时任内弘文院侍读的熊赐履上奏说:"如今百姓负担重,原因在于私派倍于官征,杂项浮于正额,朝廷减免的钱粮都被官员侵占而百姓空负其名,赈济钱粮也被官员吞没而百姓贫困加重。所以,要派清廉官员为督抚,贪污不肖者立予罢斥。"

因为有着道学家的名望,熊赐履奏事皇帝更能听得进去。于是,这位侍读官又指出朝廷急需解决四大问题,都是基于弘扬道学的:"政事纷更而法制未定,职业堕废而士气日靡,学校废弛而文教日衰,风俗僭侈而礼制日废。又请选耆儒硕德、天下英俊于皇帝左右,讲论道理,以备顾问。"康熙皇帝后来坚持几十年的经筵日讲,同熊赐履此番倡言大有关系。这是后话。此时正是鳌拜专权,他自己对号入座,硬说熊赐履这些话实是参他这位辅政大臣尸位素餐,请皇帝将熊先生以妄言罪论处,并从此禁止言官上书陈奏。康熙皇帝不许,对鳌拜说:"彼言国家大事,同你何干?"从此,熊赐履更深得皇帝宠信。

熊赐履在皇帝面前偶尔会说几句貌似不恭的直话,很能讨皇帝信任。康熙十一年(1672)四月初九,熊赐履奏曰:"昨年皇上谒陵,大典也。今年同太皇太后幸赤城汤泉,至孝也。但海内未必知之,皆云万乘之尊,不居法宫,常常游幸关外,道路喧传,甚为不便。嗣后请皇上节巡游,慎起居,以塞天下之望。"康熙皇帝听了这番道学之言,似乎有些愧疚,说:"朕知外面定有此议论。"想必皇帝会暗自欣喜,遇上难得的直谏大臣。

说说皇帝听得进的真话,更能博取宠信。康熙十一年十月十六日,帝召熊赐履问道:"近来朝政何如?"但凡官场老手都明白,皇帝这么问话,多是想听好消息。熊赐履却不仰体圣意,奏曰:"盖奢侈僭越至今日极矣!官贪吏酷,财尽民穷,种种弊蠹,皆出于此。"康熙皇帝听了,并不言语,又问道:"如今外面盗贼稍息否?"听皇帝这般口气,明摆着是想听几句好话了。熊赐履颇有些逆龙鳞之意,回奏道:"臣阅报,见盗案颇多,实有其故。朝廷设兵以防盗,而兵即为盗;设官以弭盗,而官即讳盗。官之讳盗，由于处分之太严；兵之为盗，由于月饷之多剋。"熊赐履低头言毕，知道皇帝可能不高兴了，又说："今日弭盗之法，在足民，亦在足兵；在察吏，亦在察将。少宽缉盗之罚，重悬捕盗之赏。"皇帝明显脸面上有些下不来，但到底体谅熊赐履孤忠可悯，勉强说了两个字："诚然。"

同年十二月十七日，康熙皇帝又同熊赐履讨论治国之道，说："从来与民休息，道在不扰，与其多一事，不如省一事。朕观前代君臣，每多好大喜功，劳民伤财，紊乱旧章，虚耗元气，上下讧嚣，民生日蹙，深为可鉴。"康熙皇帝已经把道理讲得很明白了，熊赐履却还要阐发几句，颇有些指点皇帝的意思："但欲省事，必先省心；欲省心，必先正心。自强不息，方能无为而成；明作有功，方能垂拱而治。"这一年，康熙皇帝十八岁，熊赐履三十七岁。听了这位比自己大十九岁的道学家大学士的话，康熙皇帝只好说："居敬行简，方为帝王中正之道。尔言朕知之也。"康熙皇帝倒也从善如流，一副深受教益的样子，换成现代汉语，便是"您讲的道理朕懂了"；或可换作通俗台词："先生所言极是，朕受教了。"但是，第二年吴三桂就反了，"三藩之乱"骤然爆发。于是，康熙皇帝从十九岁开始，宵衣旰食，朝乾夕惕，备尝艰辛，直到半个世纪后驾崩，哪里是熊赐履说的"无为而成""垂拱而治"那么轻巧！

皇帝眼里的道学并不是纯粹学问,而是经世治国的道理。康熙皇帝顶礼推崇朱熹,认为只有朱子重释过的儒学,才是道学正宗根底。康熙皇帝曾提议把朱子入祀孔门十贤之后,大臣们觉得不妥,编了理由说:"相隔千余年,只怕朱子自己会不安的。"大臣如此说,康熙皇帝只好放弃自己的想法。偶有不识时务的大臣,奏对时质疑朱子学问,竟被康熙皇帝严责查办。

但康熙皇帝自己赏识的道学家,一旦当差出了毛病,其学问也都不对了。康熙十五年(1676)七月,熊赐履票签出了错误,却又诿过于别人,被革职。票签出错本已致罪,诿过于人则是品行有亏。诿过是自古帝王常犯之病,康熙皇帝却最恨诿过于人,曾说:"朕观前史,如汉朝有灾异见,即重处一宰相,此大谬矣。夫宰相者,佐君理事之人,倘有失误,君臣共之,竟诿之宰相,可乎?或有为君者凡事俱托付宰相,此乃其君之过,不得独咎宰相也。康熙十八年(1679)地震,魏象枢云有密本,因独留面奏,言:'此非常之变,惟重处索额图、明珠,可以弭此灾矣。'朕谓此皆朕身之过,与伊等何预?朕断不以己之过移之他人也。魏象枢惶遽不能对。吴三桂叛时,索额图奏云:'始言迁徙吴三桂之人,可斩也。'朕谓欲迁徙者,朕之意也,与他人何涉?索额图悚惧不能对。朕之一生岂有一事推诿臣下者乎?"由是观之,熊赐履被革职,深层原因可能是他诿过于人，此行为同道学家相悖。康熙皇帝多年后旧事重提，说："熊赐履著《道统》一书，过当之处甚多。"

君王好谀，自古而然。康熙皇帝却是个例外，不太听得进拍马屁的话，曾说过："人闻誉言，如服补药，无益身心。"

康熙二十年（1681），"三藩之乱"平定，朝廷要祭告天地、社稷、祖宗，并诏告天下。汉大臣们起草文告，说平乱摧枯拉朽，全赖皇帝一人之功德。康熙皇帝看了，立马指出：此非朕一人能成之功德，亦非容易成功之事，文告重新起草！

同年，因"三藩之乱"平定，大臣请康熙皇帝上尊号，不许。康熙二十六年(1687)一月，喀尔喀蒙古土谢图汗察罕、车臣汗纳尔布等会盟成功，奏请上皇帝尊号不许，谕曰："自兹以后，无相侵扰，亲睦雍和，永享安乐，更甚于上朕尊号也。"康熙四十一年(1702)十二月，诸大臣及监生百姓以明年为皇帝五十诞辰，请上尊号，再三奏请终不许。皇帝说："朕以实心为民，天视天听，视乎民生，后人自有公论。若夸耀功德，取一时之虚名，大非朕意，不必数陈。"康熙五十年(1711)，诸大臣又以皇帝在位五十周年，又逢皇帝寿辰，请上尊号。皇帝又不许，说："请上尊号，特虚文耳，于朕躬毫无裨益。"皇帝上尊号乃古制，亦是巩固皇权的必要手段，但康熙皇帝先后八次拒上尊号，故一生无尊号。乾隆皇帝功德远不及其圣祖，却上了长长的尊号：

法天隆运至诚先觉体元立极敷文奋武钦明孝慈神圣纯皇帝。

康熙皇帝经筵日讲几十年不辍，不但虚心听经筵讲官进讲，有时自己还亲自讲授。康熙皇帝既穷通国学，又好习西洋之学，甚至选育出良种水稻。有一次，康熙皇帝向大臣们讲论天文、地理、算法、声律之学，诸臣赞颂："皇上天授，非人力可及。"康熙皇帝说："如此称誉，掩却朕之虚心勤学矣！朕之学业，皆从敬慎中得来，何得谓天授、非人力也！"若套用今日学位标准去评价，康熙皇帝可谓文理双博士，但他从不承认自己是天才。康熙五十六年（1717）十一月，帝谓诸大臣曰："朕之生也，并无灵异；及其长也，亦无非常。八龄践祚，迄今五十七年，从不许人言祯符祥瑞。如史册所载景星庆云、麟凤芝草之贺，及焚珠玉于殿前，天书降于承天，此皆虚文，朕所不敢，惟日用平常，以实心行实政而已。"

康熙朝治理黄河颇有成效，河工是康熙皇帝最关心的事。皇帝六次南巡，往还多为河工。沿黄河紧要工程，康熙皇帝必亲授治河方略，亦曾夜晚冒雨巡视河堤。康熙四十年（1701）三月，河道总督张鹏翮请将皇帝有关治河谕示及事宜，由史馆编纂成书。康熙皇帝觉得不妥，说："大约泛论则易而实行则难，河性无定，岂可执一法以治之。惟委任得人，相其机宜而变通行之，方有益耳。今不计所言所行后果有效与否，即编辑成书，欲令后人遵守，不但后人难以效行，揆之己心亦难自信。今河工尚未告竣，遽纂成书可乎？"

康熙皇帝此类不邀功、不喜谀的事，可见于史料者极多。康熙二十六年(1687)六月初七，皇帝为教育太子之事，晓谕大学士们："朕观古昔贤君，训储不得其道，以致颠覆，往往有之，能保其身者少。""尔等宜体朕意，但毋使皇太子为不孝之子，朕为不慈之父，即朕之大幸矣！"

汤斌也是道学家，时任工部尚书，又在詹事府当差。他听了皇上谕示，立马奏对："皇上豫教元良，旷古所无，即尧舜莫之及。"詹事府，即培养皇储的机构；元良，指的是皇太子。

康熙皇帝听了汤斌这话，很是生气，斥责道："大凡奏对贵乎诚实，尔此言皆谀谄面谀之语。今实非尧舜之世，朕亦非尧舜之君，尔遂云远过尧舜，其果中心之诚然耶？"又说："大凡人之言行，务期表里合一，若内外不符，实非人类。"

康熙皇帝并不认为自己治理出了尧舜盛世。且说一件后来发生的事情。康熙四十三年(1704)十一月，皇帝为着修明史的事作文晓谕诸臣："朕四十余年，孜孜求治，凡一事不妥，即归罪于朕，未曾一时不自责也。清夜自问，移风易俗，未能也；躬行实践，未能也；知人安民，未能也；家给人足，未能也；柔远能迩，未能也；治臻上理，未能也；言行相顾，未能也。"

但凭公论之，康熙皇帝治国是很有成就的，唯其虔敬谦恭而已。往日的少年天子，此时亲理朝政已整整四十年，其间平定"三藩之乱"花了八年，收复台湾花了两年，征剿噶尔丹花了九年，而四十年间都在治理黄河。正是这一年，河工告竣，黄患暂息，黎民称颂。

康熙朝，当面谀今，会被治罪。汤斌面谀皇帝没多久，詹事尹泰入奏：汤斌"学问平常，年又衰迈，恐不堪此任"。皇帝说："俟再过数日裁之。"没多久，康熙皇帝就把汤斌打发回老家了。事隔多年，康熙皇帝说起汤斌，颇为讥诮："昔江苏巡抚汤斌，好辑书刊刻，其书朕俱见之。当其任巡抚时，未尝能行一事，止奏毁五圣祠，乃彼风采耳。此外，竟不能践其书中之言也。"

历史真相是唯一的，但历史演绎则是万花筒。时人眼里，汤斌颇多堂皇之言，俨然狷介之士；又经后人重重描画，汤斌雍正朝入贤良祠，道光朝从祀孔子庙。到了近代，刘师培说汤斌"觍颜仕虏，官至一品，贻儒学之羞"，邹容则责其为"驯静奴隶"。

十八

中国自古讲究乡绅治理，致仕归田的官宦多为掌地方教化的乡绅领袖。但到康熙朝，闾阎风气大坏，很多乡绅已不是往日乡贤。康熙皇帝看出来了，说："朕观各大臣居乡，守分宁静者甚少，非强占民间地亩，即霸据贸易要津，似此扰害地方，敛怨人民之事，朕已洞悉。"康熙皇帝经常谕示地方官，对致仕居乡大臣要不时存问。所谓"存问"，明里是皇恩，暗里是监视。康熙四十八年(1709)三月，江宁织造曹寅遵旨密奏致仕大臣熊赐履在江宁居家情形："熊赐履在家，不曾远出，其同城各官有司往拜者，并不接见。近日与一二秀才陈武循、张纯及鸡鸣寺僧看花作诗，有小桃园杂咏二十四首，此其刊刻流布在外者，谨呈御览。因其不与交游，不能知其底蕴。"康熙皇帝对熊赐履应该很放心，朱批："知道了，并诗稿发回。"不过熊赐履故世以后，康熙皇帝倒也念及当年的熊老师。大臣李光地在其《榕村语录》中记载："上时屡云，熊某之德何可忘？我至今晓得些文字，知些道理，不亏他，如何有此？"人君重情如康熙皇帝，倒是极少见的。

熊赐履算是安分居家大臣，但更多官员还乡却是不甘寂寞的，弄不好就闹出事来。高士奇和徐乾学是我在《大清相国》里着墨颇多的人物，面目不怎么像样子。高士奇深得康熙皇帝宠信，也因他是当时有名的读书人。但据大量杂史记载，高士奇是个既贪又佞的弄臣。有次康熙皇帝巡幸镇江，当地官员奏请皇帝题词。皇帝一时无从下笔，高士奇就在手心写了四个小字，假装凑到皇帝面前去磨墨，手掌无意间摊开。皇帝瞟了一眼，大笔一挥——"江天一览"。

康熙皇帝有次行围，御马前蹄老是打跪，龙颜很是不悦。高士奇见了，立马假装倒地，滚了一身泥跑到皇帝身边去。

皇帝问道："士奇怎么这般模样啊？"

高士奇说："启奏皇上，臣刚才从马上摔了下来。"

康熙皇帝见高士奇这般狼狈，心上就高兴了，说："你们南方人体格懦弱，不善鞍马。朕这匹马前蹄老是打跪，朕都没有摔下来嘛。"

康熙皇帝是认高士奇做师父的，故对其隆恩有加，曾对大臣们说：自从有了士奇，朕始知学问门径。起初见士奇得古人诗文，一看即知其时代，朕心里颇觉得奇怪。后来，朕也能做到了。士奇虽无战功，却得朕厚待，就因他对朕学问启迪太大了。

高士奇却仗着皇帝信任，专干交结疆臣、里外呼应、招摇纳贿的勾当。我在《大清相国》里写他勾结钱塘老乡俞子易做生意侵吞民财，故事虽有虚构，却并非无凭无据。史载，当时受他恩惠的官员必以重金相赠，未受他恩惠的官员也得送"平安钱"。但凡须送"平安钱"供着防着的人，绝非君子。我把高士奇家宅子起名"平安第",源即于此。高士奇在朝廷毕竟根基不深,常常有人告御状。康熙皇帝却顾念师生缘分,每每包庇袒护。《清史稿》评论高士奇的原话是:"乃凭藉权势,互结党援,纳贿营私,致屡遭弹劾,圣祖曲予保全。"正因康熙皇帝"曲予保全",才让高士奇得势多年。康熙二十八年(1689)九月,左都御史郭琇疏参高士奇:"日思结纳谄附大臣,揽事招摇,以图分肥。凡内外大小臣工,无不知有高士奇之名。高士奇本为觅馆糊口之穷儒,而今开缎铺,置田产,大兴土木,修整花园,已成资财数百万之富翁。试问金从何来?无非取之于各官;然官从何来?非侵国帑,即剥民膏。"终于,因告发高士奇的人实在太多了,康熙皇帝只得打发他"原品休致"回家养老了。

投靠是背叛的开始。今日为着利益投靠,明天必定为着利益背叛。徐乾学便是个不断投靠的人,亦是个不断背叛的人。先是,明珠与索额图各结党羽,徐乾学投在明珠门下。明珠公子纳兰性德的词世所公认,王国维评价说:"纳兰容若以自然之眼观物,以自然之舌言情。此由初入中原,未染汉人风气,故能真切如此。北宋以来,一人而已。"但纳兰性德二十岁那年,就编纂刊刻了皇皇巨著《通志堂经解》,收录自先秦到唐、宋、元、明历代经解共138种,总计1800卷。此非天才不能为也!一百多年后,乾隆皇帝说出了真相:"成德以幼年薄植,即能广搜博采，集经学之大成，有是理乎？更可证为徐乾学所裒辑，令成德出名刊刻，藉此市名邀誉，为逢迎权要之具也。"成德即是性德。纳兰性德需要装点学问门面，未必没有深层政治原因。原来，康熙十六年(1677)十月，皇帝对大学士们说："朕不时观书写字，近侍内并无博学善书者，以致讲论不能应对。今欲于翰林内选择二员，常仕左右，讲究文义。"是为康熙皇帝设立南书房的来历。纳兰性德想做个博学善书的侍卫，也许是他自己的想法，也许是其父的想法。徐乾学既然在明珠门下行走，自然要送上大礼。用现在的话说，代人刻书就是学术作假。徐乾学的学术品格，从来就被人诟病。梁启超在《中国近三百年学术史》中指徐乾学为"学界蟊贼，煽三百年来恶风"。但是，到了康熙二十七年(1688)，皇帝洞悉明珠卖尽了朝廷的官帽子，想对明珠动手了，徐乾学马上投入打击明珠的阵营里去了。

徐乾学是皇帝身边的文学侍从，外官多想与之交结；但在禁宫做官毕竟清寒，徐乾学便广结内外大臣，干些污浊事以渔利。徐乾学同高士奇朋比为奸，时有民谣说："九天供赋归东海，万国金珠献澹人。"东海是徐乾学的号，澹人是高士奇的字。

徐乾学既得皇帝宠信，又有权臣奥援，根基极是稳固。康熙二十七年，湖广巡抚张汧因贪污被查，供出自己曾向徐乾学行贿请为打点疏通。康熙三十年(1691)，徐乾学被查出写信给山东巡抚钱珏，请为贪赃潍县知县朱敦厚销案。同年，江南江西总督傅腊塔疏参徐乾学纵其子侄家人作恶，列举招摇纳贿、与民争利等劣迹共十五款。

徐乾学多年间屡被参劾，康熙皇帝均"留中不发"，只因爱惜文才，特为庇护。康熙皇帝曾专门嘱咐吏部，倘若巡抚出缺选人，不可放徐乾学外任，要把他留在身边侍从。终于，都察院左副都御史许三礼参徐乾学："既无好事业，焉有好文章？应逐出史馆，以示远奸。"康熙皇帝听了这话，只好打发徐乾学回家修书。回到闾阎间，徐乾学便是皇帝说的那类不"守分宁静"的居乡大臣。

十九

盲目的清官崇拜，不光今人多有反思，前人也早有察觉。康熙皇帝对那类严酷的清官是有警惕的，他的原话是说"清官多刻"。康熙皇帝特别不喜欢那种表演型清官，时常呵斥那些装廉洁的官员。河督张鹏翮算是很得宠的大臣，康熙皇帝因其办事不力斥责他"徒有衣食菲薄"。雍正皇帝登基没几日就谕示知州知县，不得"或借刻以为清，或恃才而多事"。也就是说，不要把苛刻严酷当作清廉，不要自以为有才能而政事频出以累民。中国文学作品中最早涉及所谓清官批判的是《老残游记》，比康熙皇帝对清官的警惕晚两百多年。

康熙皇帝对某类清官的警惕，并不意味着他鼓励官员腐败，他对真正的清官是大为嘉许的。但陈廷敬要做清官，极其艰难。康熙王朝在史乘中多有盛世之誉，然其吏治腐败的真相是正史掩盖不了的。康熙皇帝讲究所谓以宽治天下，曾对大学士们说：治国宜宽，宽则得众，倘若吹毛求疵，则无人可用，天下岂有完人？此话虽有几分常情在焉，但一国之君仅听凭"以宽治天下"，难免放纵了贪腐不法之行。康熙皇帝有一次同大学士们谈到清官廉吏，举了好几个名臣的例子，说：赵申乔在湖南巡抚任上把通省官员全都参了，难道湖南无一好官？官之清廉只可论其大方面者。朕相信赵申乔清廉，但他当年作为封疆大吏，要说他一干二净，朕未必相信。张鹏翮是个清官，但他在山东兖州做官时也收过人家的规例钱。张伯行为官也清廉，但他喜欢刻书，刻书一部非花千金不可，这些钱哪里来的？两淮盐差经常送人礼物，朕不是不知道，不想追究罢了。

读康熙皇帝这番话可以看出，一则他根本不相信天下有真正的清官，也就不指望你能做清官，治吏尺度自然就有折扣；二则他对官员贪污腐败并没有零容忍，睁一只眼闭一只眼，大家过得去就行了。康熙皇帝对方面大员的贪污只要能忍就忍，我们看看他对曹雪芹祖父曹寅奏折的朱批就更加清楚了。江宁织造曹寅负有暗中监视地方官员之责,他在奏折中列举两淮浮费四项,即院费、省费、司费、杂费,每年计二十万两银子,"以上四款皆派之众商,朝廷正项钱粮未完,此费先已入己",其中"省费,系江苏督抚司道各衙门规礼共三万四千五百两"。康熙皇帝在省费之后朱批:"此一款去不得,必深得罪于督抚,银钱无多,何苦积害!"康熙皇帝怕得罪地方官,出于帝王驭人术的需要,就忘记了固堤溃于蚁穴的道理。

  察史不能泥于正经史书,正史野史并读方可回到历史现场。体察皇权时代的吏治光看官府规定往往会被假象迷惑,因为制度设计的缺失会使任何铁律都形同虚设。有清一代,"律例"不敌"陋规"已是沉疴痼疾。依清初朝廷规定,官员不得同商户往来,凡向富户借银一千两者论斩。事实上,这规定从来就没有做到过。后世熟知清代京官外放,须得送银子给在京的老同僚们,方便日后有事得到关照,这份礼叫"别敬";冬天来了得给京官送银子,这叫"炭敬";夏天来了也得给京官送银子,这叫"冰敬"。"三敬"之外还有寿礼、灯节、妆敬、家人等诸多名目。清代京官穷,外任时拿不出银子送"别敬",就得问钱庄或富户借贷。借钱出去做官,哪有不连本带息捞回来的道理?

  陈廷敬不但学识渊博、品行端方、清廉自守,而且才具卓越,能干实事。康熙年间曾经钱价混乱,不法商人毁钱鬻铜从中牟利。陈廷敬提出理顺钱价方略若干,康熙皇帝十分赞同并命他"督理钱法"。他治钱法讲究市场规律,一方面将钱改重为轻,使毁钱鬻铜者无利可图;一方面令停收采铜税,产铜地方听民开采,铜多而价自贱,钱价益平。朝廷命四品以上官员推举官声好的地方廉吏,陈廷敬全力举荐知县陆陇其和邵嗣尧,称二人"虽治状不同,其廉则一也"。这两位廉吏都破格擢升御史。同僚们私下嘱咐陈廷敬:陆邵二人固然清廉,但因性子刚烈容易积怨,只怕会连累人。陈廷敬坦然直言:如果他们真的贤能,他们得罪人对我又有什么妨害呢?

我笔下陈廷敬有其复杂之处,自有其寄身时空的复杂之因。

二十

且说小说里一个人物原型到文学形象的转换,请教方家。《大清相国》里有个人物叫富伦,其史料上的原型主要是佛伦。史载:康熙二十九年(1690)六月十六日,山东巡抚"佛伦疏言,该省累民之事,首在赋役不均,凡绅衿贡监户下均免杂役,富豪之家田连阡陌而不出差徭,以致全由百姓负担。请以后绅衿等与民人一样,按田亩赋役照例当差,不免役。有旨准其所请,并命其他各省督抚确议具奏。"

我想这位佛伦真是位替民做主的好官,不妨记下他的名字,看他还有其他善举与否。倘若更有作为,便可在小说里树为清官形象。可是再看此人后面的疏报,我就皱眉头了。"康熙二十九年九月初六日,从山东巡抚佛伦疏奏,该省今年正赋豁免,秋成丰收,绅衿人民愿于每亩收获一石者捐出三合,以备积贮,计全省可得二十五万余石。"

我想象不出佛伦是如何知道丰收了的老百姓愿意捐粮给官府的,而且老百姓意见很统一,每亩收获一石者都肯捐出三合。那时候又没有电话,官员下乡也没有汽车坐,怎么就把全省老百姓的爱国热忱摸得那么准确?我想,佛伦此举大为可疑。

再往下看,佛伦已擢升川陕总督。康熙三十二年(1693)七月十一日,"川陕总督佛伦疏报,陕西麦豆丰收,秋禾茂盛,流民回籍者已二十余万"。因为前面已对佛伦质疑了,此处又见他报喜,感觉总不是味道。再回头看看,原来康熙三十年陕西大旱,官府赈济不力,且隐情谎报,总督和巡抚都革了职。我没法查阅当年的气象资料,不知道康熙三十二年陕西是否就风调雨顺了。但是按照古今惯行的官场逻辑,既然前任没有把事情干好,上面重新任用能人,工作就应有新的起色才是。如此推断,佛伦走马上任,陕西即获丰收,应在情理之中。只是不知道陕西丰收了，老百姓是否又踊跃向国家捐献余粮？"受灾自有朝廷关怀，丰收不忘朝廷困难"，也在情理之中。

不过，这回佛伦的主意变了。康熙三十二年八月二十三日，"从川陕总督佛伦疏请，动用正项钱银，贱价收买本年秋粮三十万石，以备西安旗标兵明岁一年军需"。贱价收购余粮，百姓是否自愿，我没能力考证，只好悬想而已。而从事收购勾当的人，大可从中渔利，似乎是肯定的。这并非我的官场成见作怪，《清史稿》中有类似案例记载。

又，康熙三十三年（1694）正月二十七日，"川陕总督佛伦疏言，奉旨查阅三边，墙垣历年久远，坍坏已多，请于每年渐次修补"。修建军事工程，投资自是不小，油水旺得很啊！好在康熙脑子还算清白，他对修长城并不热心。康熙说自秦始皇以来，长城历代整修不迭，却从未有御敌之功，贵在人民团结，众志成城。

阅读到这些材料，佛伦在我眼里就大打折扣了。我怕自己犯胡乱臆想的毛病，便去查看佛伦列传。一看，方知此人的确不是什么好鸟。有个叫郭琇的人曾经参劾佛伦为明珠朋党，佛伦因此获罪罢官。佛伦复出后，到了山东巡抚仟上，便挟私报复，参劾郭琇做吴江县令时私吞公帑，而且说郭父乃明朝御史黄宗昌家奴。拿今天的话说，郭琇既是现行贪污犯，又是历史反革命了。多年之后，郭琇得到机会进觐康熙，替父亲申冤。当面对质，佛伦不得不承认当年指控不实。康熙震怒，欲罢他的官，最终还是豁免他了。也许因为他毕竟是正白旗官员吧。有了这些材料，佛伦该是个什么样的文学形象，我心里有谱了。

二十一

我写《爱历元年》，从动笔到完稿历时六年。并不是说这部小说写了六年时间，只是起止时间六年。我写作时间最长的小说其实是《大清相国》。电脑已极大地解放了作家的书写劳动，写作在体力上比前人省了许多。《爱历元年》写作起止时间长，一方面是因这期间我自己经历了特殊的年龄阶段，一方面是我对生活的观察与思考发生着变化。写作过程断断续续，小说结构也不断调整。最初的写作基调有些悲观和阴冷，写到最后却发生了逆转。这是一部关于爱、宽容和救赎的小说。

我自己未进入中年之前，总认为中年危机是个伪命题。一旦进入中年，很多始料未及的困惑、纷扰和迷惘都逼到眼前来了。生命的盛年已过大半，走过的路却未必是自己愿意走的。功过、得失或成败此时大致已成定局，经历过的都没有机会修正；经历了很多事情，有些事可以向人倾诉，有些事只能打落牙齿和血吞；孩子开始了自己的生活，我却未能放下悬着的心；父母渐渐老去，他们需要我更多陪伴，而我仍在滚滚红尘中奔走；看了大半辈子的人间大戏，很多是是非非似乎都不是那么回事儿。我继续追问着生命的意义，追问自己生活的意义，却往往有一种深沉的走投无路感，有一种荒寒与虚无。

人到中年，心也变得更加柔软，感时伤世的情怀油然而生。很多过去看重的东西，此时感觉轻如鸿毛，比如宠辱得失、功名利禄；而过去没怎么顾得上的东西，此时在心里变得沉甸甸的，比如家人间的相互陪伴、朋友间的问候、陌生人一个善意的微笑。这时候人也变得更加简单，比如更喜欢听鸟声、听风雨、看日出日落，似乎又回到爱数星星的童年；本来不喜交游，现在更加沉静，没兴趣多结识一个人，没兴趣多说一句话。总之，许多的纠结和感怀，愁肠千结，都隐约渗入这部小说里。

《爱历元年》中的许多看似琐碎的闲笔，都是我内心最柔软处血脉的跳动。那些闲笔，我写得一往情深。我一再说，自己很喜欢日常化的写作，拒绝宏阔的场面、离奇曲折的情节、故作新意的叙述方式，习惯把故事讲得顺畅好读、耐人寻味。写出扎实而丰满的细节，生活靠这些细节充实起来，它让我们感到那些流逝了的时间不那么空洞而无意义。小说里的人，他们吃过的饭、看过的天空、走过的街道，他们说话时浮现的笑容，通过小说的书写，都定格在时间里，浸润在意义里。仔细想想，我的那些受读者喜爱的长篇小说和中短篇小说，都是从生活细小处写起的。也许写好日常状态的生活，正是当今中国更需要的文学。

我时刻反省自己的平庸。我很羡慕别的作家提笔就是家国天下，动辄就是宏阔长卷。我写不了上下五千年，纵横三万里，只好写日常生活。我又想，写日常生活，未必就不是好文学。写完这部小说，我的内心很明亮很温暖。我也希望能给读者朋友们带来生活的明亮和温暖。我希望能写出几个平凡而又美好的人物，他们就在我们身边，他们应该得救。

任何一部文学作品都不可能只受到赞誉。世上没有只得到赞扬而不受到批评的作家。我乐意听到任何意见，尤其欢迎真知灼见。作家高高在上的感觉是非常可笑的。相反，现在的读者受教育程度都很高，他们目光如炬。当然，批评也未必都是正确的。即便如此，作家也要保持谦逊的态度。

不少了不起的作家都曾表达过对自己的作品缺乏自信，卡夫卡甚至在临终前嘱咐好友烧掉自己的遗稿。我显然不可能像卡夫卡那样杰出，但我同样是十分不自信的作家。文学高峰太多了，每一座都是难以逾越的。我逛书店，看到书架上那么多古今中外的文学名著，有时候会突然心虚和气馁。我心想，世上已有这么多好书了，我的写作还有什么意义呢？我须动用极大的毅力，才能从这种幻灭感中挣脱出来。当然，更多的时候我是有信心的，我更享受自己为文学奋斗的美好过程。

有人读《大清相国》，说我向历史小说转型了；有人读《爱历元年》，又说我向都市小说转型了；我写《漫水》那样的乡村小说也有不少，是否据此也要认定我是乡村小说家呢？我从来不承认自己有所谓转型，只能说明我创作题材多样。但是，写作的过程，也是作家成长的过程。

有人拿知识分子叙事来评论《爱历元年》，也只是一种权且的说法。我没有刻意写所谓知识分子的想法。如果仅以受教育程度划分，中国人现在很少有非知识分子了。从这个意义上说，我不论写现实生活中的什么角色，他们都是知识分子。我不是故意弄混知识分子的概念，而是觉得这种认定都是没有意义的。我一直关注和思考的是我们的生存空间。我总有一种天真的遗憾：我们本可以活得更好的！只因为种种不好的存在，我们各有各的不如意。不论何种不好和不如意，都有我们自己的责任。

当社会被某些辨识不清的洪流裹挟的时候，当所有人都貌似向前奔跑的时候，我愿意选择慢下来，停下来，甚至往回走，看看那些狂奔的人丢失了什么。我想在《爱历元年》里通过一些鸡毛蒜皮、鸡零狗碎的事情的描写，回望中国这几十年突进与逡巡的过程,停下来做一些思考。我们走得太快了,不管是弯路、歧途或迷宫,我们根本没有耐心看清楚就走过去了。我们乡下有句俗话:忙行无好步。行,在我家乡方言中的意思,就是走。我们现在是否应该慢些走,回望一下来时的路,展望一下未来的路?我写作《爱历元年》时,心里是存有这个想法的。当然,是否在作品中很好地体现了这个想法,也许得打折扣。我不习惯在小说中借人物之口替作家思辨,弄些看似深刻的思想进去。

二十二

我任何一部小说的写作,无论长篇小说还是中短篇小说,都是在朦胧混沌状态下进行的。我不习惯最初就把小说故事、结构等想得很清楚,更不会去列写作大纲或人物关系表。我写小说就像栽培庄稼,完成一个自然生长的过程,行所当行,止所当止。何处行,何时止,全凭创作时的感觉。

文学是一种与梦有关的事业。要么是寻找失去的梦,要么是向往未来的梦。沈从文先生写作《边城》是八十多年前的事,别说如今的茶峒远不是沈从文笔下的景象,哪怕八十多年前的茶峒也并非《边城》所写的那样。读沈从文先生的《湘行散记》,

字里行间看到的湘西,同《边城》里所写的湘西就是有出入的。正如沈先生自己说的,他要通过《边城》构筑自己心目中的"希腊小庙"。我离开家乡三十多年,每次回乡都会想到鲁迅先生《故乡》的开头,看到的是"远近横着几个萧索的荒村"。尽管如此,我坐在华灯如星的城市,想起故乡则全是美好的回忆。《漫水》就是这么诞生的,小说写到的乡村生活,都是我记忆中二十世纪七十年代以前故乡的真实生活,那是渐行渐远的乡愁。文学需要梦想,文学需要制造梦想。

我记忆中,小时候从广播里听到的是非同民间意识里的是非,很多时候是两码事。比如,读书无用论流行的时候,村里人还是喜欢肯读书的学生;越穷越光荣成为口号的时候,偷偷把家里弄得富裕的人家还是让人羡慕;批判资产阶级生活情调的时候,爱漂亮讲斯文还是被乡下人尊重。中国过去经历了各种运动,严肃、残酷,甚至血腥,但那些运动在我所熟悉的乡村更像闹剧。比如,二十世纪七十年代邻村的党支部书记被打成反党分子挨批斗,会场每高喊一声"打倒反党分子某某某",那位某某某就很不服气,说一声:"是的,我全反得党像!"这是土话,意思是说:是的,只有我有本事把反党这事做得像模像样!1975年反击右倾翻案风的时候,一个大队干部去公社开会回来,非常气愤地传达会议精神:"说什么金不如锡?

金子和锡哪个更值钱，我们贫下中农不晓得？这是把我们人民群众当傻子啊！我们一千个不答应，一万个不答应！"大队会场上，群情激愤。可爱而善良的乡下人，根本听不懂"今不如昔"四个字，就被发动起来了。与其说是这些乡下人愚蠢，不如说他们简单善良。简单善良被利用，同样会开出恶之花。过去所有运动其实从来都没有让乡村人弄明白过，他们充其量只是被裹胁的群氓。时过境迁之后，乡村人谈起过去的运动风云，多少都像讲荒诞故事，谁也不把它当真。

乡村小说不如《国画》那种小说受人关注，非常正常。人们功利、浮躁和焦虑，人们没有耐心关心自己利益以外的事情，人们静不下心来关注肉体之外属于灵魂的东西。人们被物欲奴役着，跳不出三界外。当然，读者关注自己的生存空间并没有错。作家没有理由抱怨读者不爱读自己的作品，就像厨师没有道理抱怨食客不爱吃自己做的菜。读者选择读什么书，自有各种理由。

有人说随着城市化进程的加快，乡土小说将渐渐被都市小说所取代。我不认同这种说法。不管城镇化如何推进，中国仍将长期处于乡村社会。乡村生活的印迹，将会很长时间烙在中国人的背上。从这个意义上说，关于乡村的文学永远不会消亡。再说，文学作品一旦成为经典，时间是阻止不了它的流传的。

不然，我们就不能理解《诗经》跨越了如此漫长的时空。不管是游牧时代的文学，或是农业时代的文学，都没有因为社会形态的改变而流失。

二十三

有记者采访一位作家，问：为什么看小说的人越来越少了？这位作家回答说：因为生活比小说精彩。

2010 年，我在北京听朋友说起一位富二代创业，开了个奢侈品店。此店非同小可，平常人别说敢不敢去逛，你想去逛都不让你进门。开业那天，座车 500 万元以下者免入！店家早看准了，开破车的只是看热闹的。人家才不稀罕你看热闹哩！前往捧场的贵宾，每人办了一张 200 万元的消费卡，并不差人气。东西自然贵得吓人，我等寒酸之辈听了，头晕。随便一条牛仔裤，少说也得上万。富人不理解穷人，穷人更不理解富人。

这些生活细节，哪是作家虚构得了的？

我把这事儿贴在微博里，心里却是忐忑不安。毕竟是道听途说，怕人指出我传谣。网上正经人多着哪！他们满脑子家国天下，生怕有人说话出格，惹得民怨沸腾。但网络到底又是个好东西，马上有人跟帖，说必是某某店。有人说是此店，有人说是彼店。原来，此类奢侈品店在北京并不少见，网友说得上店名的就有好多家。看来，我并没有传谣。

网友们跟在我帖子后面，讨伐富豪们的骄奢淫逸。这些都是惯常思维，可以理解却不新奇。有人却说，奢侈品店都是富人赚富人的钱，他们自己玩自己的好了，总比某些黑心房产商坑穷人的钱好多了。我想，这倒是很有意思的帖子。当然，也有很多人愤愤不平，说富豪们凭什么拥有那么多财富？这话经常听到，并不新奇却可以理解。

网友们对富豪的种种观感，也是作家虚构不了的。

其实，说富豪的事，只能当成逸闻。他们的事虽无法定密级，却也神秘莫测。如果他们想宣扬自己，媒体爆出的也多是骗人的假料。什么捡垃圾出身、拖板车起家，不都是笑话吗？捡垃圾、拖板车真能成就富豪，我明天就去创业。富豪们真正的发家秘籍，外人是不会知道的。如何就赚了那么多钱，只有他们自己知道。

也许还有菩萨知道，所以他们喜欢拜菩萨。越是发大财的，越是做大官的，越是喜欢拜菩萨。他们不但要请菩萨保佑自己升官发财，还要请菩萨保佑自己不会翻船。我尝戏言，塑了金身的菩萨，既不廉洁，也不圣明。不然，天下哪有这么多不平事！我曾于某名刹见一玉佛，高米许，宝相庄严。我等凡胎俗眼，难免要估其价值几何。住持与我相熟，伸出几个指头。一看，我吓得吐舌头。住持轻声问道：知道是谁供奉的吗？我懵然摇头。住持附我耳旁，说出一个大人物的名字。我如闻天雷，默然不敢言语。住持又压低嗓子说道：我替他天天烧香点灯！

如此天机，作家怎敢虚构！

也有菩萨保佑不了的，就出事了。有的是官员出事，连累了富豪；有的是富豪出事，连累了官员。但总的看来，官员出事扯出无良富豪的多，富豪出事扯出腐败官员的少。而官员出事的毕竟不多，绝大多数官员是不会出事的。所以，官员总体上是安全的，富豪也就是安全的。富豪只要不被抓进去，肯定不会供出官员。不是富豪如何仗义，而是他们需要官员。官员只要抓了进去，肯定就会供出富豪。不是他们骨头软，而是再狡猾的狐狸都会露出尾巴。

说个官员的故事。某官员被有关部门盯了好久，却苦于找不到他的受贿证据。此官员身边有个朋友，实际上是他的经纪人。很多官员身边都有这类经纪人，全权打理蝇营狗苟的事儿。事后调查证实，该官员的经纪人很讲规矩，每天到手的钱，只要是官员份上的，必分文不少存到银行去。官员有个专用银行卡，借远房亲戚身份证办的，鬼都想不到这上头去。一日，经纪人替官员收了三十五万，还没来得及存进银行去，打牌输掉了。次日一早，经纪人去银行，打算从自己卡里取钱，再存到官员卡里去。哪知银行里人太多了，得排很久的队。经纪人一时偷懒，从柜员机上把钱打过去了。正是晚清小说的口白写的：也合该出事，这就露了马脚。原来，这个经纪人的账号，有关部门早盯上了。于是，办案人员发现有个银行卡，钱是只进不出，已有两千多万了。一查，银行卡正是这官员的！

再说个官员的故事，他的经纪人不讲规矩。话说这位官员，有位相好多年的情人。夫妻都会反目，况情人乎？官员想同情人分手，情人提出五十万元分手费。自然，接洽谈判都由经纪人代劳。这位经纪人胆量不小，回头报告领导：人家提出要五百万分手费。该官员是条汉子，咬咬牙竟然就答应了。经纪人不动声色，悄悄儿就赚了四百五十万。也合该出事，不知怎么这笑话就传出去了。于是，这位豪爽的官员，叫不守规矩的经纪人害了。

这些故事最初都是传闻，却都是真实发生过的。案件早经媒体报道过了，有关官员也早待在监狱里了，但在正式文件里看不到这些办案细节的文字。不知道是怕暴露办案手段，还是怕造成不良影响？

回到开头说到的话题，富豪们如果有所谓的成功秘籍，完全可以在官样文章里找到堂皇字眼，即常见的四个字：加强领导。很多富豪的飞速发迹，就是有些官员加强了领导。只是，官员们为了培养富豪，冒的却是身陷囹圄的风险，不得不向他们"致敬"！中国老百姓的厚道，有时真叫人莫名"动容"。比如，常听人议论进去了的官员："这个人其实很好的，可惜了！"足可见那些落马官员都是"可嘉可风"之辈，真的"可惜"了！

二十四

我除了写小说，也创作了大量随笔和杂文。这些文字既有针砭时事，也有谈古喻今。我在《浮世与浮想》里写道：我曾说过我无法优雅。我生在20世纪60年代，于饥饿贫困中长大，青年时代颇有点济世匡民的想法，却又慢慢认识到自己的虚妄可笑，但心里最关注的仍然是现实，有时不免瞋目发怒，更加优雅不起来了。现实生活时常让我焦虑和困惑，思之无解，偶尔也行诸笔端。

有很多读者喜欢我的随笔杂文，有的读者甚至说我的随笔杂文比小说更好。都是各有所好，我感谢所有读者朋友。我的这类文章篇幅短小，容易阅读。又因为我的随笔杂文多少有些犀利幽默，角度刁钻，有人说我这类文字是排球里的"吊球"，用力不重但有杀伤力，读起来很痛快过瘾，不免会心一笑。写随笔和杂文还要有一个特点，就是对当下生活要敏感，目光要敏锐，要有社会参与感和批判精神。但我的随笔和杂文并不一味地只关注当下发生的事，我不希望自己的写作流于新闻评论。随笔和杂文不是我的创作主体，但也不是我的休闲调节。我很严肃地对待随笔和杂文写作，绝对是有感而发。

我写这种有话就说的文字，越来越模糊了文体意识，不太顾及章法。有人把它说成杂文，有人把它说成随笔。恕我鄙陋，杂文同随笔到底是一回事，还是两回事？我至今没有去翻书，也不想弄清楚。或许在我看来它们都是一类文字，即随心随性而直抒胸臆的文字。似乎纯粹意义上的散文应该另有面目，散文在我看来须具叙事性与抒情性，或曰美文，可拿去做中小学语文课本。所谓课本，文本上要能提供范式，内容上要经得起挑剔。杂文之类，语辞难免犀利，大多不便用作中小学课文。

回顾我写下的文字，似乎都很令自己羞愧。写了小说，我会想：这样的小说能让没长大的孩子看吗？写了随笔和杂文，我更会想：这样的文字未成年人最好不要看。为什么会如此？原来成人世界有太多见不得阳光的东西，过早让孩子们看到未必是件好事。尽管人生总有梦醒时分，孩子们还是在美梦里久待些日子吧。

中国成年人大多是越成熟越虚伪，很多时候讲到所谓成熟其实就是虚伪。成年人在现实生活中扮演着各种角色，很多情况下扮演的是并不光彩的角色；可是，我们不忘记在孩子们面前扮天使，仍要用世界上最高尚的道理教育孩子们；而且，我们知道孩子们未来之路也许更曲折，也仍然会拿最纯洁的人生哲学哺育他们；我们会向孩子灌输自己存疑、孩子不懂的教条，再让孩子们把现在不懂、以后不信的教条灌输给他们的后代。

向邪恶的让步和妥协，难道是整个人类的宿命吗？依我之偏狭见识，目前之中国，羞于让孩子们看到的东西太多了。有时我会这么想：成年人如何判断自己言行，无需做太深奥的分析论证，只需想想能否过得了自家孩子的眼！近几十年，中国有很多家族财富上崛起了，一人可开几代人的物质幸福。但是，这类人中间，很多人在家族中的未来显祖形象是需要虚构的。

杂文便是这类文字：既不替现实涂抹迷人的油彩，也不为未来虚构光辉的显祖。其实可以说得简单些：杂文就是说真话。可是作为一个定义判断，这话容易让人钻空子。有人会说：说好话也是说真话，难道说真话只能是批判吗？我要说，真话当然包括好话，赞美、歌颂，也许并非全真，但一定有一部分是发自内心的真诚。然而我们也熟悉有些人的所谓真话。中国人都知道的一个段子说，有人批评领导：您这么不爱惜身体，这是对革命事业极不负责的行为！这样的真话，还是少说为妙。

曾见识过一种新的杂文理论：杂文也可以和风细雨！拿年轻人的网语说：这话就有些搞了！杂文除了批判，没有其他存在的意义。鲁迅先生所谓投枪和匕首，应是对杂文的经典定义。任何时代都需要鲁迅式的杂文，和风细雨论不过是觍颜献媚罢了。

我总不相信人心会永远堕落下去。今后的人们大可忘记某类显祖，也不必去虚构他们的神武圣明。善于健忘的中国人，索性多忘记些不必记住的东西，于未来是有益的。虽自古总有人说文章千古事，我对文章的功用却总是怀疑的。写锦绣文章而满腹杂碎的人多了去了，何谈文章真能轻易塑造谁的灵魂？但是，只要有道德良心在，总有文章要写的。杂文的眼睛，专要看世上的不好。中国杂文祖师鲁迅先生的文字便是冷硬而尖利的，其杂文集《准风月谈》，哪怕自嘲为"风月谈"，也得加上个"准"字。先生实在没有心情谈风月。好的东西，倒真可以留给和风细雨去，留给风月谈去。杂文是成年人的苦药，不必管他们爱不爱吃，不必包上哄小孩的糖衣。倘若成年人吃不得苦药，世道就真没救了。

我年轻时写过一些纯粹的散文，动笔脑子里就是语文课上学过的东西；想到的题目，总离不开故乡、祖母、母亲和童年。没写多久，就腻烦了，很没有意思。于是开始写小说。我几乎不写诗。中国当代作家没写过诗的很少。曾听人讲，写诗是最能锤炼语言的，写过诗的人写小说，语言要文学得多。我听着心里发虚，心想自己年轻时怎么没有写诗呢？又听人说，诗是属于年轻人的。我也许很早就老气横秋了？可转念想想，中国古代的读书人写诗，可是从小写到老啊！到底是古人修得了永葆青春之法，还是中国古时没一个真正的诗人？如此深奥的课题，我这辈子是研究不透了。

我只关心一些简单的问题，比如有些人说的话是真是假，有些人做的事是对是错，有些事情到底有没有意义。我不能武断下结论，却喜欢去观察、思考、理解。我写小说，也没有什么高明的主义，都是些普通人的寻常见识。常有评论家告诫小说家们，要有终极关怀之类。我知道这很重要，但我就是深刻不下去。深刻的作家多着哩，他们能者多劳吧。我想还是先关注滚滚红尘，先思考些浅近的事情。有时候觉得小说表现起来还不太直接，不太及时，不太有力，不太过瘾，就写些短章，把话挑明了说。我知道太直接地说话，很伤害文章的文学性，很为一些大师不屑。可我不是为讨好大师而写作，也顾不得那么多了。大师毕竟是少数，我的小说少几个大师读，似乎也没什么关系。何况，中国目前也只听说气功界有大师。

有时候又想，天下文章真是让前人都写尽了，何须今人劳神费力？读前人的书，发现我想说的很多话都无须再说，径直从书上抄来便行。很佩服周作人抄书的功夫，更深膺当年出版界的风尚。周作人抄书成文，居然可以发表！我只抄过一回书，就是把《老残游记》里的几段话，稍加翻译抄下来，竟然也发表了。刘鹗笔下所见，我辈仍可见着，也难怪今人文章难逾古人！

文学的记录和作证比什么都重要。观念、判断、结论、价值等属于认知层面的东西，都是不确定的。很多认知都会过时，而事实大凡被文学定格，便是永恒的。我们读汉乐府诗"上山采蘼芜，下山逢故夫。长跪问故夫，新人复何如？"知道汉代的女人见了前夫也要跪着说话，但如何评价这种礼节，都因时代而异。

二十五

2005年7月，同心出版社出版我的长篇随笔《我不懂味》。这本书是以对话形式创作的，访谈者"伊渡"是张战君。文中，有时是我同伊渡的对话，有时是我借伊渡之名自说自话。我在前言里写下这样的文字："我经营着很平淡的人生，也没有多少识见，不配装得很哲学的样子；况且还不算太老。可是，有朋友不肯饶我。原来我曾在饭局间说过几个亲历的小故事，就被朋友记落肚了,硬要我写部自传性小说。我倒是有此打算,只是还没到非写不可的时候。可又不想拂了朋友的美意。既图简便省事,又为原汁原味,我愿意说说尘事种种。所以有了这本书。"

8年之后,2013年10月,金城出版社再版《我不懂味》,我在序言中讲述了这本书的经历:

有一年我在山东德州签名售书,一位读者递上一本《我不懂味》。翻开一看,扉页竟有我的签名,落款日期已过两年,地址是云南丽江。书是我在丽江某书店签的,应是行业内调剂到了德州。我自嘲道:这本书是在丽江没有卖掉的,您还要吗?那位读者说:我就要这本书,因为它是有故事的。

《我不懂味》初版是八年前的事了。八年间,世上发生了多少故事?我对时间和世事的感觉越来越迟钝,消逝的无尽岁月与苍茫人事在我脑子里都是模糊的。我或许会清晰地记得某些故事的细节,却把子丑寅卯统统忽略掉了。生命是拿时间计算的,我所懵懂的却偏偏是时间。

子在川上曰:逝者如斯夫!然而流水尚可高筑大坝暂为挽留,时间却是怎么也留它不住的。留不住的就随它去,留得住的就让它留下来。我的这些文字,不知是否留得住。再版这本书,我重读旧作居然并无太可后悔的文字。"不懂味"是湖南方言，意思是不识时务。识时务者为俊杰，此话常被人奉为人生信条，我却鄙视这种庸俗的实用主义哲学。我今生今世只可能是个不识时务的人，一个不懂味的人。我说过许多话，有慷慨的，有郁愤的，有天真的，有幽默的，也有愚蠢可笑的，但都不觉得有什么不好；我所做过的些小之事，于时于世也许毫无补益，但都做得心里安安。一介书生，也只能如此了。

新版中增添了两章，一曰《天命》，一曰《无违》，分别是湖北大学周新民教授和《大家》杂志符二博士对我的访谈。周新民教授学术态度严谨，试图探究我文学创作的原初动机及心路历程，我觉得自己命中注定只能卖文觅生，不过天命而已。符二博士笔锋口健，意欲剥开我的伪饰而后快。我做人做事但求无违，无违于自己，无违于天地。感谢周新民教授和符二博士！

昨日为癸巳惊蛰，我随几位朋友朝南岳，吃斋祈福。一道道精致的斋菜端上来，朋友们都忙着拍照发微博。我举箸旁观，如在世外。我已宣告无限期离开微博，不打算回去了。我在微博被八百多万人关注，他们很多人是我的读者朋友。我要诚挚地感谢朋友们！我的书哪怕再从丽江跑到德州，也自有缘分遇上知音。

写着这些文字，一只红嘴鹦鹉飞临窗口，隔着玻璃朝我啾啾地说话儿。我不懂她的语言,私引为吉祥之兆。

《我不懂味》虽是对话体,其实也是杂文。这部书持续受到读者欢迎,出乎我的意料。2017年5月,该书更名《无违》由百花洲文艺出版社再次出版。因"我不懂味"是湖南方言,编辑担心外地读者费解。《论语》载孟懿子问孝,孔子回答二字:无违。我借"无违"二字作为书名,把这两个字的含义扩展了。

二十六

我曾写过一篇小文章,叫《旁观者言》。这篇文章被人发在网上,阅读量有几百万。我在这篇文章里说的基本上是君子之道,加上些世情观察。这些都谈不上高明的人生哲学,但能做到的人也不会很多。我知道那都是些迂腐之论,需大多数人都是君子才会有用。君子玩不过小人,这是千古一例的事。所以古人说,贼似小人,智过君子。我从自己的价值观出发,只能发表这些迂腐之论。如果真是这样做成的官,我相信会是叫人喜欢的官。

不妨将此小文附后:

一介无用书生，虽曾厕身官场，并未做过官员。一直是个旁观者。拗不过别人的说服，写了如下迂阔文字。不妨随意浏览，尽可付与笑谈。

1. 不可任情使性。人皆有喜怒哀乐，然而倘若入了仕途，自应有别于常人。喜则不知自禁，怒则拍案而起，哀则伤心惨目，乐则不可支颐，通为常人之态，官人不可随之。虽为常情，有伤涵养。御人之人，先行御己。心须沉静，勿躁；口须谨慎，勿聒；身须庄敬，勿慢。居官者宜心井澄明，又不使人一眼见底。城府之说，深浅有度。城府太深，叫人不可向迩；城府洞开，叫人不知敬服。遇人必有好恶，然所好不宜过亲，所恶不可太疏。好恶显形于色，必致无端猜疑。处事定有顺逆，然遇顺当知慎重，遇逆尤须放胆。若顺则轻忽，逆则畏葸，则为不堪其任。人之才能，性情半之。

2. 不可恃才逞能。才而不恃，能而不逞，节制谨度，善守之策。居官者，恃才而政事频出，必招众怨；逞能而包揽巨细，必致错谬。山水不显，为事从容，使人难窥堂奥，反有大家气象。大事有成竹，末节随他去，上下融融乐乐，方显将帅风度。若为下属，举事之轻重，当善为量之。上司能且贤，下属行事可举重若轻，才能自会脱颖于囊；上司庸且愚，下属行事宜举轻若重，不使才能盖于上司。轻重之间，非为机巧，只为策略。居贤能之下，尽其才能而行，必可出人头地；居庸愚之下，则小心慎行，早寻去路为上。

3. 不可埋怨上司有眼无珠。任事用人总有不公，其中曲直不必细说。然而牢骚太甚，于事毫无补益。多有终日浩叹怀才不遇者，倒霉根由正在此处。不如笃实务事，蓄势寻机而起。子曰："不患无位，患所以立。不患莫己知，求为可知也。"凭什么谋取职位，凭什么叫人刮目，这才是最要紧的。上司固然有能庸贤愚之别，却不必寄希望于知遇好上司。凡存此侥幸者，每逢新官到任，必趋身左右，觍颜俯首，媚态毕现。或故作放达，贤隐自居，待沽于查。若未得逞，则又发不遇之叹，愤言上司有眼无珠。长此以往，俨然清狷高士，实则利蠹小人。

4. 不可责备下属无能。俗话说，五指有长短，缺一难成拳。善使人者，用长而避短，长则愈长，短则愈短。若不善用人之长，则只见人之短处。倘求全责备，则无人可用。为官事必躬亲，绝非勤勉之德，实为琐碎之病。有大格局者，必襟怀宽大，海纳百川。不记下属过违，慎言下属短长。有识谄辨谗之慧眼，有赏贤任直之公心。为官不贪功，居上不诿过。贪功则不得功，诿过则尽是过。倘若吹毛求疵，自命高明，鄙薄下属，必致上下怨怼。上司怒：目无官长！下属怨：长官无目！

5. 不可志得意满。人生之险，尤在春风得意。月盈则亏，水满则溢；天数如此，人亦然之。谤随名高，古之信诫；荣者多辱，世之常理。人于顺境之中，须持临深履薄之心，切勿稍有懈怠，以至忘乎所以。权柄在握，恭维者众，日久易骄。骄则不能自明，日久易昏。昏则不能辨事，日久易庸。聪慧卓越之人，久居高位而致昏庸，覆车之鉴多矣！人颂："大哉孔子！"孔子却说："吾何执？执御乎？执射乎？吾执御也！"孔圣人谦称自己不过是个好司机。天下凡愚，当效圣人之襟怀。

6. 不可怨天尤人。肩负重任，朝乾夕惕，劳心劳力，理所应当。此为任劳，无悔也易。倘若备尝艰辛，显有功果，却招众怨，则于心难平。众怨不可逆遏，若以怨对怨，则怨上生怨。是谓任劳者易，任怨者难。居官者意气用事，则不但关乎心性，实是才具不逮。遇此境地，必须虚怀若谷，坦然淡定，静以制动。风过双肩，无使挂碍，假以时日，是非自明。纵有途径可为沟通，亦须戒急戒躁，缓为图之为善。

7. 不可钻营投靠。世如棋局，时有变数。今日若有投靠，明朝必定背叛。投靠是背叛的开始，背叛是投靠的终结。不要投靠任何人，也不要相信任何人的投靠。因投靠发迹者固然有之，实则是场赌博，输赢难逃天算。靠搜罗投靠者而乌合营垒的亦有之，实则也是赌博，未必胜券在握。君子不党，实非迂腐之论。鼠目寸光者，只图眼前小利，自可不断投靠，大不了不断背叛。然而欲成大器者，必不朝秦暮楚。常听人宣誓拜认主子：我就是您的人了！但人人生而平等，早是普世价值。当今之世，发誓臣服于人者，不顾脸面和尊严，所言必是假话无疑。这种人最靠不住。

8. 不可流于饶舌之弊。言多必失，似乎世故之诫。逢人只说三分话，不可全抛一片心。这便是庸俗了。但话多终是毛病，招祸在所难免。子曰："君子欲讷于言而敏于行。"又云："先行其言，而后从之。"孔子这些话，说的都是行动比说话重要。言多易生浮相，沉默方为金玉。当言则言，适可而止；不当言则不言，袖手旁观为上。却又无须做老好人，凡事唯唯，呆若木鸡。长此以往，人以为无用。与朋友相处，调笑无忌，全由性情，亦无大碍；与同事相处，插科打诨，油滑轻薄，终非得体；与上司相处，但观眼色，曲意奉迎，弄臣嘴脸，人所不齿。不必在口舌伶俐上下功夫，而应在腹中经纶上多用心。巧言令色幸得一时之利，沉默讷言可为长久之用。

9. 不可跟同事太密。同事以公谊为妥，惟谨慎于私交。同事亦多称兄道弟者，不过逢场作戏，切勿当真去了。哪怕此刻倾心相谈，难保明日不为路人。利害攸关，友情自在云泥。王维有诗云："白首相知犹按剑，朱门先达笑弹冠。"说的便是出入公门的达官贵人，相交白头都在相互提防。世人世事，徒叹奈何。于公而论，同事过从太密，难免蝇营狗苟，沆瀣一气。此风轻则拉帮结派，排除异己，互植私党；重则朋比为奸，窃权谋利，误公害民。同事亦确有肝胆相照者，仍须君子之交淡如水。淡则长久，过密易疏。《论语》有载：澹台灭明非公事不访上司于私室，此为古君子之风，大可引为典范。

10. 不可盛气凌人。居上宜宽，宽则得众。苛刻暴戾，必成独夫。虽可强权压人，终不使人久服。人在屋檐下，低头不得已。他日得意时，视你为仇雠。酷虐必养谄佞，贤能敬而远之。子曰："君子不重则不威。"重为庄重，不是自命贵重；威乃威严，绝非八面威风。然多有人寸权在握，即大耍派头，威风凛凛，招人惧恨。倘为高官，则装点敦厚假门面，盛气凌人于无形。一旦人去，必致骂声塞巷；倘若落井，定会下石如雨。盛气凌人者，未必全为官员，平常之公职，亦有不可一世之流。上司面前装孙子，百姓面前充老爷。成日耀武扬威，嘴脸形同恶奴。这种人，通常充为临阵赤膊，绝不会委以大用。

11. 不可钩心斗角。权场常有争斗，或明或暗，风波不止。得胜者扬眉吐气，失意者切齿生恨。然而，争斗得胜必结仇怨，难保他日不为人算。今日占了上风得意扬扬，说不定明日乾坤颠倒。更何况，权场争斗未必都有胜负之决，极有可能两败俱伤。世事本难公允，不可较之锱铢。每逢任事用人，总有埋怨人不如己者。子曰："不患人之不己知，患不知人也。"人多看不见别人的长处，也难看见自己的短处。哪怕自己真的才能过人，也未必命该担当大任。

不如君子成人之美。和则利公利己，乱则公私俱损。与人厚道相处，不惟在升迁任用之关口，亦在乎平素过从之点滴。人前不必阿谀，人后切勿诋毁。抬人实是抬己，损人自会损己。多扬人善，多积口德，自有福报。然亦不必流于圆滑，逢人只一个好字。遇着可与诤言者，则当面畅怀直言。但劝诫只在私室，不宜宣于人前。若遇上司做纳谏状，则须慎之又慎。引蛇之鉴未远，对上不可轻言批评。

12. 不可轻慢傲岸。人须有诚恳虔敬之心，常人当如此，官人更当如此。古人讲究官仪官威，为使百姓怕惧。今天仍想吓唬百姓，实是不识时务。有的人，花纳税人的钱，充纳税人的爷。百姓若有抗拒，竟以刁民辱之。倘若诉之法律，则被侮为喜讼。抱怨百姓不服管束，既是庸碌无能之论调，又是居高临下之狂语。倘若不以牧民者自居，不以公民为子民，境界必为之一新。古时民智愚钝，遇官战栗。今天再耍官派，民众视之不屑。为官者给别人以尊严，实是给自己以尊严。

13. 不可荒疏本业。读书之人，多有本业。一旦从政为官，多同本业无缘。旷日持久，便把本业丢尽。是为大忌！人无远虑，必有近忧。做官罢官，无非一纸。今日裘马洋洋，明日栖栖遑遑。倘若手头有真功夫，不怕流落到没饭吃。人最靠得住的本事，也许就是童子功。哪怕顺水顺风，不荒本业也大有益处。人有专业背景，且能日新其学，又能推及其余，不成饱学博闻之士，亦会有逾越他人之处。若有福气擢为专业对口之官员，则成专家型领导，上下青眼相看。于公于己，善莫大矣。

14. 不可轻易写书。庙堂之上皆书生，善舞文弄墨者众。但真写得好文章的，实则凤毛麟角。能写几句文章，又卓有创见者，则更是寥若晨星。倘偶有片言付梓，好事者阿言几句，立即云里雾里，俨然文曲下世，实是轻浮。哪怕真是文章锦绣，亦须抱朴守拙。眼红者有之，嫉妒者有之，寻事挑刺者有之。好好做事才是正经，纵然文比司马，亦须存乎于心。文章自有人写，且由他人写去。况且有人不写文章倒罢了，写了文章反知腹内草莽。这种人若有权在手，身边必有点头哈腰的崇拜者，越发让人看笑话。子曰："行有余力，则以学文。"孔子是说为君子者，做好了分内的事，倘有多余的能力，才可以在文字上用些心。千古圣训，应当铭记。且如今时世大变，哪怕做好了分内的事，也不必急急地写文章去。

15. 不可不思退路。勇者善进，智者知退。然天下谋进者多，愿退者少。贪位恋栈，已为常病。须知，哪怕福祚无边，到底人有竟年。全福之人少有，好处不可占尽。叫人搬掉椅子，不如自己腾出椅子。风光处谢幕最是明智，黯然时离身难免凄凉。为官艰辛，善始不易，善终尤难。若有隐衷在迩，必埋远因于前。蘋末微澜，大风豫焉。身退须先心退，智莫大于止足。未能止足，心不退而身必不欲退；倘不得已而退，或心有不甘，或不得全身。万花丛中过，一叶不沾身。惟有止足，进亦不险，退亦无忧。

2010 年 3 月 12 日　长沙

我的文学检讨

一

自小母亲给我的家训就是：紧闭嘴，慢开言。苦难使人早熟。我的童年比别的孩子少些温暖和安全感，自然而然就会怀疑这个世界，用不同的眼光审视周遭。小时候，我本来同伙伴们玩得好好的，突然听得一声哨子响，生产队长高喊：晚上开社员群众大会！我的心情立即就沉重了。我知道爸爸要么参加不了社员群众大会，要么会被抓去批斗。

别的孩子天真无邪，百无禁忌，我却过早地知道有些事是不能做的，有些话是不能说的。比如，煤油不能讲成洋油，不然就是崇洋媚外；肥皂也不能说成洋皂，不然罪名是不爱国。村里人都讲洋油、洋皂，我却很小心地缄口。

我们乡下有句土话，叫"肚子里行事"，意思是说凡事放在心里想。我知道自己不能像别人那样自由地说话和做事，就从小学会了埋在心里想事情。这种经历很压抑人的性格，但对一个作家的成长也许有好处。

我曾在小说集《没这回事》自序里说自己是尴尬人。这种尴尬人的性格，也许从小就在尴尬环境中养成了。多年之后，执着于现实题材创作，怎能不尴尬呢？如果用伪现实主义手法写作，就不会尴尬了。

我刚参加工作时，有过从政理想，打算好好干，不敢说轰轰烈烈，至少要做到问心无愧。但是，大概从三十五岁开始，我改变了自己的想法。现实讲究功夫在诗外，我没有任何诗外功夫。见到的所谓人物越多，越看不透有些人。我慢慢意识到自己高看某些人了，觉得自己很幼稚。人的品德、能力和良知同其职务身份，真是没天然关系。我发现自己尊重过的某些人不值得我尊重了，他们的品行不如我熟悉的许多普通百姓。戴眼镜不等于有学问，肚子大不等于有涵养，职务高不等于有良知。

我身上湖南人的个性显然有些突出。我的处世原则是：不惹事，不怕事。我的性格不激烈，更谈不上勇敢。我很有些疾恶如仇，常为同自己不相干的事拍案而起；也很有些妇人之仁，常为与自己不相干的事泪流满面。我不认同的不会屈就，不想合作的不会迎合。

自己看自己，往往看不准。我感觉自己的性格外柔内刚，讲原则，不迂腐。我不愿违心做人做事，不与人争高低，也不与人争名利。很多人和事，我会看在眼里而不道破。这不是世故，而是给人留余地。自命高尚，咄咄逼人，是为不厚道。

我写现实题材的小说，当然首先是因为熟悉，有很深的感触，不吐不快。我见多了满嘴理想信仰的人物，做的全是偷鸡摸狗的事。我的作品不过是真实表达而已，谈不上什么锋芒。同真实的生活相比，小说不足冰山一角。作家更需要对生活的想象能力、虚构能力，更需要对生活的思考。我写的那些现实题材的小说，既没有警示现实的野心，更没有只图发泄的狭隘，只是凭知识分子的良知，对笔下的生活和人物命运做些思考。那些思考未必有答案，但思考本身都是有价值的。

当然，文学也并不需要同生活比惊奇、比恐怖、比复杂、比厚黑。文学永远不可能同生活竞赛，也没有必要同生活竞赛。作家的才智是比不过现实的荒诞的，文学也未必非得如此不可。

有人说生活发展太快了，十年、二十年前的小说还有现实意义吗？这是违背文学常识的认知。我们为什么还在读流传千古的文学经典呢？它们离今天的现实不更远吗？文学一旦成为经典，它就是不朽的。

二

不必为中国文学的前景忧虑。中国民众受教育水平越来越高，具备写作能力且有写作爱好的人越来越多；中国又是一个人口大国，哪怕只是很小比例的人拿起笔来就会有很庞大的写作队伍。这是当今中国文学创作的基本国情。但是，文学创作毕竟是有范式和标准的，质量参差不齐的情况非常正常。比如很多人担心网络文学粗制滥造，我想这丝毫不用挂怀。时间会证明一切，时间会赋予一切。我对网络写作是看好的。网络只是手段和技术，它对文学的影响是正面的，而不是负面的。好的作家，不管在纸上写作，或在网上写作，都会写出好作品。不好的作家，哪怕在竹简上也写不出《史记》来。假以时日，网络文学必能诞生名家名作。

什么是好的文学？我认为最基本、最重要的一条，就是文学要有理想主义精神。有理想的文学，才会是好文学。什么是文学？人们会有无数种定义，但我认为文学是人类思考社会、现实和人生的方式。这是我对文学的定义。好的文学应该向着美好的方向去思考人类，体现理想主义的光芒。

有人说当今写快餐小说的作家越来越多，很多作家追逐利益，为了博眼球写一些穿越玄幻后宫题材的作品，还有很多标题党成功学的书籍。其实，写作和出版泥沙俱下不足为虑，百年之后自有分晓。我也不觉得某些垃圾读物会起到多大的负面影响。所谓"一言兴邦"是痴人说梦，所谓"一曲亡国"是危言耸听。古人的话未必全是对的。正像鲁迅先生说的：从来如此，便对么？当年康熙皇帝下令禁淫词小说，完全多此一举。三百多年过去，那些淫词小说并没有流传下来，不是朝廷禁止的结果，而是文学史自然淘汰。目前有三类书很流行，成功学、致富经、养生书。写书教人成功的都是不成功的，写书教人发财的都是没发财的，写书教人长生不老的都是不会长生不老的。

好的作家只需要尽可能地创作自由，总会有好作品诞生。不管社会如何浮躁，总会有文学操守好的作家在潜心创作。人类文学中，就是这么走过来的。

我眼里的好小说至少分三个层次。最起码的，好小说必须讲好故事。有些作家觉得小说应该淡化故事，且存一说。曾经的先锋探索有淡化故事和去故事的潮流。任何探索都是有意义的，但探索有成败之别。所谓小说淡化故事的尝试显然不成功，那批做探索的作家要么回归到讲故事上来了，要么偃旗息鼓干别的去了。讲好故事，这是第一个层次的好小说。世上有不怎么讲故事的好小说，但从来不是文学主流。

如果小说在讲好故事的同时，又能塑造出可以进入文学画廊的人物，这些人物具有成语般的功用，人们使用起来不需要解释便意思明了，这便是更好的小说了。比方，我们说谁像林妹妹，不需要解释什么是林妹妹；我们说谁太阿Q了，不需要再解释阿Q是什么意思。这是第二个层次。

既讲好了故事，又为文学画廊贡献了人物，还能贡献思想光芒，那么就是经典了。写好前面两个层次的小说，很多作家可以做到，但要做到第三个层次，即提供思想积累，就有些难了。我热爱鲁迅先生，他的小说这三个层次都做到了，所以是经典。我说的贡献思想光芒，指的是原创意义的思想，能给人类提供思想积累。比如说，鲁迅先生通过《阿Q正传》所做的中国国民性批判，就是原创性的。再比如《老残游记》因其第一次在小说里对旧的清官意识进行讽刺和批判，便是原创性的思想积累。小说中的"清官"玉贤、刚弼，实在可恶至极，他们因为自己假装不要钱，便自置于高高的道德位置，为所欲为，害人误国。

我小说中的人物塑造，也有自己满意的。比如《朝夕之间》中的陶凡和关隐达，《国画》中的朱怀镜、曾俚、李明溪，《爱历元年》中的妙觉。妙觉这个人物在《爱历元年》中不是主角，但她出场之后就叫人过目不忘。她清如莲花，多才多艺，真真是一位叫人爱慕又敬重的佛门衲子。陶凡是位政声颇佳的官员，一辈子洁身自好,退休之后却十分寂寞。

我早已是事实上的职业写作者,写作和阅读是日常生活。过去业余写作的时候,逢上周末或节假日就拼命地写,加上当时年轻还会熬通宵。现在,因为写作和阅读是每天都要做的事,节奏就从容些了。我不会再熬夜写作,再怎么激情澎湃都要让自己节制。我案头会放些近段时间看的书,通常是几种书一起看。写作疲倦了,拿起书看看。如果写完一部长篇小说,刻意让自己放松些日子,就专门看看书,或四处走走。

书房是作家的隐私。我的藏书很传统,我的文学很不时髦。中国文学我喜欢古典的,从先秦文学到明清文学都喜欢。外国文学我喜欢巴尔扎克、托尔斯泰、陀思妥耶夫斯基之类现实主义大师的作品。中国现代作家我最爱的是鲁迅先生。我不但年轻时崇拜鲁迅,今生今世我都是鲁迅先生的崇拜者。我那套1981年版的《鲁迅全集》是我最心爱的书。"外面的进行着的夜,无穷的远方,无数的人们,都和我有关。"每每想起先生的话,我的敬仰之情便油然而生。如果一定要说我受谁的影响最深,那肯定是鲁迅先生。鲁迅先生有些作品的很多片段我到现在都还能背诵。他深邃的目光,他对国民劣根性的令人胆寒的揭示和批判,他隐藏在冷嘲和讥讽之下的热爱和痛楚,这些对我都具有强大的感染力。鲁迅先生在《华盖集续编》里有一篇文章,叫《谈皇帝》，鲁迅先生说："所以皇帝和大臣有'愚民政策'，百姓们也自有其'愚君政策'。"鲁迅先生在这篇文章里举喂皇帝吃东西为例，给皇帝吃菠菜，又怕皇帝怪罪给他吃得太便宜，所以哄他说是吃"红嘴绿鹦哥"。我每次想起这段便哑然失笑。有时皇帝也未必就不知道这"红嘴绿鹦哥"就是菠菜，但也就不吭声罢了。朝堂如戏场，君臣之间，百官之间，往往心照不宣，配合着把太平大戏演下去。

我写过一篇小杂文，叫《袁世凯的稻草龙椅》，说的也是这种愚君把戏：

袁世凯是颇有些新派姿态的。他提倡新闻自由，他的儿子便办了张报纸，只发行一份，供袁大总统独个儿阅读。他不搞个人崇拜，允许把自己的图像铸在钱币上，老百姓谁都可在他的头上摸来摸去；他哪怕是后来禁不住天下人劝进，奉天承运做了洪宪皇帝，也要把龙椅改革改革。

人类已进入二十世纪，太和殿里那张坐过明清两代皇帝的雕龙鎏金大龙椅，实在不合时宜了。西学东渐，科学昌明，国际交流远胜往昔，天下万物生机勃勃。洪宪皇帝的龙椅，也得同国际接轨，才不会被西方人耻笑。于是，袁大总统摇身变成洪宪皇帝时，登基坐的龙椅，就是张中西合璧的沙发。但毕竟不是纯正的西式沙发，它是金銮宝座。高高的靠背上，有个大大的帝国国徽。最值得说说的就是这个国徽了：圆形，径约两尺，白色缎面做底，上面用彩色丝线绣了古代十二章图案。

沙发欲柔软舒适，里面要么用弹簧，要么须有填充物，或许还有更高级的技术。袁世凯坐着那龙椅是否舒服自在，别人不知道。那龙椅虽然有些非驴非马，但在当时朝贺的洪宪大臣们眼中，实在是威武无比的。谁又料想这张龙椅只有八十三天的寿命呢？最叫人们料想不到的是天长日久之后，洪宪帝国国徽上的白色缎面渐渐断裂，里面露出的填充物竟然是稻草！有位供职故宫博物院数十年的老专家在著作里写到了这则掌故，应该不是讹传。

故宫博物院为了修复那张雕龙髹金大龙椅，耗时近千个工日，可见龙椅制作技术之精，工序之繁。谁有这么大的胆子，敢往洪宪皇帝的龙椅里塞稻草呢？如果把那人想象成预言家或革命家，知道袁世凯倒行逆施，日子长不了，只怕也抬举了。真是这样的好汉，他就早如蔡锷揭竿而起护法去了，绝对到不了袁世凯麾下去的。督造龙椅又是天大的事情，非几个工匠就能成事，必有相当于内务府总管以上的官员天天盯着。但督造龙椅的官员，不论官阶高低，谁敢如此胆大包天？或许某个工匠是位觉悟很高的劳动人民，看透了封建社会的腐朽，便背着督造官员，故意把稻草塞进袁世凯的龙椅里。不过这种想象，只可能在曾经可爱的革命小说里出现，显然是天真可笑的。

那么，只有一种可能：朝堂上弄得无比正经的事情，其实大家心里都明白那是儿戏。朝堂中人谙熟此道，再大的荒唐都会出现。当年追随袁世凯的人，很多都是久历宦海的场面混混，从晚清混到民国，又把民国变成洪宪帝国。他们最能从庄严肃穆的朝堂把戏中看出幽默、笑话、无聊、虚假、游戏等等，因而就学会了整套欺上瞒下的好手艺。既然大家都知道朝堂门径多为游戏，为什么还玩得那么认真呢？又不是黄口顽童！原来大家都明白，皇帝虽然喜欢杀人，但只要哄得他老人家高兴，赏赐也是丰厚的。管他游戏不游戏，玩吧！玩得转了，不论赏下个什么官儿做做，便可锦衣玉食，富贵千秋。

替袁世凯造龙椅的人也许早算计过了：要等到这龙椅露出稻草来，须得百年工夫。有着这百年时光，他们想做的什么事情早都做成了。督造龙椅的官员，早已福荫三代，赐公封侯了。那些抡斧拉锯的工匠，倘若运气不错，也早已由奴才变成主子，他们的后人只怕也做上总督或巡抚了。这个时候，如果稻草露出来了，混得有头有脸的后人，大可替显祖辩白。总得有个人抵罪，倒霉的大概是某位混得最不好的后人。也不一定真会出事，皇帝表示宽厚仁德也是常有的。如果后来真有袁二世或袁三世，他兴许会说：这都是猴年马月的事了，朕不予追究。只是各位臣工往后要仔细当差，否则朕绝不轻饶！

倘若袁世凯当年就知道自己坐着稻草龙椅呢？我想他也不会龙颜大怒，只把这口气往肚里吞了算啦！宰相肚里尚且撑得船哩，何况人家是皇帝！袁世凯心里很清楚，如果离开身边这帮成天哄骗他的人，他是连稻草龙椅都坐不成的，他得坐冷板凳！

鲁迅先生的大爱大憎大情怀，区区者我，虽不能至，心向往之。我的写作肯定受到过鲁迅先生的影响，我想在精神高度上向鲁迅先生致敬。这些年，有股丑化鲁迅、去除鲁迅的风气，很令我不理解，甚至为此愤慨。鲁迅先生批判社会、批判历史、批判人性、批判国民劣根性的眼光和胆气，正是我们当代知识分子所缺失的。那些批评或丑化鲁迅的人，我敢说他们没有鲁迅先生那么光明磊落，学问根底更不敢望鲁迅先生项背。鲁迅先生在《我们现在怎样做父亲》里劝天下先觉悟的父亲："自己背着因袭的重担，肩住了黑暗的闸门，放他们到宽阔光明的地方去；此后幸福的度日，合理的做人。"敢问那些抹黑鲁迅先生的人，他们有鲁迅先生这种眼界和襟怀吗？

三

作家要有想象和虚构能力,当然这要基于扎实的生活底子。再说,现在媒体十分发达,大事小事瞬间遍传天下。比如《苍黄》里写到把上访人员送到精神病院,这是很多地方发生过的真实案例,都被媒体报道过。但写小说还是要以虚构为主。当年写《国画》,我虚构了一个故事。上级领导来视察,某地为了布置现场,除了打扫卫生、整治街面,还把那些算命的、要饭的等"闲杂人员"全部送到收容所关起来,供他们吃、住,等上级领导走了再放出来。后来这个地方不愿花钱供那些"闲杂人员"在收容所吃饭了,干脆租车把那些人远远地拉到大山野外卸下,等他们两三天后再回来,上级领导早已走了。终于有一天,有关部门又把"闲杂人员"往外送的时候,出了交通事故,造成人员伤亡。事隔几年,北方某省有位读者写了一篇文章,发表在湖南一家报纸上,题目叫《向王跃文道歉》。为什么呢?他说当初看《国画》的时候非常愤慨,认为王跃文歪曲生活。今天他知道了,小说里写的事情就发生在自己身边。这位读者从新闻上看到,他的家乡正像《国画》写的那样把"闲杂人员"拉往外地,不幸发生翻车事故,致使几人失踪。

小说的真实性,并不等于照搬生活。有时候,恰恰是把生活中常见的人和事写进小说，反而让人质疑其真实性。《国画》里拉走"闲杂人员"的故事被人质疑真实性，《苍黄》中刻画的记者成鄂渝也被人质疑真实性。成鄂渝这个人物谈不上有原型，但这种类型的记者并不少见。多年前，某地发生过一件令人作呕的事情，作家如果把这件事原原本本写下来，读者会以为是胡编乱造。有个跑政法线的记者，专门跟领导拉关系，找工程让别人去做，他捞中介费。湖南把这种居间获利行为叫作"提篮子"。这个记者的手段非常卑劣。他常年带领导去娱乐场所泡小姐，事先买通小姐留下避孕套做证据。他家里有个专用冰柜，存放着许多这样的避孕套，都写上某年某月某日某人在某处的标签。他用这种手段控制了很多官员。他要办什么事，官员不听招呼，他就打个电话问："那天晚上你玩得高兴不？"对方一听，俯首帖耳。这故事听起来太像编的了，我都不好意思写进小说里。

中国基层矛盾集中，基层干部不好当。《苍黄》里，副县长肖可兴调侃李济运，说他适合做大领导，直接面对老百姓会心软。当基层领导要能粗能细，能进能退，能软能硬，要吵架就吵架，要拍桌子就拍桌子，要讲好话就讲好话。我当年在县里工作，见过一位很有个性的乡党委书记。此人文化不高，很能干，很有威信。但有些工作群众不理解，老百姓动不动就骂娘。

有一天，他实在忍不住了，说：谁都是娘生的，只准你们骂娘，就不准我骂娘？我宣布，五分钟之内我也是普通老百姓了。他把衣袖一撸，也开始骂娘，骂足五分钟，说：时间到，不骂了！他在五分钟之内，骂着娘把工作上的道理讲完，群众反而听进去了。这是二十世纪八十年代的事，这个办法现在也行不通了。干部骂娘视频往网上一传，当事人注定丢饭碗。

《苍黄》写了很多人物身不由己的尴尬，很多故事都是真实发生过的。二十世纪九十年代，曾经有那么几年，有的乡镇工资都发不了。有位镇长同我说过，他们镇的接待都是在镇上饭馆赊账，最后赊账都赊不到了。镇里来了客人去吃饭，饭馆不接待。但是，基层干部们都抱着希望，相信情况慢慢会好起来。基层干部是很辛苦，也很清苦的。不管人们如何评价，尽管也出现过种种负面新闻，我对基层干部抱有深深敬意。

再讲个多年前的真实故事。年底了，有个乡的干部工资、奖金都没钱发。乡党委书记对干部们说：你们等着，我去借钱。书记向私人老板借了5万块钱，不幸在公交车上钱被扒手扒了。他难过得大哭一场，干部们却还责怪他：你借了钱就该马上回来，怎么还在县城坐公交车呢？干部们怀疑他上县里送礼跑官去了。

上面讲的这些在基层真实发生的故事，我都没有写进小说里去。并不是其他什么原因，而是我认为不必照搬生活，尽管生活中的真实故事比小说虚构情节更精彩。作家在虚实之间的把握程度和技巧，便是作家的文学主张和文学能力。

四

世间越来越喧嚣和浮躁，我抵御喧嚣与浮躁的定力，来自对文学的虔诚与敬畏。作家必须抱持不为市场写作、不为媚俗写作的态度，才能安静下来、沉潜下来。不求快，不求多，安妥地放好每一个字。

每个人的写作习惯都不相同。我写到忘情的时候，会有情不自禁的肢体语言，仿佛一个人在默默地演话剧。写到最淋漓尽致的时候，我会强迫自己停下来，站到窗边望一望天空，做一做深呼吸。我怕那会儿心脏会跳出来。总之，我嘱咐自己慢慢地写。

文学经典是时间追认的，这是铁律。经典是人类用漫长的时间共同淘洗而余下的文明结晶。人类的共同价值必是向上向善向美的，因而文学经典也必须具备这些人类公认的品性。

人的生命有限，我自中年以后把阅读时间看得越发珍贵了，所以绝不在非经典作品上花费阅读时间。经典作品会反复读，比如我会经常重读《红楼梦》《安娜·卡列尼娜》《静静的顿河》《百年孤独》《卡拉玛佐夫兄弟》之类，每年保持近千万字的文学阅读。

电子阅读曾让我惊喜，我们背着笔记本电脑，或借助任意一种阅读器，便可带着一座图书馆走。但我很快就不看电子书了，看着生气。太多莫名其妙的星星号，像《红楼梦》这样的古典小说都不能幸免。薛宝钗的丫鬟莺儿说的一句话，电子书里是这样的："真要二爷中了，那可是我们姑***造化了。"因为"奶奶的"是敏感词，自然替换成了星星号。我担心有一天电子书里会繁星满天。

我的写作不会很刻意。我的阅读经验、人生经验、社会观察、苦思冥想等等，都自然而然地在写作中流露出来。我是一个写作同生命结合得很紧的人。我不会因为外在的理由强迫自己写作，有违我意愿的命题作文永远写不出来。

常听人说：文学已经死亡。但是，我感觉文学生机勃勃。微博最热的时候，新浪网和腾讯网上关注我的网友上千万，他们大多数都是我的读者朋友，或者是喜欢文学的。我曾同人开玩笑说，如果有成功的商业模式，把关注我的网友都变成我作品的购买者，我会成为大富翁的。我也到过许多地方做文学讲座，场场都是座无虚席。我会同读者朋友们推心置腹地交流，非常愉快。我相信,只要人类存在,文学就不会死亡。

我在谈论随笔和杂文时,说到过要讲真话。但什么是真话,也不可观之迂腐。我所理解的真话,就是关乎原则、大节之类的话,必须是真话。不关痛痒的话,也不必太过认真。人之常情,无关大端。应酬场面怎么讲话只是社交技巧,真话假话关系到的只是个人在社交圈的形象。此为小德,同我们通常意义上的真话和假话是两回事。《论语》载子夏语:大德不逾闲,小德出入可也。但是,正式场合正式讲话,得讲真话。那些套话、空话、大话,本质上都是假话。一个人讲话,起码要是自己相信的话才是真话,但很多人说的话是自己都不相信的。

有人说,讲真话要有相当的勇气,也要智慧。听到这种评价,我感觉很沉重。一个社会说真话需要鼓足勇气,需要动用智慧,那是非常可悲的。我没有考虑过如何动用智慧说真话。"假话全不说,真话不全说",季羡林老先生的信条被很多人推崇,这都是万不得已的世故。我不以为然。

但所谓文学之真,则有另外的道理。小说的前提是虚构,虚构人物、故事,其中反映的情感与思想却必真,是拨开现实迷雾后呈现出的人性之真,人与人、人与世界之间的关系之真。小说中的真能达到什么样的深度,与作家的思考力和批判力相关。一个作家没有对生活的审视,没有在作品中体现出他对真理的追求，他的写作是无力的。我心目中的好小说，首先它是真的，甚至比现实还真。所谓"比现实还真"，似乎逻辑不通，它指的是经过了作家对现实的提炼与祛蔽，呈现出一种本质上的真。这真中肯定有美善的一面，但也不能回避残酷黑暗的一面。小说家的良心，就是不能在真相面前转过脸去。

我写小说，喜欢以故事的形式来呈现真相。当然世上也有不讲故事的好小说。但我认为，小说存在的独特性就在于它可以讲故事，讲大容量的故事。故事讲好了，也许人物也活跳跳地出来了。再加上小说家独有的小说结构、语言、气息，浑融成一个艺术品，这个艺术品能够满足读者多层次的审美体验。

面对坚硬的现实，文学的力量是有限的。文学的救世作用不能高估，我从来没有这样的野心。然而，文学至少可以用来思考，作家思考，读者也思考。人的大脑只要没有退化到丧失思维能力，文学就有其存在的意义。何况，文学的社会意义只是其狭隘的意义，它还有审美等多方面的意义。

五

我喜欢摇着头看书，而不是点着头看书。不论写小说，还是写杂文随笔，我都会冷眼相看，不伍流俗。很多冠冕堂皇的事，也许在我眼里恰恰是非常可笑的；很多离经叛道的事，也许在我眼里恰恰是天道人心。

我最感兴趣的是探求生命的本质和人性的真实，探求人类生存状态的真实。写作过程就是我不断探求思考人的生命、人性、人类的生存状态的过程。人，人性，人类已然的生存状况和应有的生存状况，永远是我关注的主题。我睁着眼睛在看，看这些从生活中走进我小说的人，他们古往今来有没有变化。当然，还有对小说艺术各种可能性的新尝试、新挑战，这也很有吸引力。

有论者用"寓言化写作"评论我的小说，这是学院派好用理论框架言事的习惯吧。我的小说是不是寓言化写作呢？从宽泛的意义上可以说是的。我的小说，表面是对现实场域的逼真书写，深层却是表达人的本质异化和淘空，也是言在此而意在彼吧。传统意义上的寓言是以虚构故事来说明某个道理或总结某种现象，这些现象和道理往往具有普遍意义。人们现在对寓言化小说的理解比较混乱。我认为称得上寓言小说的作品至少应该具备以下三点：一是它的叙述框架应该带有浓厚的非现实色彩，无论它的细节叙述得怎样逼真现实；二是它的叙事方式应该是扭曲的，夸张的，反讽的，黑色幽默的；三是它在整体上有强烈的象征性，言在此而意在彼。

当然，如果按照本雅明的寓言理论，寓言恰恰是对象征的反叛。象征属于古典主义范畴，而寓言则是现代性的标志。寓言不仅是一种表达方式，更是一种思维方式，一种社会文化符号。在寓言的语境中，世界是碎片化的，是废墟，世界的意义仅仅是忧郁。

我的短篇小说《桂爷》的寓言特质很鲜明。我试图用低调冷峻而微讽的笔触，叙写出当时农村日常生活景况中某些荒诞和黑色幽默。桂爷曾经是一个精神上的强者，他的精神支柱的底线是"不求人""不拖累人"。但是，置身于生存的沉重压力之下，置身于当时农村种种令人啼笑皆非、欲哭无泪的现实中，最终他只能为了他的精神尊严放弃自己的生命。桂爷的遭遇看起来是极不合理无比荒谬的，然而这又是当时农村的真实处境。这个小说的故事框架并不是完全虚构的，几乎是某个时期农村现实的再现。我的小说很少有现实生活中的模特，但这个小说有真实人物的影子。现实的荒诞无处不在。

我不太认同中国有真正意义上的寓言化写作。本雅明对寓言的阐释是在西方现代化进程行将末路时才出现的。寓言是现代主义社会的文化标记。我们国家的社会发展现状，好像还不具备产生寓言化写作的土壤。正像我曾说我们的作家、艺术家，现在还没有说自己是后现代、后后现代的资格。西方确实产生了许多寓言化写作的大师，比如卡夫卡、卡尔维诺。我很喜欢卡尔维诺的小说，尤其是《我们的祖先》三部曲中《树上的男爵》。

小说的真实性通常让读者最为关注，所谓生活之"真"与文本之"真"，这是个争论不休的话题。土耳其作家奥尔罕·帕慕克的小说《我的名字叫红》的主要事件是两桩凶杀案，真正的主题却是怎样才能使时间停止流逝、什么才是艺术之真。古老的波斯细密画以放弃对自然的真实描画来追求真实，停住时间。细密画家们运用工笔年复一年日复一日地描画，直至眼盲才能再现最高境界的真实。真正的真实只有在彻底放弃对现实中真实的狂热追求后才能得到。由于文字本身的特质，任何一个作家想要以照相似的准确去再现现实都是徒劳的。无论您信奉的是什么理念，哪怕就是自然主义的左拉，他呈现在文本中的也只可能是想象之"真"。

郑板桥曾记述，他清早起来看到竹，萌生画竹的意兴，然后磨墨、落笔、成画，极耐寻味："江馆清秋，晨起看竹，烟光日影露气，皆浮动于疏枝密叶之间。胸中勃勃遂有画意。其实胸中之竹，并不是眼中之竹也。因而磨墨展纸，落笔倏作变相，手中之竹又不是胸中之竹也。总之，意在笔先者，定则也；趣在法外者，化机也。独画云乎哉！"这段文字讲的是作画，亦通写小说的道理。自然之竹变为心中之竹，心中之竹又化于纸上之竹，这中间就是生活之"真"到文本之"真"的演进。

我们所说的文本之真，或者说艺术之真，并不仅仅看它与现实生活的相似度，而是看它是否完成了对生活无限可能性的一种呈现，是否揭示出了生活本质的真实。

日常生活的寓言化其实是一种哲学观，一种思维方式，也是一种生活态度。本雅明在分析巴洛克时期德国悲剧时曾这样说："而在寓言中，观察者所面对的是历史垂死之际的面容，是僵死的原始的大地景象。关于历史的一切，从一开始就不合时宜的、悲哀的、不成功的一切，都在那面容上，或在骷髅头上表现出来。"以寓言的观点来看历史、看现实，得到的景象只是碎片化的、忧郁的、废墟的。我的小说语境里，一切看上去都是那么理性、那么必要、那么崇高，然而不知不觉中，一切都变成了废墟，无论是身内还是身外。这种现实对人性的暗中置换与淘空，既是中国特定文化背景下的历史，也是现代的和未来的。从这个意义上说，我的小说具有一种普遍的历史感，普遍的人性指向。因此，应该说它就具有了一种普遍意义，即所谓寓言性特征。

艺术能够使日常生活被再度"经验"。这种再度"经验"其实就实现了作者、文本和读者三者间的对话。文学的阅读，必须有情感的投入。文学作品的阅读欣赏，其本质就是"对话"：精神的对话，心灵的交流和撞击。读者要把自己摆进去，"烧"进去，不能"隔岸观火"，而是要与作者和文本产生感情的共振和心灵的默契。

文学中的典型形象不是单纯统计学上的平均数，它是历史的总体运动及一系列独特单个的特征汇集而成的特殊性格或情节。简单地说，它就是所谓的"典型环境中的典型人物"。我觉得，巴尔扎克笔下有典型人物，卡夫卡笔下同样也有典型人物，高老头与格里高尔具有同样的典型性。坦率地说，我还不敢认为自己的小说中已经出现了这种意义上的典型形象。我朝着这个目标努力吧。

人们的阅读冲动很多情况下正是来自对陌生的好奇，哪怕是最日常状态下生活的陌生感。文学是一种虚拟情境，阅读一部文学作品，仿佛就是做了一次"爱丽丝镜中漫游"。作家要成功地打开一扇门，能把读者带进去，让读者去体验熟悉或陌生的新世界。这个世界给他展示出来的东西，一定是他平时想看而看不见，或者看不清楚的东西。这种体验给他快感，给他满足，也能引发他对自己现实生活的观照和思考。作家创作的虚拟情境要反映生活的"真"、人物的"真"，这种"真"不仅是具象的"真"、现实世界的"活灵活现"，更是抽象的"真"，即作品对生活本质的揭示,对隐藏在种种纷繁无序的现象下人物命运和人物内心的揭示,是人性的真实,人的生存状态的真实。正是这种普遍意义上的"真"才能引发不同年龄、不同性别和不同学养职业读者的共鸣。

帕慕克在他的哈佛讲稿中讲到过一个观点,大意是:小说固然需要真实地反映生活,但最重要的是需要对生活进行思考。这个观点并不新鲜,也并不怎么高明和前卫,我也经常宣扬这个观点,它是文学创作需要坚持的最基本的观点。但是恰恰有很多作家不屑如此,他们哪怕在创作中不自觉地践行着也不愿意承认。

六

有评论家注意到我比较偏爱反讽手法,也许这只是我的艺术自觉吧。米兰·昆德拉在《小说的艺术》中说:"根据定义,小说是一门反讽的艺术,它的真实是隐蔽的,不公开且无法公开的。"我理解,反讽即文本与文本内涵的背离,言不由衷,这在某种程度上就造成了荒诞效果。坦率地说,我爱用反讽并不取决于我习惯这种艺术手法,更不是受到昆德拉的教导,而是现实对艺术的召唤,或者艺术从生活中生发。我们随处都可见到表面庄严神圣之下的庸碌世俗，冠冕堂皇之下的阴暗卑劣，一本正经之下的滑稽可笑。作家不想反讽也难，不想荒诞也难。

我提出过所谓"亚文化"的概念，认为它是应当通过文学去审视和批判的糟粕。我说的这种"亚文化"是指同主流文化相冲突的次属文化，系现实中人们共同遵守却不能公开张扬的游戏规则、实用逻辑、生活理念、价值取向等等。中国传统政治文化的主流是理想主义的忠君爱国、敬德保民、以民为本、鞠躬尽瘁等儒家文化。但是，中国几千年的帝制社会，权力的异化导生出权力崇拜。英国历史学家阿克顿说过："历史并非清白之手编织的网，使人堕落和道德沦丧的一切原因中，权力是最永恒、最活跃的。"生活在权力场中的人，其人与人之间的关系因其职位高低和权力大小，形成一种人身依附关系，甚而是主子与奴才的关系。在这个生态圈内，有很多形成共识的不言自明的"秘密约定"，即我说的"亚文化"。这是古老帝制中国的余毒，应当彻底去除。现实生活中残存却顽固的"亚文化"，我在小说中是抱以检视和否定的态度去描写的。

我是个很认死理的人。20世纪80年代中期，我刚走向社会，听有些局长喊县里领导作"老板"，我十分反感。"老板"二字在这里表明的就是下级对上级的人身依随关系。到了20世纪 90 年代，开始听见下级喊上级"老大"了。"老大"二字让我联想到的是黑社会，情势更糟了。眼见着那些被喊作"老板""老大"的人感觉那么好，我十分忧惧。早在 2000 年左右，我在很多场合做文学讲座时，专门分析过这种语言现象的变迁，指出这是社会病症的征候。语言是现实的折射，说明生活某些方面出问题了。现在，"老板""老大"的称呼已在公权机关被明令禁止，但仍有许多人喜欢使用。这也是所谓"亚文化"的具体表现。

叙述官场人和事，实乃中国文学的一个重要传统。《诗经》中的《伐檀》《北山》《硕鼠》等诸多篇目，以及《左传》《国语》《战国策》《史记》等等，都不乏官场生活写照。唐传奇有大量真正官场小说，例如《枕中记》《南柯太守传》《王维传》等。自宋至清，中国官场小说创作不乏优秀之作，大家都非常熟悉的名著有《三国演义》《水浒传》《金瓶梅》以及"三言二拍"都属于典型的官场小说。只不过，在这些小说中，官场还不是小说叙述的中心，因此人们常常不从官场文学的角度来解读它们。到了清代，官场小说出现了规模效应，涌现《儒林外史》《官场现形记》《老残游记》等长篇小说，中国典范官场小说开始形成。清代早期的《红楼梦》从其底色上讲，也是官场小说。

中国古代文学中，官场从来都是被批判的对象，所以艺术手法上很容易用到反讽。但同样的手法,在不同的作家那里也是分高低的。《儒林外史》也反讽,但它做得很艺术;《官场现形记》更反讽,却流于漫画化了。也许,客观地看,《官场现形记》的风格同时代风尚密切相关,中国古代官场到清末以后日见不可收拾的败坏,江河日下,不可逆转。作家对官场痛恨越是深切,笔法便越是辛辣;同时,因为情绪不受节制,文字则易流于简单粗糙。

古时候,老百姓痛恨官场腐败,但也只是看看热闹而已,觉得那只是官场的事。很多老百姓对官场腐败是麻木的,司空见惯了,就不足为怪了。旧时百姓不关心国事,责任不在百姓缺少家国意识,而在国家全然不顾民瘼。王朝时代民不爱国,其责在国而不在民。时代如何,文学便如何。

中国自古文学作品中的官员形象都不太好。比如《红楼梦》里贾政是个无能的迂庸之官,贾雨村则是个贪虐的坏官。贾赦想买世家子弟石呆子的古董扇子,吩咐儿子贾琏出面打商量,但出再高的价人家也不肯卖。贾雨村知道了,想讨好贾赦老爷,办了个石呆子亏欠官银的冤案,不但把人家扇子没收了,还把石呆子打了个半死。贾赦拿到扇子,数落儿子不中用。贾琏本已不是个好人,贾雨村这么做事他都看不下去,说不该为几把扇子弄得人家坑家败口的。急流津觉迷渡口的草庵着火了，贾雨村明知正在里头打坐的僧人是他的旧恩主甄士隐，却也不想回去看看。贾雨村的坏，《红楼梦》只是用闲笔轻轻描了几处，就已十分可怖了。清末谴责小说中的官员形象就更不用说了。为什么呢？难道只是中国作家们的成见吗？这是中国自古而然的文化现象和社会现象，它不是无中生有的，而是有现实根基的。

旧时中国社会都是理念和现实两张皮，见诸各种宝典的政治理念很堂皇，但现实却是清浊难以尽言。比如清代，大清律例规定官员向富裕人家借钱逾一千两银子者问斩。但是，"三年清知府，十万雪花银"却是清代社会的真实写照。康熙皇帝引见一位将赴任的巡抚，说，你现在是巡抚，跟那些司道官员就不同了，你要廉洁，贪财就不好。你所收的钱，得用于奖励下属。你做巡抚的，家里过于清贫，都没有什么东西送给你的下属，那也不像话。康熙皇帝经常同大臣们说这些话，那些方面大员到底捞多少钱才不会出事，心里是没底的。话虽这么说，但康熙朝真处理起贪官来，也是很严厉的。康熙朝常有大赦，但每次大赦都规定，十恶之罪和贪官不在赦免之列。可见，康熙皇帝眼里，贪污受贿情同十恶不赦之罪。

雍正皇帝治吏很严，后人常说雍正十三年无贪官。但是，雍正皇帝在官员清廉这件事上，也是叫人摸不着头脑的。云南巡抚杨名时上奏：巡抚衙门所入，有藩司平规四千两、通省税规七千两、连盐税四万六千两，共五万七千两，请准留若干，其余应允公用。怎料雍正皇帝却恼了，谕示道：督抚这点银钱，岂可用法则限制？取所当取，而不伤乎廉；用所当用，而不涉乎滥！若一切公用、犒赏之需至于拮据窘乏，殊失封疆之体，非朕意也！雍正皇帝竟然还以此责备杨名时：矫激以沽誉，不知是何用心！杨名时后来被贬官，却又不得回京，旅居云南七年之久。但是，乾隆皇帝登基没几日，立即召回杨名时，赞誉他：为人诚朴，品行端方。同一官员，两代父子皇帝，评价完全不同。帝王们的心思很难把握，倘用小说细细展示出来，读者会读出各种道道。

七

小说第一要务是塑造人物形象。我们读到的所有经典小说，无一不是因其塑造了个性鲜明血肉丰满的人物形象。《红楼梦》中究竟写了多少人物？据清朝嘉庆年间姜祺统计，有名有姓的共四百四十八人。可是，千人不同面，人物之间既有对照，又有参差。比如，林黛玉与妙玉都孤高自许，但一个是入世的热，一个是出世的冷;凤姐与探春同是泼辣,但一个狠毒狡诈,一个严正直爽。另外,林黛玉和薛宝钗是对照,尤二姐和尤三姐是对照,贾赦和贾政是对照,焦大和刘姥姥是对照,等等。

我写小说也许受到《红楼梦》影响,只不过这种影响是潜移默化的,是润物无声的,是自己未必意识到的。我描写人物好用心理活动,用细节,人物形象的塑造既有鲜明的对照,又有参差的映衬。比如《国画》里曾俚和李明溪,一个是勇敢的斗士,一个却是无法理解现实中的黑暗而最终被黑暗吞噬的艺术家。两人有共性,更有差异性。比如《朝夕之间》里的陶凡和关隐达,一个是政声颇好的领导干部,却在退休之后陷入落寞和惆怅;一个是想正派做官的后起之秀,却在现实际遇面前心身疲惫。比如《国画》里的朱怀镜和《苍黄》里的李济运,也是我小说人物谱系中的某种对照。朱怀镜是在无奈中不安地堕落,最后终于有自我救赎般的最后一搏。严格说来,朱怀镜为自己命运临阵一搏算不上自我救赎,只是世俗意义上挽回人生败局而已。李济运是在清醒中调和,在调和中坚守住自己的原则。又比如《苍黄》里的刘星明和《国画》里的皮德求,一个深谙所谓领导之道,颇懂领导艺术,含而不露;一个凶狠自私,专制武断。写好人物是小说家最起码的责任。一个作家的文学贡献,只能交给后人去评价。文学经典是时间追认的,我这么说并不是认为自己正在创造经典。

我非常喜欢《红楼梦》，这部小说是我年轻时的枕边书，说不清看过多少遍了。并不是每次都从头看起，这是一部随处翻开都可以读的书。年轻的时候，《红楼梦》一百二十回的回目我都背得，都能讲出其中的故事梗概和精彩情节。我很喜欢这部小说营造的味道、气息、调性，这比故事本身更吸引我。严格说来，《红楼梦》是一部故事本身并不吸引人的小说，但它迷人的艺术魅力和永恒的艺术生命也许恰恰在于它的韵味。

我小说里的故事和细节写得极为逼真，有读者觉得就像写他们身边的人和事。小说来自生活，这是文学创作的基本常识。但是，这并不等于说小说里的人物都必须在生活中有原型，都是可以从现实中考据的。拿生活中真实人物做影射，我不屑为之。

小说要有大虚构，但一定要有无数的小真实，要有大量生活细节的真实。这些细节真实能把一个大虚构托起来。细节的真实只能从生活中来，这是小说"出神"的前提。乡下有一种神婆，能使别人的灵魂附在她身上，代人说话，传递阴阳时空的信息。小说家在写人物的时候，应该有这种能力。《楞严经》里说"其心离身，反观其面"，大概就是这个意思。

我小说细节的逼真，得益于我的生活积累，但这些细节在小说里呈现的时候，都是经由虚构处理过的。我这样写小说从来都很坦荡，没有针对任何生活中的真人去写。可是，有些人看着不舒服，只因为我写出来的东西带有太多共性，有些人暗地里也许会对号入座。这就不能怪我了，只怪对号入座者自己太敏感。

读小说对号入座，本是不值得去争论的事。但碰到此类说法多了，我也有沉不住气的时候。有一次，我就写文章调侃，说要发明一种文本：

文坛一直时髦着文本探索或创新，而我是最没有创意的写作者，总羞于同各路高人谈及文本问题。有心者介绍进来的一些西方流行文本，我也懒得研究。也不是狂妄自大，只是觉得那些洋玩意儿怪怪的，不对我的脾胃。

可我有天忽发奇想，以为自己也可以发明一种很可爱的文本。我是阅报得到的启示。我从前厕身的所在，最大的好处就是报刊多，总有上百种吧。信息量自是极大，政治、经济、科学等等乃至各种奇闻逸事，都可尽收眼底。像我作小说的，总是苦于肠枯脑干，自己天天所处的生活又是不太方便写的，总免不了有些自作多情的先生或女士对号入座。但写小说的人最大的毛病就是手痒，不写是不行的，那么最好的办法就是从报刊上猎取素材。什么卖官买官、行贿受贿、杀人越货、坑蒙拐骗等等，天天都见诸报端。不妨就取这活生生的世间百态，移花接木，稍加敷衍，就是绝好的小说了。

有人肯定早哂然笑之了，觉得我这招数并不新鲜。有典可考，司汤达的《红与黑》就是因为一桩凶杀案的报道诱发了灵感。朋友们误会了，其实我这种文本，与司汤达大异其趣。我的文本，基本格式（或叫体例）是：先将报刊上的奇闻趣事原文照录，接着就是本着前面真人真事而虚构的小说情节。摘报用楷体，小说用宋体。（若翻译成英文，可考虑用书写体和印刷体相区别。）这样，一本小说，从视觉效果（前卫人士称之为视觉冲击）上看，就是一段楷体，一段宋体，交相映衬，版式也很好看的；从内容上看，真假齐备，虚实兼有。阅读自由度也很大，只想看小说的，跳过楷体字就得了；只想看真实新闻的，那就跳过宋体字；真假虚实都想看的，就一气儿读下来，想必更有意思，那种阅读快感绝对是说不出的好。

采用这种文本写小说，好处多多。对号入座者只好哑口无言了，知道小说的原型不是他自己。哪怕他同小说的原型再怎么英雄略同，也不好说什么了。其实这也不失为一项善举，可以让有些读小说心神不安的人放心落意睡个好觉，免得影响了革命工作。他们一旦知道某篇小说中的人物不是写他自己，就襟怀坦荡荡，俨然君子状了。他们就可以面无愧色地向上级或朋友推荐一本有益的好小说，而这小说本来足以让他心虚的。他们也就有可能居高临下地夸夸某些作家的责任感和社会良知，本来这些作家应该让他恨之入骨的。

这种文本的创作，还可给有些看了小说免不了犯傻的体面人启蒙些文学常识，让他们知道写小说原来就是揉面团。揉面团是我的说法，其实这意思是鲁迅先生早就说过了的。他有段很经典的话，可惜我记不全了，似乎是说他笔下的人物，往往嘴在浙江，脸在北京，衣服在山西，是一个拼凑起来的角色。我觉得这就像揉面团一样，没什么了不起的。大凡有权指责小说的人，往往是最相信法定权威的。那么，我的这种文本，不过就是将天南地北的新闻揉在一起，写成小说，符合鲁迅先生的意思，他们又怎么说去呢？

我原以为只有自己看报总是从后面看起，后来发现很多人都有这个习惯。原来更多的读者都爱看些真实的新闻报道，此类报道多半不会上头版头条的。那么，我自己若是试用这种文本写小说，也许不会摘录头条新闻，多是选择末版文章。写出的小说，可能又不会太全面地反映生活。其实没有人会同我讲道理，真要理论一番，我也有话说。记得当年有句话很流行，就是说百分之九十九以上的干部是好的和比较好的。不知这话今天还算数吗？倘若算数，那么百分之九十九之外的百分之一，为数也不会太小。我国公务员太多了。如此说来，一本小说多写了几个形象不是很高大的官员，又有什么关系呢？而这百分之一，可是成千上万啊！

读书人都知道，虚构是小说创作的灵魂。所以即便是一边摘报，一边编小说，也切记别忘了虚构。报纸披露的贪污腐败案件往往数字大得吓人，就像我们在身边看到的有些人模人样的官员实际上坏得吓人，但写小说却大可不必弄得那么吓人。凡事留有余地好些。我们只把真实的事件当模特儿，然后加入些艺术成分，弄得含蓄些。好的小说是座冰山，深厚的部分潜在水中。这也是现实策略的考虑，不至于让人指责小说写得太过了；恰恰相反，同真实原型比较，小说委婉多了，柔和多了，甚至坏人也比原型好多了。如今总有人替坏人鸣不平，倒也稀罕。

这种文本的小说还有一条好处，就是可以多赚稿费。本来一部二十万字的小说，足足可以扩充到五十多万字。字数多了，定价就高了，码洋自然上去了。这是行业机密，本来不该说的。

我小说的真实性不仅毋庸置疑，且是委婉、含蓄和节制的。有些人长期高高在上，他们身上的优越感早已模糊掉了起码的道德原则。他们以为自己非法取得的利益都是应该的，他们憎恨人们对腐败的憎恨，似乎人们没有理由如此。很多人一旦因贪腐倒下，都是一家人进局子。不是株连的结果，而是有些人全家都在共同犯罪。一家人共同犯罪的时候，难道就没有一个清醒的人吗？不是他们不愿意清醒，而是他们早没有道德原则了，早没有法律观念了，真以为这天下就是供他们胡作非为的。我不敢说这是普遍现象，因为无从拿到统计学资料；但至少可以说这是常见现象，我们见到的这种报道太多了。须知，媒体关于这方面的报道其实是打了很多折扣的。

八

长篇小说《朝夕之间》是2002年由陕西师大出版社出版的。当时，我非常喜欢的意大利作家卡尔维诺的作品集在中国出版。出版社也许出于营销策略，掀起一股炒作热潮。但有一种声音，即用卡尔维诺来贬中国文学。这让我不能接受，便写了一篇文章，作为《朝夕之间》的后记，题目用的是反语：《谁不卡尔维诺就寒伧》。文章中貌似对卡尔维诺的不敬，并非我的本意。文章如下：

我见识过一种高论，大意是说按照西方的文学定义，只有卡尔维诺的《寒冬夜行人》才是小说，而中国传统的小说只是故事。我有自知之明，依着这个高论去评判，我的小说就不是玩意儿了。这里面的小说和故事是个什么概念，也许太深奥了，我琢磨再三，不得要领。如果我的小说不再是小说了，也没什么大不了的；可叹的是人类几千年的文学记录顷刻间化为乌有，只剩了个孤独的卡尔维诺。不知卡尔维诺九泉有灵，他会愿意吗？卡尔维诺在他的美国讲稿中说自己对未来文学是乐观的；

既然如此，我相信他对人类文学过去的成就也该不会如同某些高人那么漠然吧。相反，卡尔维诺对文学先贤的不朽事功恰恰推崇备至。

我本是很不喜欢某些高人言必称希腊的，但既然有人提到了卡尔维诺，那么话题还是从卡尔维诺说起。这位被有些中国高人鼓吹得神乎其神的大师说自己年轻时也想通过写作表现自己的时代，并想"满腔热情地尽力使自己投身到推动本世纪历史前进的艰苦奋斗之中去"，"文笔应该敏捷而锋利"。这个时候，卡尔维诺头脑中的文学是沉重的。但他很快就觉悟了，发现自己年轻时候对文学的理解是错误的。于是，卡尔维诺就成了让某些中国高人推崇的世界级大师了。

也许很多中国作家知道自己注定成不了大师，便不想去剽窃《寒冬夜行人》之类。至少我现在仍愿意像卡尔维诺年轻时那样幼稚着。作家写小说主要是给普通百姓看的（当然也有高明的作家专门替某些高人的研究而写作）。可是我始终不明白，很多连百姓都懂的道理，到了高人那里竟然糊涂了。比方说，普通百姓嫌中国那些关注现实的小说写得太收敛了，而高人们则指责这些小说过多地反映了阴暗面；普通百姓说某些现实题材小说把某类人的嘴脸刻画得惟妙惟肖，而高人们则担心有人会依样画葫芦；普通百姓认为作家应有社会良知，而高人们却总疑心作家有什么不良居心；普通百姓赞赏作家犀利的笔锋，而高人们却偏说作家在玩味某些消极东西；普通百姓知道小说同社会调查报告是有区别的，而高人们则批评有些小说没有全面地反映生活。普通百姓同高人的区别还可随便列出很多。普通百姓和高人，该相信谁呢？文学有对与错之分吗？我想没有。但是文学有优劣，分高下。普通百姓看问题，往往只用常识做判断，而不会应用什么高深学理去论证。通常情况下，评判文学，常识就够了。可是某些高人，也许学富五车，却往往无视常识。说句不客气的话，我不怀疑这些高人的智慧，却怀疑他们的良心，至少怀疑他们的诚实。难道他们真的不知道百姓欢迎什么样的文学？难道他们真的不知道现在中国更需要什么样的文学？难道他们真的不知道伪现实主义多么无聊？难道他们真的不知道中国如果只剩下"准风月谈"和"高科技文学"会是多么有害？

"高科技文学"是我刚刚发明的一个名词。我的文学的概念是浅显的而不是深奥的，是可为街谈巷议的而不是放在试管里做研究的，是适合大多数普通人阅读的而不是为了去领某项诺贝尔科技发明奖的。可是，我注意到有人正试图把文学弄成高科技。不是一般的高科技，而是尖端科技。只要有人说，你的大作我看不懂，那些高明得自以为像爱因斯坦的作家就高兴了，脸上露出高深莫测的笑容，笑容里自然还有对无知群氓的嘲讽。有些文艺理论家通常要标榜自己站在理论最前沿，自然要替"高科技文学"摇旗呐喊。于是，在某些高雅的小圈子里，"高科技文学"就有了欣欣向荣的气象。

玩"高科技文学"的那些人，只要有人同他说现实主义，他就会怪笑。他们眼里，现实主义太老土，太原始，太不尖端。可是，他们其实"念念不忘"的仍是现实主义：他们就像刚孵活的小鸡，拼命想挣脱现实主义的蛋壳；他们就像幻化成人的狐狸精，时时留神自己不要露出现实主义的尾巴；他们就像男人变性做了女人，总担心自己嘴上长出现实主义的胡须。哪怕他们的文学真的"高科技"了，现实主义仍是他们终身与之顽强战斗的假想敌。

我的一个很愚蠢的问题是："高科技文学"拼着老命想要远远地跑到现实生活之外（其实谁也做不到）到底是为什么？难道像卡尔维诺说的，文学仅仅是为了减轻生活的重量吗？倘若果真如此，用得着作家们费这么大的力气吗？我们可以找副扑克玩算命游戏，我们可以猜谜语讲浑段子，我们可以钻进电游室鏖战三军，我们如果口袋充实还可以醉生梦死。

我想，文学本质上是良心，而不是玩具，尽管有时候它看上去很好玩。比方《堂吉诃德》，比方《好兵帅克》，甚至比方《西游记》，它们某种意义上将永远是人类的精神玩具。我随便说到的这几部小说，理论家们也许会将它们归到不同的主义里去，我却认为它们本质上都是现实主义的。而优秀的现实主义作家，多少都会有些堂吉诃德的勇武、好兵帅克的天真、齐天大圣的顽皮。正因为他们的勇武、天真和顽皮，文学才永远不至于丧尽天良。

我向来反对文学上的极端技术主义，尤其对那些沾沾自喜的简单技术模仿很不以为然。文学形式和内容之关系，中国自古就有高论。子贡说：文犹质也，质犹文也。这话完全可以用来讨论文学的形式和内容。文，指的就是形式；质，指的就是内容。古人认为形式和内容是不可分割的，好的形式和内容必是合二为一。说到底，文学的目的不是玩形式，而是需要内容的。文学之"文"的本义，就是指的花样。通俗地讲，人们要说话，要表达，为了更喜闻乐见，才玩些形式。这就是文学。目前中国的文学，我觉得最需要道德感、责任感，所以我说文学是良心。

2004年，《朝夕之间》因故更名《西州月》，由中国社会出版社出版。当初更名的时候，曾有读者误解，说我把旧小说冒充新书出版，有欺诈之嫌。我为此专门撰文澄清，并接受一些媒体的采访。这事很快就让读者朋友们理解了。可是，我一直耿耿于怀的是书名。《西州月》是当时为了出版顺利临时凑合的，我不太满意。我喜欢《朝夕之间》这个书名，它包含着小说的重要主旨，就是小说主人公关隐达对人生的叹惋。2012年，湖南文艺出版社再次出版这部小说，我趁机又把书名改回了《朝夕之间》。

我经常被问到一个问题：你自己最得意的作品是哪部？我写的小说就像自己的孩子，我都喜欢。我的小说影响最大的无疑是《国画》，但我至今没有自己最得意和最满意的小说。我写作《国画》的心境，确实有些按捺不住。也许再冷静些，平和些，放达些，小说会更加雍容大气。下笔如放野火，不顾格局和节制，与其说是逞才使性，不如说是撒野偷懒。如果必得说出一部自己最喜欢的作品，我愿意说是《朝夕之间》。

九

中国现代文学史上，官场文学并没有成气候和潮流。从辛亥革命推翻帝制，到1949年新中国成立，作家们总体关注的抗日救亡和社会变革，民族矛盾和阶级矛盾成为焦点。虽然也有作家揭露国民党的官场腐败，揭露官僚们对人民的巧取豪夺，也产生了非常优秀的作品，但仍属少数作家较为零散的创作行为，没有成为集中的文学现象。张天翼的《华威先生》塑造了一个所谓的抗战官僚，一个热衷于攫取权力、带有几分流氓气息的小官员形象；沙汀的《模范县长》塑造的是一个巧取豪夺、横行无忌的小城镇官僚形象；陈白尘的话剧《升官图》则通过两个逃亡强盗的黄粱一梦，揭露贪婪卑劣的官僚对百姓的敲诈勒索。这些作品的共同特点都是极尽讽刺挖苦，人物形象大多具有漫画式的夸张，语言犀利。

我上大学时读王蒙先生《组织部新来的青年人》，印象十分深刻。小说所描写的那个时代，风尚是积极向上的。林震坐人力车去组织部报到，车夫望见机关的招牌就说：您是来这地方，不收您的钱。那时候，老百姓敬重官员。林震到组织部后，遇到的却是种种不适应，看到的却是种种不理想，他敢于对领导和机关作风提出批评。小说对当时就已很严重的官僚主义者做了细致的刻画，似乎除了那位叫赵慧文的女干部，从区委书记、副书记兼组织部长，到组织部两位副部长，都是或多或少的官僚主义者，而那位麻袋厂的王厂长则是那个时代的腐败分子。印象格外深刻的是那位起初是组长，后来提拔为副部长的韩常新，一天到晚声音洪亮地讲着溜熟的套话，写着空对空的官样文章，玩着滴水不漏的场面游戏。面对密不通风的环境氛围，面对逻辑缜密的空话套话，年轻人林震常常感到无助和失语。王蒙先生在那个年代敢于这么大胆地写小说，我向他表示敬意。

谈论王蒙先生《组织部新来的青年人》的时候，我突然联想到自己的短篇小说《很想潇洒》。这部小说发表于1992年，距《组织部新来的青年人》发表整整36年。诚实地说，我写作《很想潇洒》的时候，一丝儿没有联想到早年读过的王蒙先生的小说。但是，这两篇小说的内在气脉几乎是同构的，差别只在时代风尚完全变了。《很想潇洒》里的汪凡大学毕业分配到市政府办工作，报到那天遇到的不是不收车费的车夫，而是神色警惕的传达室老头。这个时候的机关时刻处于高度戒备状态，提防着每一个上门的群众，哪怕你是新来报到的大学毕业生。人与人之间的关系，完全不同了。36年，换了人间。汪凡起初也不适应，但不像林震那样是因为看到组织部的官僚主义同社会主义高潮不协调，而是不能呼吸陈腐的官僚气息，不习惯庸俗的游戏规则。但是，现实的强大令个人十分渺小，无法选择。36年前，林震经历种种挫败失落之后，听说区委书记正在找他，马上跑过去敲书记办公室的门；36年后，汪凡经历了种种挫败失落，突然想起领导约他晚上打麻将，马上离开了冷饮店。前后相隔36年，两位年轻人都选择了服从现实游戏规则。

也许，中国当代作家如果关注现实，永远都存在《组织部新来的青年人》叙事模式，我的《很想潇洒》逃脱不了，今后还会有人不能逃脱。区别只是有意，或者无意。年轻人走向社会，都有可能是不同时代的林震或汪凡，他们面临共同的人生课题。

十

20世纪90年代以来，描写政治生活领域的小说被冠以官场小说之名，单就其命名来说就是耐人寻味的。"官场"在商务印书馆出版的《现代汉语词典》里最初的解释是：旧时指官吏阶层及其活动范围，贬义，突出其虚伪、欺诈、逢迎、倾轧等特点。新版词典把"旧时"两字去掉了，但仍保留"贬义"的词性解释。这样一个贬义词放在某种类型文学的前面，叫人感慨万千。如果按照词典解释，1949年以后的中国公权机构是不能称作官场的。但事实上，老百姓眼里官场的边界，比传统意义上范围大得多，所有掌握公权力的机构都被看作官场。换一种说法，凡是用纳税人的钱发工资的部门、单位、行业都被老百姓看作官场，其间的从业人员都被看作官员。这不是老百姓在概念上犯了糊涂，而是这些吃财政饭的部门、行业、单位及其从业人员越来越显现出其官场面目。当人们用这个贬义词称呼中国一个很大人群的时候，意味就有些严重了。但是，谁有力量禁止中国老百姓把不该叫作官场的公权机关叫作官场呢？

词性的演变，透露的是社会变迁。贬义词变成褒义词，褒义词变成贬义词，意味着某些正面价值被蒙蔽，是非被颠倒；意味着某些负面价值被张扬，阴暗被绣上了惑人的花边。比方，"老实"二字在中国自古就是个褒义词，但在当下成了等同于"傻"的贬义词。"奢侈"在中国自古都是贬义词，却在二十一世纪的中国成了人人倾慕的褒义词。"清高"从来都是褒义词，现在的意思等同于"孤傲"，事实上已当贬义词使用。"土豪"曾是公认的贬义词，如今很猖狂地变成了褒义词，网络上一句"土豪，我们做朋友吧"，成了最不要脸的流行语。

时代呼唤文学，文学回应时代，这是基本的文学规律。人们关注描写现实场域的文学，就是关注自己的生存空间。不得不承认，很多读者看现实题材小说其实是在看社会现实。作家写作意图同读者阅读意图不吻合，这也是很正常的现象。人们太习惯从社会学意义上，或者从政治意义上评判文学作品，这是非常片面和狭隘的。

我无数次面对媒体关于"官场小说"的提问，读者受媒体报道的影响，也习惯使用"官场小说"这个概念。有些人对这个场域的小说误解太深，甚至说这类小说是职业教科书。这种说法荒唐可笑。很多官员是什么书都不读的,更不会读文学作品。未必出了那么多贪官,都是作家们教出来的?作家没有这个能力,更担不起这个责任。相反,作家们笔下写的东西在贪官们眼里是很没见识、很没出息的。很多职场套路、贪腐伎俩,作家没有能力虚构。很多作家并没有那些生活经历,更没有可能了解各种惊人的贪腐内幕,他们写的小说连现实皮毛都没有触及。

经常有人问我对目前所谓官场文学的评价,我没有能力回答这个问题。这需要对中国当代官场文学有总体研究。我不是评论家,没有做这方面的功课。但从大致印象上讲,人们对官场文学的批评主要在两个方面:一是认为官场文学艺术品质不高;二是认为官场文学流于简单暴露。我总体上赞成这种批评,但仍须心平气和地分析。所谓艺术品质,这是所有文学都必须认真面对的问题,而不是凡官场文学就艺术粗糙。这显然是有失公允的。世上没有题材决定艺术品质的道理。中国自古官场文学都是以批判为主,这是相应的官场状况决定的。批判是正面力量,没有批判就没有人类的进步。批判同暴露显然是有区别的,但把握不好就会变成品质不高的暴露文学。前辈学人对清末一批暴露文学评价都不太高,被指为辞气浮露,笔无藏锋。

十一

我的思考，大多是借助小说人物的塑造过程来呈现的。小说家都是叙述冲动很强烈的人，这种冲动不可遏制。人活在世界上，看见了、听到了、经历了，对生活有自己的看法，就想说出来。小说不同于日常的讲话或者演说，小说需要创造，需要虚构人物情境。作家自己也要不停地追问、想象、思考，要巧妙地把自己的看法和困惑藏在里面，这也很有乐趣。

李明溪和曾俚他们身上的痛苦，我自己是有过的。社会是非常复杂的，复杂到难以一眼见清浊；可我理想的生活却是阳光普照，清风明月。我知道生活只能泥沙俱下，但我在接受层面却是极其不通达。所以，我会非常挑剔，常常让自己陷入不理性的是非洁癖。我的这个毛病常常会让自己不开心，但对写作也许是有好处的。如果看什么都见怪不怪，最后就麻木不仁了。

李明溪和曾俚的敌人，看得见，又看不见；既具体，又抽象。这种敌人有时具体得让你觉得无聊，却又抽象得就像无处不在的空气。你如果不屈服，就可能在生活中面临一大堆说起来都没有意思的难堪和不方便，这会非常具体；可是你却找不到一个可以让你说理的地方，找不到一个可以听你说理的人，你不知道你到底得罪了谁,而这个你看不见的似乎抽象的"谁"如同空气似的,你抓他不住。

我们每个人都有共同的体会,就是需要听很多无聊的话,见很多无聊的人,做很多无聊的事。很少有人强大到可以对种种无聊的人和事置之不理。太多的无聊消耗我们的生命,伤害我们的尊严,叫我们沮丧,或者麻木。

朱怀镜从来不怀疑自己是李明溪的好朋友,他会给这个朋友力所能及的帮助;但他随时都在利用这个朋友,利用这个朋友的天真、天才和善良。朱怀镜把这种待友之道视若人之常情,不会有太多歉疚之心。我对曾俚这个人物寄予了深沉的情感,他是令我在写作时经常眼眶湿润的人物。他永远不想让自己混入流俗,所以他只能四处漂泊。业内都敬佩他是一位有良知的好记者,但他在任何一家报刊都只能短暂地停留。朱怀镜劝他放弃原则,压住负面报道不要发,说了一个残酷的"真理":某些想在历史中不朽的人,只能在现实中消失。

《梅次故事》写到的朱怀镜是他到了相当高的位置后如何自处和取舍,而小说又给了他一个有良知的底线。当他个人的能量提高以后,有能力自己决定一些事情了,他的形象自然就明亮起来。我不是故意拔高人物形象,而是顺应生活的真实逻辑。朱怀镜在《梅次故事》里的所谓成熟,恰恰是他最大的悲哀。

有评论家指出，无论我的中短篇还是长篇，一以贯之地有着创作主体的独立精神与批判意识，但同时在关隐达、朱怀镜、李济运等人物形象身上却难以见到他们对权谋的抵制与峻拒，而是显得矛盾与暧昧。他们对于权力运作的规则有时是遵循，有时又游移；有时不无反思与感慨，但更多的是圆熟的运用与把握。似乎是说，我所塑造的人物形象，同作品想表达的独立精神和批判意识形成矛盾。我这么处理人物形象，只是因为深深体会到现实的强大和不可抗拒。文学也许应该超逸出生活的真实，给人以理想和希望；但只要我们真诚地面对生活，那种表现恐怕是作家的一厢情愿，极可能成为另一种意义上的伪现实主义。希望应该蕴藏于现实，而不是作家头脑中的臆想。作家的文学观，其实就是作家的价值观。我虽不至于犬儒起来，但无法挣脱现实的羁绊。不过，我需要申辩的是，我所塑造的关隐达、朱怀镜、李济运等人物形象，同我的创作主旨相吻合，但作家无权干涉读者的误读。

十二

有时候，我发现作家似乎成了只擅长讲述恐怖故事的女巫。我们的喉咙越来越不适合歌咏，日渐粗粝的声带只会诅咒和号叫。我们最拿手的仿佛只是写生活的负面,以博得深刻和真实的赞誉;而当我们试图写写正面的生活,则被指为虚假和浅薄。作家们只好继续充当女巫,告诉人们熊会扮成外婆吃人。

读者似乎也乐于阅读这些熊外婆吃人的文字,文学乃至于新闻往往被这种阅读趣味挟持着。有一年,南方某高校的一个学生晾晒衣服时不幸坠楼身亡。这本是一条很普通的社会新闻,但让记者添油加醋就登上了报纸显要版面。我和这位记者曾在茶馆里偶然碰面,听他眉飞色舞描述自己如何化腐朽为神奇。他很得意地说了一个细节:他把晾晒衣服改成收取衣服,再把衣物由衬衣改成内裤。不值钱的内裤同宝贵的生命形成强烈反差,而具备某种暧昧意味的内裤又颇能挑起读者的欲望。人们需要一条散发着荷尔蒙气味的内裤满足阅读快感,生命的神圣和高贵却被轻视和亵渎。

美国国会曾提出有关法案,禁止警察追堵轻微违法的汽车。这绝非姑息交通违法,而是考虑治安成本。美国警察经常狂追交通违法车辆,其惊险程度不逊电影《生死时速》。美国此类电视新闻非常好看,镜头竟然多是航拍,而当时无人飞机拍摄技术并没有诞生。然而,所谓铁面无私的交通执法,经常造成交通拥堵和流血事件。美国国会不愿意看到无谓的悲剧,希望过于严苛的法律打些折扣。可是,美国老百姓不同意。他们的理由很简单：警察不追违法车辆，电视新闻就不好看了。

大可不必指责美国老百姓的无聊，人类这点阴暗心理只怕也是"普世价值"。萨达姆没有拒捕，而是束手就擒，新闻很不好看。萨某此番表现，他的追随者不高兴，全世界电视新闻观众也不高兴。老萨自命阿拉伯世界的英雄，居然躲在地窖里，太失体面了；居然不朝美国人开枪，太不勇武了；居然没有杀身成仁，太不大义凛然了。他的追随者们很失望，长年为他的喝彩都白费了。全世界人民都很失望，只因为故事不好看。倘若有一场短兵相接，多几个人流血仆地，萨达姆的谢幕才算刺激。

记得911恐怖袭击发生时，那么高大结实的钢铁建筑，就像加热融化了的巧克力！911事件录像光碟热销全球，观者无不啧啧称道：这比好莱坞大片好看多了！世界本已十分恐怖，却被人们虚构出更恐怖的情节：有人竟说911事件是美国政府自编自演的苦肉计。世界越黑暗，人们越相信。如果真是布什政府制造了911恐怖袭击，本·拉登只是倒霉的替罪羊，故事将是何等好看！

人们欣赏新闻和世间诸事的趣味，似乎正好吻合欣赏文学的趣味。人们乐于欣赏别人的悲剧，也许只是为了忘却自己的不幸。正像我们走进幽暗的电影院去看一场恐怖电影，期待着被吓得半死，然后回过神来说：啊，幸好我不在电影里。似乎在任何不幸与烦恼中，最大的安慰莫过于想到别人比我更不幸。如此，作家只需不断提供人间悲惨阴暗的生活模本，便足以使人安魂。

但这种趣味下的文学绝不是真正的文学，作家的使命也并非仅仅向人们提供麻醉剂。文学可以表现恶，但它的精神内核必须是善；写恶的文字是站在恶的泥淖深渊里对人类生命本质的追问，对真理的追问，对美和温暖的渴求。任何一部伟大的文学作品，不论它怎样穷形尽相地描写恶、犯罪、病态、贪婪、欲望，甚至歌颂毁灭、诅咒人类，它的精神底蕴却一定是对人类命运的悲悯，对人类沉沦灵魂的救赎。

中国读者熟知的《金瓶梅》被不少人称为"古今第一淫书"，用张竹坡的话说，它写尽了"奸夫淫妇、贪官恶仆、帮闲娼妓"，他们的丑陋、淫秽、贪婪、狠毒，无不刻露尽相，确实有足够劲爆的感官刺激。但是，隐藏在这一幅世俗感官行乐图之下的，是对病态社会的大揭露，是对那些煎熬在罪与欲的烈火中不想超脱也不得超脱的灵魂的劝诫与怜悯。

陀思妥耶夫斯基写罪恶与病态，写人类心灵的痛苦、灵魂的挣扎，可以说写到了极致，鲁迅先生称他为"残酷的天才"。但是，陀思妥耶夫斯基作品里最深沉的力量，给人以强烈震撼的恰恰是一种向善的力量，是人类不论在怎样悲惨情境下对灵魂救赎的努力和渴望，是他们朝向真理的艰难跋涉，绝不是他对杀人过程自然主义的描写。从《白痴》到《卡拉玛佐夫兄弟》，陀思妥耶夫斯基写杀人犯，写妓女，写贫穷、疾病、淫欲，但他所有的作品无不贯穿着一个主题，那就是对人类处境的审视和反省，对人类灵魂获得救赎道路的叩问与追寻。

文学当然首先必须真实，因为真是善的起码前提；但仅有现象的真实还不够。文学除了描写和展示，还必须有一种向善的力量，这种善其实就是一种价值判断。有些作家宣称自己无意也无法在自己的作品中做出价值判断，甚至认为文学做价值判断是老土，是过时，真正的文学不屑于判断。其实，任何一个作家都无法回避他在作品中隐藏着的价值观，无论他隐藏得多么深，多么巧妙。作家也必须对自己作品中的价值判断负责。孔子听《韶》乐，称其"尽美矣，又尽善矣"；又听《武》乐，却说"尽美矣，未尽善矣"，这就是他的价值判断。《韶》乐歌颂的大舜以文德治天下，符合孔子的道德理想，而武王以武力夺取天下，孔子觉得美则美矣，却不值得推崇。

十三

我写小说很慢。慢慢地看烟云过眼，慢慢地思考，慢慢地写作。一部小说开好头，我不着急，慢慢地写，边写，边看，边等。我等着小说在手尖慢慢发芽，长叶，开花。

我越来越觉得写小说真的像种庄稼。庄稼随季候潜滋暗长，有它自然流转的生命节奏。小说的节奏就是作家心潮和情绪的节奏，体现在情节、细节、语速、语态等诸多方面。如何把握小说节奏，妙处难与君说。但凡投入真诚虔敬之心，体恤笔下人物，服从生活逻辑，小说节奏就会自然呈现。

有回我买了台新电脑，老父亲笑眯眯地调侃说："又得了一把好锄头啰？"他老人家眼里，我干的活儿和农民种地没有什么两样。一个好农民种地有最大的耐心，他决不会干揠苗助长的事。植物的生长期越长，长得越慢，品质也许就越好。我的家乡溆浦有个叫龙潭的地方，稻子一年只长一季，品种也是原生态的籼稻或粳稻。那里属高寒山区，稻子长得慢，太阳晒得多，米很好吃。家人把这种米叫作古代的米，吃得很珍惜。我写小说的心态，很像种这种米的心态。

有了这种慢的心态，写作就会变得很沉静。我静静地观察人间万象，慢慢地敲击桌上的键盘。过去这几十年，生活越来越快，越来越喧嚣，日新月异，光怪陆离，五彩斑斓，目不暇接。但是，一时的鼓噪终究会被历史消音，一时的繁花终究会被时间凋零。我时刻嘱咐自己安静、沉潜、从容，等待尘埃落定，等待底色和真相呈现。我默默留意生活中每天都会发生的事情，细细记录每个人都可能遭遇的故事。每一个人的庸常生活都可为文学,每一张平凡的脸上都刻着历史风云。

佛法在人间,不离世间觉;文法亦如是,熙攘红尘中。

时光匆匆,人事常新。听凭岁月呼啸,我仍会静静地看,细细地想,慢慢地写。

附录

王跃文的别一种风骨

李建军

王跃文以小说名世。他像包括马尔克斯、阿斯图里亚斯在内的许多拉美作家一样，对权力这一主题特别着迷。他的叙事，大都围绕"权力"这个轴心展开，而他的小说，也大都取材于权力场的故事。观察的细致和深入，细节的丰富和鲜活，加上对自己的感受和经验的融入，就使他的小说显得特别真实和生动，别有一种促人惊醒的深刻。

权力是影响社会生活的至关重要的因素。一个社会的文明状况，人们的生活水准和幸福指数，都与权力密切相关。就其本质而言，权力是一种极为复杂的社会学现象和心理学现象。它既带给人巨大的快乐，也会带给人可怕的伤害；既意味着极大的自由，也意味着严重的奴役。权力还是一个神奇的显像仪，能够清晰地彰显出人性的高尚与卑琐、光明与幽暗，能够深刻地反映出一个社会的气质和一个时代的德行。关注权力和官场，从来就是许多现实主义作家的共同特点，而认识权力的本质，揭示权力对社会生活和世道人心的影响，则是清醒的现实主义文学叙事的重要主题。所以，王跃文将权力当作小说叙事的重要内容和主题，实在是自然不过的事情。

然而，王跃文的小说却常常被误读和误解——那些懒惰的观察家和草率的评论家，总是喜欢将他的小说界定为"官场小说"，并给他贴上了"官场小说家"的标签。这让他很不自在。他在《不要这顶帽子》一文中说,他看到"官场小说第一人","着实吓得背上冒汗"。从对"官场"描写的细致和真切等方面来看,"第一人"的"加冕",或许算不上太大的唐突,但"官场小说家"的命名,却是简单化的,因为,迄今为止,王跃文总共写了六七部长篇小说和大量的中短篇小说,而这些小说的题材和艺术风格,多有变化,远非"官场"二字所能涵盖。如果非得给作家身份的王跃文贴标签,那也至少得贴上五个才行:就《国画》《梅次故事》《苍黄》来看,他是"现实主义作家";就《大清相国》来看,他是"历史题材小说家";就《漫水》来看,他是别具一格的"乡土小说家";就《爱历元年》来看,大可归入"情感伦理题材小说家"一类;就《幽默的代价》来看,他又是一个笔锋如刀的"杂文和随笔作家"。

是的,小说之外,王跃文也写杂文和随笔。他的随笔杂文集《幽默的代价》(湖南文艺出版社,2012年版;拙文所引,皆自此出),另是一副笔墨,别有一种风骨,既可见出他博览群书的渊雅,又可见出他洞明世事的练达,披卷读来,令人颇有"惊艳"的感觉。在我看来,他的杂文幽默、犀利、自由驰突、不受羁勒,实在比他的卷帙浩繁的长篇小说还要妩媚,还要难得。他的小说,读者和研究者甚夥,而他的杂文,却鲜见有人关注和论评——这样的文体歧视,实在太不公平。

在具体讨论王跃文的杂文之前,我想先笼统地谈谈杂文的文体特点,谈谈"杂文时代"和"鲁迅笔法"的问题。如果说,小说是"藏污纳垢"的文体,是可以让作家"藏拙"和"打马虎眼"的文体,尤其是长篇小说,会写的和不会写的,都不觉得畏难,都敢上手写,那么,比较而言,杂文写起来就没那么容易了,因为,它不仅直接显现着一个作家"写文章"的能力,也直接反映着他的思想能力和人文精神——杂文的纯粹性和透明性，就像柳宗元笔下的小石潭之水，日光下澈，影布石上，作家的写作才华和人文素质，一目了然，人焉廋哉，文焉廋哉。所以，我对一个作家的杂文和随笔，就特别看重。一个优秀的作家，一定是不俗的"文章家"，一定要有"杂文家"的气质和修养，要有"杂文家"的现实感和发现问题的能力，要敢于坦率地表达自己对生活的思考。

鲁迅是现代杂文之父。杂文是由他孜孜矻矻、身体力行建构起来的一种现代性的文学体式。作为一种介入性的写作模式，杂文致力于对当下的社会现象的观察和批评，具有大胆直言、犀利尖锐、短小灵活、一针见血的特点，具有揭破迷障的启蒙作用和针砭时弊的政论性质，是任何一个时代都迫切需要的一种写作模式。因而，所谓的"还是杂文时代"，无非说明了这样一个事实：任何一个时代都不可能是完美无缺、无可挑剔的，都不可能达到"至矣极矣，蔑以加以"的高度，也就是说，再完美的社会，再理想的时代，都有一个顾准所说的"水涨船高"的进步空间，都会存在大量可以质疑的问题和可以批评的现象，就此而言，任何时代都是"杂文时代"。而所谓的"还要鲁迅笔法"，无非是说，杂文作家要像鲁迅那样，既要有高超的写作技巧和老到的行文风格，又要有"不留情面"的批判精神，即便"不合时宜"，也要无所避讳。关于"鲁迅笔法"，阐释得最明白透彻的，还是鲁迅自己。他在《伪自由书·前记》中，就有如此正话反说的夫子自道："我的坏处，是在论时事不留面子，砭锢弊常取类型，而后者尤与时宜不合。"又在《我还不能"带住"》中说："我自己也知道，在中国，我的笔要算较为尖刻的，说话有时也不留情面。"在鲁迅看来，好的杂文必须"生动，泼辣，有益，而且也能移人情"（《且介亭杂文二集·徐懋庸作〈打杂集〉序》）。有时，他也将杂文称作"小品文"，认为"生存的小品文，必须是匕首，是投枪，能和读者一同杀出一条生存的血路的东西；但自然，它也能给人愉快和休息"（《南腔北调集·小品文的危机》）。显然，在阐释"鲁迅笔法"的时候，最严重的误解和错谬，就是毫无道理地诬之为"冷嘲热讽"，对它进行外在设限，亦即根据一时的功利主义需要，将它局限在对某一类人的"讽刺"和"打击"上，而否认它具有"超阶层"和"超时代"的普适性。对杂文来讲，没有什么牵涉到公共事务的人物，是不可以谈论的，也没有什么关乎世道人心的事情，是不可以批评的。如果将"鲁迅笔法"仅仅当作临时一用的"武器"，那就不仅降低了鲁迅杂文无边界的批判性，而且也将最终导致杂文精神的萎缩。

言归正传，接下来，谈谈王跃文的精神谱系和杂文写作。每一个知识分子都有属于自己的精神谱系。王跃文的精神资源和人格资源，无疑与湘楚"狂士"和先贤有着密切的因缘关系。在《从自卑亭往上走》一文中，他梳理了自楚狂接舆到晚清名士的精神流脉："这些狂狷湘人，虽讲究用行舍藏，可他们最重的心念却是行而不是藏。"又说："自古湖湘狂士无不从'自卑'而入门径，又以'敢为人先''经世致用'而纵横天地。没有狂气，不成湘人；只知狂傲，亦非真湘人。"王跃文的文化性格里，也颇有"楚狂"之遗风。他的不肯低眉俯首事权贵，他的辣手妙笔写腐败，他的愈挫愈锐的性格，都与"湘楚狂士"的传统有些关系。

从文学写作的经验资源的角度看，王跃文的精神谱系的来龙去脉，也是清晰可辨的。世间不存在无范本和无资源的写作。再伟大的天才作家，都有一个自己有意识学习和无意识模仿的前辈大师。在《读书太少》中，王跃文描述了古今中外的大师对自己的精神成长的影响。最初，他喜欢读的，是外国文学作品。罗曼·罗兰的《约翰·克利斯朵夫》曾经长时间地影响了他的思想和情感，其中的"具有伟大的心的人，才配称为英雄"和"扼杀思想的人，是最大的杀人犯"，则深刻地影响了他的人生观，"从那时起，我总是有意识地要求自己，一定要独立思考，坚持自己的见解"。他说："这些外国文学家，影响我至深至重的是托尔斯泰，他的文学光辉和人格光辉照耀了我很多年。从托尔斯泰那里，我领悟到伟大的文学家，必须是伟大的人道主义者。"后来，他又手不释卷地阅读中国古典文学和现代文学。随着理解的深入，他慢慢地认识到了鲁迅的伟大，并将他当作文学上的精神导师。他在《仁勇与忧惧》中说："孔子说，仁者不忧，智者不惧。鲁迅便是这样的仁勇之人吧。虽然他对国人世事一样的绝望，但他始终能有韧性地战斗，这正是他的伟大之处。"鲁迅的勇敢、坚韧的精神，以及深刻而完美的写作，令王跃文高山仰止，心悦诚服。从鲁迅那里，他学到了直面人生和解剖自我的精神，养成了批判和启蒙的自觉意识。他在《直面人生》中说："我真正佩服的只有鲁迅。他那把解剖刀不仅无情地解剖着古老中国麻木愚昧的灵魂，更是毫不留情地解剖着自己，袒露出内心的绝望、颓败、彷徨、狭激、猜疑和阴暗。涓生的自私冷漠，吕纬甫的沉沦颓唐，《人力车夫》中'我'身上的'小'，哪一个不可以看作鲁迅的自我剖析？"对此，他虽不能至，然心向往之。他在批评张爱玲的《小团圆》的时候，尖锐质疑张爱玲作品在情感上的冰冷和艺术上的粗糙，重申了他对鲁迅的服膺和敬仰，并郑重地表达了自己的文学理念："作家必须首先有面对生活的真诚和勇气，有我不入地狱，谁入地狱的勇气……文学的大境界还是必须有担当，有道义，有善，有温暖，文学中不能只有冷酷、伤害与恨。文学里，爱永远是底色，是前提。除了对人类困境和人类前途的思考与探索，文学还要能建设、能安慰、能展示和歌唱健康优美的人性。"（《张爱玲的〈小团圆〉》）显然，王跃文的文学写作，是可以归入西方的批判现实主义文学和中国的现代启蒙主义文学的精神谱系的。

启蒙是王跃文杂文写作的基本立场。他接续鲁迅等"五四"一代作家的文学传统，致力于对生活的反思和对现实的批判，只不过，他的批判是一种发展了的更具时代性的批判，也就是说，在他的杂文里，感应的神经和批判的触角，已经从对"国民劣根性"的一般性的批判，转换并深入具体的"官场""体制模式"和"权力意识形态"。王跃文清醒地意识到了这样一个问题："拜权教"是中国人最为庸俗的一种文化心理；影响国民性变化和形成的最大因素，不是别的，而是"官场""体制"和"权力"；我们必须通过改变我们的"权力价值观"，通过建构积极的权力关系，来建构正常的人际关系和积极的交往方式，来赋予所有人以安全感、平等感和尊严感，来养成健全的"公民人格"。所以，就像他的小说叙事一样，王跃文的杂文所集中精力反思的，主要是这样一些问题：权力到底是什么东西？为什么它对我们的生活有如此大的影响？什么样的权力关系才是正常和健全的？

的确，败坏的"官场"的风气，庸俗的"权力崇拜"价值观，对国民心理和行为造成了极为严重的异化性影响。王跃文对此有细致的观察和深刻的认识。他对"官场"生活中的自欺欺人、轻信盲从等黑昧现象，对种种落后的"封建意识"和"封建行为"，极为敏感，也极为反感。他能从看似正常的地方看出不正常来，能从看似合理的事情上看出不合理来。他从常识出发，以常识为根据，对那些人们见怪不怪、违情悖理的日常现象和"大众意识"进行批判。他写过一篇杂文，叫《常识性困惑》，写的是自己"逃离官场"后，对官场的"印象""看法""组织""尊重领导"等种种"正常现象"的反思——那些业已成为"常识"的交往原则和行为规范，"人人都自觉而小心地遵循着，我却总生疑惑，拒不认同"。在我们的现实生活里，没有权力的人，活得卑微而忐忑，而某些手握权力的人，却打着官腔，高视阔步，傲视群伦。在一个单位里，他们享有极大的尊荣，仅仅根据自己的简单的"印象"，根据自己的极为主观的"看法"，来对待手下人，并假借着"组织"的权重和"尊重领导"的理由，上下其手，肆意妄为，造成了极其恶劣的影响，严重地败坏了我们的社会风气。他们的意识和行为，毫无现代性和文明性可言，例如，就拿所谓"尊重领导"来说，"骨子里是封建观念。因为笼统地说尊重领导，往下则逐级奴化，往上的终极点就是个人崇拜。人与人之间，当然是相互尊重的好，但值得尊重的是你的人品和才能，而不是你头上的官帽子"（《常识性困惑》）。他还写过一篇题为《体育明星的富贵路》的杂文，考察了"官"与"干部"的词典界定与日常用语的区别，揭示了人们对权力的态度的微妙变化。

几千年来，在中国社会权力结构的顶端，是威严赫赫的皇权，而将皇帝神化的"皇权主义"，则是中国社会最严重的文化病象。在中国古代的官方意识形态里，皇帝通常要被塑造成奉天承运、超凡入圣的"神人"——作为上天之子，他们无比英明，无比伟大，不容置疑，更不容"恶攻"。我们不敢思考也不敢面对这样一个简单的事实：异化的权力，往往会扭曲人性、荼毒人心；而握有最高权力的皇帝，则不仅情感病态、人格扭曲，而且德行也往往最差。在《皇帝见农夫》

里，王跃文便深刻地表达了自己的发现："人越是位高权重，越活得不像本真的人。"他在梳理明亡、闯败、清兴的历史的时候，发现流落江南的弘光皇帝朱由崧德行极坏，简直就是"扶不上墙的稀泥巴"——他不顾自己立足未稳，清兵汹汹而来的危殆情势，荒淫无度，大搞选秀，"民间女子为逃避进宫，昼夜嫁娶；未能幸免的，竟投江寻死。这等混账皇帝，史可法在回复多尔衮的书信中，居然还得称颂他'天纵英明，刻刻以复雠为念'"（《甲申事》）。王跃文对"皇权主义"的思考和批评，深入而尖锐，诸如《皇帝也会打招呼》《雍正十三年》《伏尔泰和年羹尧》《皇帝其实都知道》《袁世凯的稻草龙椅》《告别英雄》等杂文，其锋芒所向，正在戳破"皇权主义"的假面以及"英雄时代"和"皇权崇拜"的虚妄。例如，他在《告别英雄》中，就开宗明义地指出："从来都说时势造英雄。时势者何也？乱世也！英雄辈出，必然血雨腥风。相反，英雄无用武之地，实在是苍生享太平之日。"通过对史实的梳理和精确的数据统计，他发现，所谓"英雄"都是要"杀人"的，而且，"成功了的英雄，哪怕成就了霸业，仍然还要杀人的"。在文章的最后，王跃文曲终奏雅："老百姓不需要英雄，他们只想过太平日子。文明理性的社会，只有芸芸众生，只有安静平和，只有爱和自由，只有对勤勉无私的管理国家者的尊重，没有英雄和对英雄的崇拜。"这是多么深刻的思想，这是多么挚切的情怀！一个具有这种思想和情怀的作家，就是有灵魂的作家，就是真正意义上的现代作家。正是因为有着这样的思想和情怀，王跃文才能始终站在现代启蒙的立场，才能写得出足以振聋发聩的杂文《被平均的大多数》。这无疑是一篇足以与王小波的《沉默的大多数》相颉颃的杰作。在这篇文章中，他看得甚至比王小波还要深透。

鲁迅发现了两种人：做稳了奴隶的人和想做奴隶而不得的人。王跃文也发现了两种人：大多数人和代表大多数的人。前者属于"被平均概念忽略和损害的大多数"，有时是抽象的，有时是具体的，至于何时抽象，何时具体，则视形势和需要而定。

　　人格的健全和理性意识的成熟，是判断一个人是不是现代公民的重要尺度。一般来讲，不成熟的前现代国民在精神和人格上的突出问题，就是极端的无个性和无理性，就是跟着起哄的盲从和明哲保身的沉默，就是完全没来由的"幸福感"和完全不相干的"自豪感"。在《老姨妈的自豪》一文中，王跃文就批评了某些"国民"的随顺的盲从和虚妄的自豪，——他们说起自己国家的生活，便沾沾自喜，一副救世主的样子；说起别的国家，则一脸的不屑和鄙夷，总喜欢历数人家的糗事和问题。《信与不信之间》则通过对照，赞扬了英国人为了一只孵蛋的母鹅而停止施工的"鹅道主义"，批评了中国的某些开发商的"草菅人命"，读来令人震惊，发人深省。《猴子、熊猫和爱国病》则犀利地批评了某些人可笑的"爱国言论"和"爱国行为"，例如，在报道中美女排比赛的时候，将中国女排教练陈忠和的照片，处理得"高大威武"，将美国队教练郎平的袖珍小照，安排到版面的角落里，而最为可笑的还不是这个，而是骂郎平为"卖国贼"。在这篇文章的最后，王跃文称这种谩骂为"天大的笑话"，并且质问道："那么，施拉普纳同志是德国足球教练，为了帮助中国人民的足球事业，不远万里，来到中国，这是什么精神？时到今日，还来讲这种黄口小儿的道理，真是没有意思！"的确，很没有意思。然而，这种没有意思的事情，却间歇性地在我们这里发生。对某些思想和心态依然停留在旧石器时代的糙人来讲，"爱国"就是走上街头随意地"骂人"，就是肆无忌惮地砸自己同胞的商店和汽车，就是歇斯底里地殴击为生活辛苦奔忙的恰好路过的中国人。噫嘻！这些不知"国家"为何物的莽汉！！噫嘻！这些不知"爱国"为何事的屠头！！

然而，王跃文没有如此这般的激烈。他的态度是隐忍和内敛的。他将自己的不满，转化为上佳的讽刺和雅致的幽默，进而将幽默内化为自己杂文的基本品质和重要特点。杂文写作有多种风格和样态，其中最高级的是幽默性的杂文。作为一种积极而智慧的态度，幽默反映着人对生活的自信而优越的心态，虽然多少含着讽刺的意味，但却并无恶意，而是试图在充满喜感的笑声里，将生活和人性的褶皱打开，使人在短暂的尴尬和难堪之后，因为羞恶心的觉醒，而产生正视自我的勇气和向善的冲动，从而完成对生活的反思和对自我的认知。幽默气质和幽默文化的养成，既依赖于人的主体素质和修养，也有赖于外部环境的安全和健康。在人人自危的恐怖环境和专制社会里，通常只有紧张和恐惧，而从紧张和恐惧里，也许会产生愤愤然的冷嘲，也许会产生恶狠狠的诅咒，但却很难产生出真正的幽默来，即便偶尔会有，那也是要付出"代价"的。

王跃文有一篇杂文，题目很沉重，叫作《幽默的代价》，写的是乃父二十三岁那年，在县委书记的满脸麻子的夫人的蒲扇上，题写了一首打油诗：妹妹一篇好文章，密密麻麻不成行；有朝一日蜜蜂过，错认他乡是故乡。父亲的"幽默顽皮"，的确有些迹近"恶谑"，但却绝非"毒讪"。然而，在一个权力等级森严的社会，这样的"幽默"是会惹来"弥天大祸"的。果不其然，到了风云突变的1957年，县委书记和他的夫人，都不约而同想起了这首打油诗，"于是父亲罪莫大焉，成了右派分子"，自此运交华盖，大倒其霉，付出了巨大的"代价"："我的父亲老了，不知这世上的戏演到哪一出了，只是经常嘱咐我：不要乱开玩笑。"

然而，对一个天性幽默的人来讲，没有什么是比不让开玩笑、不敢开玩笑的生活更无趣、更难忍受的了。所以，王跃文并没有将这严肃的庭训，当作为人处世的金玉良言。他依旧喜欢嘻嘻哈哈地开玩笑，不仅在平常的闲聊中讲笑话、说掌故，妙语迭出，令人捧腹，而且，在写作中也是一副不开玩笑死不休的架势，幽默的故事和妙语随处可见，叫人乐不胜收，喜不自胜。

幽默总是调皮的。当然，它属于精致的调皮。天底下没有呆头呆脑的幽默，也没有四平八稳的幽默，幽默总是含着些锋芒。虚伪的心理和虚荣的行为、荒诞的社会现象，都会成为幽默的讽刺对象。然而，真正的幽默并不满足于博人一粲，而是通过对人性弱点和荒诞世事的讥刺，表达对更健全的人格和更文明的生活的祈向，所以，幽默是有大小和高下之分的。王跃文的幽默，不是那种卖弄聪明的近乎无聊的小幽默，而是含着对世态人情的深刻洞察的大幽默，是具有丰富的生活内容和深刻的历史感的高级的幽默。

"还是杂文时代，还需要鲁迅笔法"这句话，现在依然有效。然而，"时代"情形依然，"杂文"面目全非，——鲁迅的杂文，固然巍巍乎若泰山，令人难以企及，退而求其次，比较像样子且"不合时宜"的杂文，似乎也并不十分多见。在一个没有痛感的时代，在一个少有猛士的时代，杂文的园地，注定是要荒芜寥落的。然而，在这萧索的背景上，我们依然可以看见杂文的野百合花，零零星星，在僻远的山野间，寂寞地盛开着；在劲峭的山风中，不屈地摇曳着。在这野百合的花丛中间，王跃文的《幽默的代价》，风姿俊逸，生意葱茏，显得特别醒目，向人们昭示着作家王跃文的别一种风骨，另一副笔墨。

权力镜像中的人心
——读王跃文的小说

谢有顺

王跃文的小说是中国文学的一个特例。他开创了一种小说类型——官场小说,同时也成为这一类小说写作的集大成者。尽管在中国,传统上早有描写官场的小说,清末民初,这一类小说更是盛行一时,但在当代,把人持续放在官场这一视域里来观察、检验,并以此来照见一个国家的政治生态、人性万象,王跃文是先行者,也是其中写得最好的一个。

他的成功,其实不在于他写了官场,而在于他写官场却跳出了官场俗套的权力争斗、政治黑幕,把着力点放在了人性、人情上面。因此,与其说他写的是官场小说,还不如说他写的是人情小说。

写官场,当然离不开写权力,这是主导俗世生活的重要力量。可惜,多数喜写官场的写作者,要么一落笔则陷入俗套,油滑市井,无所不用其极;要么投鼠忌器,畏首畏尾,不得大方。能把这一"俗"材写好写深的,能把这权力与官场几乎看透的,为数不多。而王跃文的《国画》《朝夕之间》《苍黄》等作品,不是看热闹式的官场现形记,而是以自己独特、隐忍的视角,看到俗常里的真相、戏剧人生中的悲剧。天行有常,吉凶有道,他对人心世界一直怀有最诚恳也最值得我们记住的劝导——人心有怕，才能敬畏。

失了敬畏，人性就没有了管束，心里的魔鬼就全放出来了。所以，官场的污浊，固然有监督的缺位、利益的诱惑等原因，但根子还是因为人心无所依托，里面挺立不起一种价值、一种信念，最终人成了权力、金钱和性的囚徒。人性的沦陷，在商场、学界也屡见不鲜，但它在官场的表现，可能更丰富，也更具传奇色彩。王跃文倾心于官场题材，大约觉得官场是人性最好的熔炉——在这个熔炉里，人性已有的恶能得到展示，人性残存的善也可能被逼视出来。在别的环境中，我们或许看到的多是人性的常态，但在官场里，见到的就多是极致状态下的人生百态：一个怀着理想的人，可以被官场的现实吓住、粉碎；一个讲良知的人，会被官场的一些规则同化、说服；当然，一个准备在浊世里沉浮的人，也可能因厌倦官场而从此退守内心、干净生活。

许多人写官场，着迷于个中的怪现状，极力展现那光怪陆离的官场丑态，读者似乎也乐意消费这样的故事，以宣泄他们对现实的不满，对官员的不信任。但王跃文的高明之处，却是写出了官场中那些人性的微妙变化，甚至是人性的巨大逆转。他并不刻意批判官场，也不沉溺于权、利、性三位一体的庸俗展示，而是着迷于对官场这个特殊场域中的世态人情做一种原生态的写实。他精细地描摹官员们的日常状态和心理嬗变，从而凸显繁复世相背后的官场伦理与心灵逻辑，并以此透示出权力镜像下的个体生命在现实与灵魂之间的种种冲突。所以，王跃文的小说，有着丰盈的日常生活细节描摹与纤毫毕现的心理刻画，细微到人物的一个眼神、一个称谓、一颦一笑，连语调与姿势等不经意之处，他都不含糊交代，而是着力描绘。作者有意在让人愕然而又觉荒谬的情节中对人物进行微观特写，目的是为解析官场复杂的伦理提供实证，也为人性如何一步步地迷失布下绵密的针脚。正因为如此，我们读王跃文的小说，才不会觉得他是在单一地描写官员，而是觉得他在结结实实地写人。他的写作，为自己人物的言行、活动、心理起伏，准备了坚实的事实依据和逻辑理由。

《国画》以朱怀镜在宦海沉浮中一步步靠近权力的历程为叙事主线，作者正是通过描写官场生活的日常图景来完成对小说真实感的有力塑造。朱怀镜的心理蜕变、权力对他的异化、人在欲望与现实间的纠结，都说出了当代中国基层官场的真实情状。同时，《国画》也是充满日常趣味的社会世情画卷。三教九流、人生百态，都在其中。皮副市长、柳秘书长、画家李明溪、记者曾俚、派出所所长宋达清、神功"大师"袁小奇、世外"高僧"圆真大师、企业家裴大年、进城务工人员瞿林等各色人等，皆被作者缝入了这一世情长卷。在王跃文的白描勾勒中，不仅在权力与欲望的沼泽之中苦苦挣扎、欲罢不能的人物形神皆现，就连他们流水般的日常生活、家居私事，以及一个城市的基本气质，也都被写得极富质感。

显然，王跃文是有很强的写实才能的。他不抽象地图解官场的潜规则，也不热衷于窥探官员们的生活隐情，而是力求把一种生活落实下来，把它写稳妥了——这种写实的底子，往往体现在作者对生活细节的观察和刻写上。在《头发的故事》里，办公室陈科长的头发稀少，却整日摆弄，想保持良好的风度。年轻干事小马好卖弄，一次无意间说到"满头烦恼丝"，另一次是大谈头发疏密与性生活的关系，引得陈科长内心由猜忌、愤然到反感，最后借口下乡扶贫，将小马安排去了乡下。《天气不好》里的年轻干部小刘是县里有名的"笔杆子"，平时谨言慎行。家乡老母亲做的腊鱼和腊鹅，全家都舍不得吃，小刘拿去送给县委办主任，以期得到县领导的赏识与提拔。哪知他在走廊上巧遇在讨论干部提拔会议中出来上厕所的县长，一不小心面对县长打了个喷嚏，县长回到会场，就给他做了个"太骄傲"的结论，提拔之事成了泡影。《很想潇洒》中刚毕业的汪凡，是位留着长发的青年诗人，第一天去市政府大楼报到的时候，就感觉自己与这里的环境不和谐。于是，他理了小平头，夹着黑色公文包，一副老成持重的样子，开始了新的生活。除了外表的改变，更关键的是他个性与思维的被改造。他从最初写一份材料被改得面目全非，到后来写的材料越来越得到主任、市长的认可——小说也正是从日常生活的细微处着手，生动地写出了汪凡身上自由、浪漫的"诗性"是如何消退，而慢慢把自己异化为一个唯唯诺诺的小吏的。《秋风庭院》里的地委书记陶凡退休之后，从身份上说，他已远离权力中心，成了普通百姓，实际上他潜在的"虎威"犹在，他的一举一动仍然会微妙地牵动如精密齿轮般相互咬合的权力链条的运作。他的感冒、探亲、出席会议、无心之语都仿佛是一个个政治隐喻，影响到权力网络中的相关节点。

  这些生活场景、权力图像，隐藏着世情、世事背后许多难言的微妙，解读着中国社会和文化生活中顽固的内在惯性，也巧妙地展现出了人物内心曾经的坚守是如何一点一点地在官场生活中被侵蚀、消耗、瓦解与再造，人性中的光与热是如何在无声无息中被这些日常琐事所稀释与消解的。也许，正如《苍黄》这一书名的寓意所指：染于苍则苍，染于黄则黄，所入者变，其色亦变。尤其是在中国社会，对权力的崇拜如影随形，权力对人们生活造成的阴影也无处不在。权力崇拜激发的是对权力的渴望与拥有，而在膜拜权力的过程中，官员们因身份焦虑所导致的人性异化、人格奴化，自然就成了王跃文小说的潜在主题。

权力角逐的残酷,它对人的吞噬与异化,往往触及的是人性深层的皱褶处,它牵动的是灵魂的冲突和撕裂。《国画》中,朱怀镜因皮副市长的二儿子要出国留学,狠心送了两万元红包,当他被邀请参加皮副市长的家宴时,皮副市长不经意的一句话就让他欣喜不已,"皮市长在他眼中的形象越来越高大,几乎需要仰视了。这一时刻,朱怀镜对皮市长简直很崇拜了"。后来,朱怀镜再次回想到那天自己在皮副市长家的感受时,"猛然像哲学家一样顿悟起来:难怪中国容易产生个人崇拜!"其实,朱怀镜崇拜的并非皮副市长本人,而是他所代表的权力本身。又岂止是朱怀镜,社会上的各色人等,哪一个不落到权力崇拜的网罗之中?权力是日常生活中一根无形的指挥棒,无论是官还是商,是男还是女,是"奇人"还是"大师",在权力面前个个都趋之畏之附之捧之,围绕着权力做向心运动。

当权力成了供人膜拜的神圣之物,权力对人的异化机制就基本形成了。美国心理学家弗罗姆在谈到人性异化问题时,认为在异化的状况下,"人不是以自己是自己力量和自身丰富性的积极承担者来体验自己,而是自己是依赖于自己之外的力量这样一种无力的'物',他把生活的实质投射到这个'物'上"。弗罗姆所说的异化,其实是人的一种精神和心理的"体验"过程,在这种体验中,生命主体丧失了自我的主动性,主体觉得不是依靠自己,而是依赖于自己以外的力量。于是,人不再感到自己是自己行动的主宰,而是处在了被主宰、被支配的地位上。在王跃文的小说中,我们可以真切感受到因权力崇拜而导致的生命个体的异化与奴化,正如在《国画》中,朱怀镜获得了好友李明溪与大师吴居一合作的那幅价值二十八万元的《寒林图》之后,他未及多想就送给了皮市长,事后自省:"这画现在说价值不菲,今后还会升值。可自己根本想都没想过要自己留下来，只一门心思想着送人。可见自己到底是个奴才性格！这么一想，朱怀镜内心十分羞愧。"只是，人心残存的这种觉悟与善意，在权力所编织的网络中，已经难有存身之地，获得权力青睐的唯一途径似乎就是顺从于它，并为它所异化。

这一主题，在王跃文近年出版的《苍黄》中，表现得更加隐蔽、复杂，思考得更见成熟、深刻，作品的现实主义底色也更显苍茫、沉重。《苍黄》以乌柚县委办公室主任李济运为核心展开故事情节，小说所叙写的都是今日中国基层社会的热点问题：拉"差配"假民主闹剧、矿难事件、官场栽赃、群体性食物中毒事件、有偿新闻、宣传部门的"哑床"与"网尸"理论等等。这是对当代中国官场的深度报道，它所书写的不仅是官场文化的微缩景观，更是一曲人性与权力、欲望相博弈的长歌。仅仅因为舒泽光不愿做差配，骂了县委书记"刘半间"的娘，从而受到刘的一系列打击报复，先被查经济问题，后被栽赃嫖娼，无奈之下成为上访人员。李济运明知这位曾经的同事心智健康，但屈于官威，只能违心地将其强行控制住。此外，李济运鼓动老同学刘星明去做选举中的"差配"，结果老实本分的刘星明因梦想升官而在选举的现场癫狂，幻想自己当选上了副县长，被送入精神病院，最后跳楼自杀。这一切都让李济运内疚，他意识到自己无形中充当了残害昔日同事、同学的刽子手。

现实中李济运何尝愿意这样？官场的重点不在一个"官"字，而在一个"场"字，身处其场，就要遵循某些不能言明的"规则"，权力逻辑凌驾于人性逻辑之上。只是，在人性的深处，李济运还时常考问着自己的灵魂。获知舒泽光死讯后，李济运将自己关在洗漱间失声痛哭，后来又目睹老同学跳楼惨死，伤痛不已中，"觉得自己很卑劣，泪水和汗水混在一起流"。这时的李济运，让我们真切地感觉到了个体生命在面对现实时"心为形役"的无力与分裂。即便后来老同学熊雄成了新任县委书记,李济运也很快就感觉到这位老友变得陌生了,无论是言谈举止,还是态度立场,甚至连他看自己的时候,都让李济运觉得"目光看上去很遥远"。个体生命的丰富情状在整个权力机器的运作与官场生态系统的演进中逐渐被消解掉,官场这架巨大而精密的权力机器,一个个齿轮精确地咬合在一起,只要动一处,整个机关都将动起来,血肉鲜活的生命一旦进入其中,最终都将异化为这一机器上冰冷的零部件,归顺于权力逻辑,从而丧失生命的温度与光亮。

只是,面对这一严峻的现实,王跃文并不急于做出道德决断,似乎也无意于谴责什么、批判什么,他不给予官场或生活一种意义,而只是想在其中发现某种意义,并不忘揭示人性中可能有的温暖和亮光。王跃文自己也说:"我小说中缺乏有些人所希望的所谓光明,但也有温暖和亮光,不过它也许只是黑暗和寒夜里的烛光。"确实,好的小说,从来不是判断,而是一种发现,一种理解——对存在的发现,对生命的理解。王跃文对处于权力的焦灼与自省的苦闷相纠结之精神困境的知识分子,就充满着理解之情。他笔下不乏具有文人精神气质的官员,《国画》《梅次故事》中的朱怀镜,《朝夕之间》中的具有文人情怀的诗人关隐达,《大清相国》中的陈廷敬,还有《苍黄》中的李济运,他们都是知识分子,本应是社会良心之所在,但在官场这个特殊场域之中,他们的人格不断被扭曲,生命越来越虚空。面对这种随波逐流、不断沉沦而又无法超脱的生存境遇,他们的内心都有一种悲哀,可出路在哪里呢?个体如此无力,生命又是如此脆弱,而权力所构筑起来的那个"无物之阵",却能把每一个人都吸附其上,使之处在一种低质量的耗费状态中,生命也就在揣摩领导心思、应对人情世故的琐屑中被慢慢磨损，慢慢丧失它应有的光彩和意义。

而真正痛苦的是，有些人对于生命这种无意义的耗费，无法得过且过，而是有一种觉察和不安。如《国画》所写，某个深夜，朱怀镜为自己处在春风得意之时却突然心生悲意而疑惑不解，"可是就在他这么疑惑的时候，一阵悲凉又袭过心头，令他鼻子酸酸的。他脑海里萌生小时候独自走夜路的感觉，背膛发凉发麻，却又不敢回头去看"。结尾处，朱怀镜经历了官场得意与失意之后，反思自己的仕途与人生，"抬起头，望着炫目的太阳，恍恍惚惚，一时间不知身在何处"。《朝夕之间》中，颇有文人情怀的"诗人"官员关隐达初入官场，就做西州地委书记陶凡的秘书，当陶凡退休之后，他也因此失势被调去了县城，最终，被排挤到权力边缘地带的他，用并不光彩的手段夺回了权力。在官场权力与文人情怀的冲突中，关隐达内心充满了抵抗、迷惘与分裂的痛苦，以致成为新任市长时的关隐达，面对年轻的秘书龙飞，不由心中喟叹："又一个诗人死了。"这一意味深长的细节，透出的是官场人生背后的悲凉与沉重。

而寄寓着王跃文文人心性中某种政治理想的人物，或许是《大清相国》中陈廷敬这一权臣形象。依然是官场，但作者着力凸显的是陈廷敬在文化人格上的训诫意义与范式价值。在近五十年的宦海沉浮之中，陈廷敬历任了工、吏、户、刑四部尚书，官至文渊阁大学士，最后能在成为首辅相国、位极人臣之时以"耳疾"为由自请还家，获得善终。对其生平，康熙曾有八字赞语："宽大老成，几近完人。"陈廷敬一生谨守五字诀——"等、忍、稳、狠、隐"，它可视为官场权谋之术，亦可视为世事人情的智慧所在，而它所折射出的复杂的中国政治文化内涵,尤其值得深思。

　　由此,令我联想起王跃文小说中的另外一类知识分子形象,如《国画》中狂放似癫、憨态卓然的画家李明溪,不喜亦不近俗世,只借自己的笔墨书写性情;关怀现实、耿直不羁的记者曾俚,敢于秉笔直书揭露社会之不平不真不公之事;还有那位"平生只堪壁上观"、淡泊自持的雅致堂主人卜未之老先生。他们身上有着中国传统士人的精气神,从高洁品格的持守和社会责任的承担这两方面,展示着知识分子的价值标高;但在权力意志独断一切的现实中,他们只能是似癫还狂的画家,抑或是落拓无为的小记者,要不就是作壁上观的垂暮老人而存世,游离于官场之外,处于一种边缘化的境地,最后不是死亡就是疯癫,抑或不知所归——这样的结局所喻示的,正是中国士人精神的没落,从中也可隐约见出作者的悲观之情。

　　多少年来,中国的历史虽然浩荡向前,但对权力的迷信和膜拜,一直都无多大改观。说到底,中国还是一个权力社会,史官文化依然是中国文化的主流,权力对人心的劫持和异化,至今仍是大面积存在的人文灾难。从这个意义上说,王跃文不过是找到了一个切近中国现实的角度,他写的虽是官场,映照出的又何尝不是现代人的精神境遇?他的作品触及了当代社会的心理兴奋点,但又不满足于对权力帷幕内部的好奇与窥视,他渴望写出一种真的人生,写出那种潜藏在生活深处的黑暗与惯性,并试图反抗它的存在。或许,正因为看到了这一点,《苍黄》之后的王跃文,笔墨仍起于官场一隅,却已不拘于此间,而渐入开阔之境。我想,他在这个自己所开创的写作根据地上,还可以写得更大胆,从而走得更远。

时代蜕变中的诗意瞩望
——论王跃文的《漫水》

龙永干

王跃文的《漫水》首发于2012年1月复刊的《湖南文学》。作品一出，便引发了各界的极大关注。好评如潮中，更是荣膺了第六届鲁迅文学奖。但值得注意的是，《漫水》的纯净自然、朴素明丽与其先前农村叙事的浊重沉郁、艰涩严峻相比，可谓是截然不同。非但如此，将它置于王跃文整个创作中去观照，它的恬淡和谐与优美自然与先前权场叙事的愤激凌厉、深沉忧患相比，也是大相径庭。此种情形是君子豹变还是中年变法？是凌空翻转还是有迹可寻？文本中是否存在着更为隐秘与复杂的情形？它在王跃文创作中又有着怎样的意义？……所有这些问题的理解不是单篇作品的品评与赏析就可以完成，也不是简单类比阐发就可以把握得了的。它需要我们从作者审美观念和创作实践中去循波讨源、以意逆志，也需要我们从作家整体创作中去互文生发、融会观照。

批判立场背后的温情念想

作家创作风格的变化，特别是成熟的、具有稳定个性的作家创作的变化,原因是多样的。有的是其多样丰富才情的自然呈现,有的是其人生境遇与心智发展所致的蜕变,有的则是创作者寻求创新和突破的勉力之举。君子豹变,并非无迹可寻,贴近王跃文文学实践可直觉其沧桑尽处的诗意念想及发明。他在批判现实、发露腐朽的同时,也有着对于优美与柔情、和煦与温暖的深情渴望与念想。同时,这不仅是其文学观念的萌蘖,也在其创作实践中有着具体的体现……

《国画》出版之时,王跃文在代后记《拒绝游戏》一文中鲜明地阐明了自己的创作立场。他写道:"我既不想颓废,也不愿麻木,就只有批判。这些年中国文坛制造'主义'的成就似乎超过了文学本身的成就。林林总总的'主义'来也匆匆,去也匆匆,你还没来得及弄清某某'主义'是怎么回事,它已是明日黄花了。风过双肩,了无痕迹。我倒觉得,目前我们最需要的是批判现实主义。"后来王跃文在《我的文学启蒙》中又自陈:"我在文学创作过程中一以贯之的思想艺术追求应该说是清醒的现实眼光和现实主义精神。"2017 年他在《王跃文文学回忆录》中再次表明:"我并不觉得自己的小说深刻到哪里去,不过是去掉过同类题材文学作品的种种伪饰,赤裸裸地呈现了现实的真相而已。"确实,王跃文的创作所持的基本立场是批判现实主义的。这种立场的形成,既有中国传统现实精神的滋养,也有近现代以来以鲁迅为代表的"取下假面,真诚地,深入地,大胆地看取人生并写出他的血和肉来"取向的影响。同时,它还与王跃文在大学求学时期大量阅读 19 世纪西方批判现实主义文学作品有关……正因如此,王跃文开始搦管之时,现实批判也就成了他的基本取向,"深沉的忧患意识,凌厉的批判锋芒"也成了其创作的审美基调。在《国画》《苍黄》等小说中,对权力本位、道德堕落、人性异化等造成的上下浇薄、夫妻反目、朋友背信、亲人离德的批判;在《拍手笑沙鸥》《我们把肉体放在何处》等杂文集中,对日常世相中普遍存在的功利自私、短视愚昧、欲望中心等劣根性的剖析,无不是上述立场的具体体现……

对黑暗丑恶批判最为尖锐者,往往最为钟情于优美健康的人性;对异化畸形深恶痛绝者,常常最为向往朴素真淳的桃源世界……释迦牟尼在种种苦难中寻找人生菩提,以彼岸世界为无明众生寻求解脱的舟筏;庄子在争于气力的时代葆有内心的逍遥,渴望无己、无功、无名的自由境界;鲁迅在激越决绝地"与黑暗捣乱"时,却对记忆中故乡风物与童年伙伴有所眷恋;沈从文极力批判都市的朽败堕落与人性异化,却在湘西边地精心建构供奉自然人性的希腊小庙……同样,王跃文在直击时弊、批判朽败时,也同样深情地瞩望着"爱"与"美"。面对时代的浮躁与功利,王跃文深深慨叹:"人们现在很焦虑,很浮躁,欲求永远也得不到满足。什么都想要多要快,来不及似的往前赶,又不知自己要到哪里去。丧失了对理想的坚守,对道德法则的坚持,对真正美好事物的向往。"目睹欲望的泛滥、生命的粗糙与人性的冷硬,他为"人们需要一条散发着荷尔蒙气味的内裤来满足他们的快感,生命的神圣与高贵却被轻视和亵渎"的做法痛心不已。他的担忧既是老子"五色令人目盲,五音令人耳聋,五味令人口爽"的隔世之音,也是沈从文"城市中人生活太匆忙,太杂乱,耳朵眼睛接触声音光色过分疲劳,加之多睡眠不足,营养不足,虽俨然事事神经异常尖锐敏感,其实除了色欲意识以外,别的感觉官能都有点麻木不仁"的当代呼应。批判丑恶、发露黑暗,是文学对人生的"正视",但表现美好、书写善良、寻求灵魂的温暖、渴望苦难的救赎,也是文学的所求。"人类需要被照亮,也需要正义与光明引领,这就是文学存在的理由。"

文学是求真的，也是向善的，更是尚美的。文学在批判黑暗、警示暗涌的同时，还应有着更为开阔的视域与高远的境界引领读者向善爱美。对此，王跃文一直有着明了与自省，只因各种因缘与前业，让其文学的向度与界面未曾获得充分的敞开与发明。

随着阅历的丰富、体验的深入与实践的发展，王跃文的文学认识出现了微妙的调整与变化。他在强调文学之"真"的同时，开始正面高扬文学中"善"与"美"的力量，认为"文学当然首先必须真实，因为真是善的起码前提；但仅有现象的真实还不够。文学除了描写和展示，还必须有一种向善的力量，这种善其实就是一种价值判断"。在黑暗之中，仰望星空；在沟渠之间，念想温暖。这不是心灵的脆弱，而是人性的可贵。他说："人们需要乐观精神，多看光明和温暖，不然我们的生活就是人间地狱，我们会丧失生活的勇气。"他向往"君子"人格，感慨"仁的境界"，认为"人应常怀仁心，所谓'虽不能至，心向往之'"。他对创作中"有些按捺不住"，不平和，也不冷静，"下笔如放野火，不顾格局和节制"予以反思；他不认同张爱玲那种"不怕、不求、不屑。不怕伤人和自伤，也不求、不屑人的理解和原谅"的人生态度，更因《小团圆》中无所不在的"冷酷、伤害与恨"所组成的"寒冷如冰雪"的世界而感到不适。当然，他并不否定张爱玲是直面生活的"真勇士"，而是认为文学有"面对生活的真诚和勇气"的同时，"还要有慈悲，要有热心肠，要有对人世间的大爱和大悲悯"。"文学的大境界还是必须有担当、有道义、有善、有温暖，文学中不能只有冷酷、伤害与恨。文学里，爱应该是底色，是前提。除了对人类困境和人类前途的思考与探索，文学还要能建设、能安慰、能展示和歌唱健康优美的人性。"他也常告诫自己少些"火气"，多些"从容","让自己慢下来,静静地看,细细地想,慢慢地写"。这不是消极无为,而是走向融会求真、向善、尚美的新境界。

在人生感悟与审美观念抉幽发微中,见到了王跃文创作蜕变的某种可能,而对创作实践的梳理与阐发,则更可见到这种变化的脉动。在人性的阴暗与生活的朽败面前,王跃文是坚韧与严峻的"真",但对于苦难与无明中的生命,又是深怀悲悯的大同情,深植爱与美的真诚瞩望。在《国画》这一悲愤之作中,他毫不留情地将围绕在权力周围的巾帷与绶带剥落。虽然笔之所向一片荒芜与灰暗,但依然可触摸到文本深处的温柔和悲悯。王跃文说:"我在小说里对诸多人物都抱有极大的同情,对朱怀镜和梅玉琴都是同情的,他们都是身陷在泥潭里的可怜人。"非但悲悯与同情,在利用与倾轧、丑陋与邪恶中,李明溪对艺术的执着与痴迷,曾俚对正义的单纯与热烈,梅玉琴对爱情的纯粹与真挚,无不是混沌芜杂、浊重恶劣中的美丽与温暖……与《国画》相比,《梅次故事》中的朱怀镜产生了诸多的变化。他一改先前的贪婪虚伪、机心世故而变得进退有度、执正守本且有所作为。捐出不义之财、规范工作程序、抵制王莽之的黑手……《朝夕之间》中的关隐达是叙述者亲和与认同的形象。他从容恬淡、应运随缘,不仅有着谦谦君子的儒家气质,也有着道家无为恬淡的丰神。而《大清相国》中的陈廷敬则可说是传统儒家名臣的成功典型,他秉持儒家入世有为、兼济天下的信念,有效拿捏法家势术实用之道,积极融合道家进退自然、随运应化的人生态度,在给读者以丰厚绵长的人生情韵时,更给读者以人间自有正道的欣慰。《苍黄》在批判对权力失去敬畏者所引发的种种"怕"的同时,塑造了李济运这一仁爱温厚、与人为善,且常怀恻隐之心的形象。他的尽心补救种种错差的真诚与敦厚,深切忧患各样过失的痛心与焦虑,无不让读者感受着"在人间"的"爱"与"美"。与权场叙事的这种情形相应,在《我的堂兄》《乡村典故》《也算爱情》等乡村叙事中,通哥、"父母"、满叔、腊梅等人身上散发的与大地同在的乐生悦世的人生情怀、生生不息的质朴元气、超越苦难与不幸的惊人毅力与"活着"意志,也无不是浊重艰涩生活中值得珍惜与呵护的"诗"与"美"。

可以说,从文学观念到创作实践,从形象塑造到价值取向,可以见到建构诗性人生、释放心灵深处的温柔瞩望,不仅是王跃文长期的、久积的生命渴念,它还有着由潜隐而显在,由微渺而深浓,由清浅而醇厚的内在发展脉络。《漫水》虽然与其他作品在风格意蕴上有着某种不同,却是王跃文审美心理与诗性人生渴念的必然,更是其创作实践中不断自我调整与努力拓展的审美具化。

此处还需注意王跃文 2014 年出版的《爱历元年》。与上述作品不同,《爱历元年》是《漫水》之后王跃文为数不多的重要作品。作品以喜子和孙离的情爱生活为主体,表现出王跃文在苦难与幸福、不幸与温情、批判与救赎之间寻求平衡的努力。喜子、孙离、李樵、小安子等人虽然没有遭遇时代无序造成的苦难,也没有在权力的魔障中出现生命的异化,但他们身上同样有着如何面对欲望与苦难的"重",也有如何面对虚无与迷惘的"轻"。"他们都陷入了人性的炼狱,都是很痛苦的人。"与以往创作中表现主人公不知身在何处的迷惘、身心疲惫的无奈、灰色荒诞的痛苦不同,叙述者让笔下的人物找到了自己的归宿,那就是属人的"爱历元年"——人性人心的原初的"善"与"美"。在这里,每个生命找到了真正属于自我的家,找到了生命与心灵安顿的所属。正因如此,王跃文称"《爱历元年》是一本关于爱、救赎和宽容的书"。或许，对《漫水》之前的作品进行梳理，可以清晰见到此前王跃文对温暖与柔情的涓滴之念朝着《漫水》的汇集，而对其后之作《爱历元年》的把握，似乎难于给《漫水》创作流变以应有的阐发空间。其实不然，前者呼来后者应，彼处唱而此处和。从《爱历元年》去返观，更可见到《漫水》对人性温柔与生活之美深情凝眸与真诚书写上产生的意义与影响。

乡土生活的纯化与从容叙说

王跃文生于农村、长于乡土，虽经历了"文革"的痛苦，但融入大地的渴望、桃源世界的念想，以及时光对既往记忆的纯化等，让其在远离乡土后依然对故园有着深深的眷恋。于此，王跃文曾在《我那柔弱而坚韧的乡村》《乡下人的血性》《无违》等文章中有着深情的表白。乡土的气息让他感到亲切温馨，故园的宁静让他酣然入梦，乡村的柔弱坚韧让他从容执着，大地的温厚博大让他身心和悦……当他在建构自己的诗性世界与心灵净土时，回顾乡土、亲近田园成了一种自然的选择。《漫水》的世界，就是他以故乡漫水村为原型进行的诗意建构。

乡土选择了，但如何避开苦难生活的缠绕？如何突破既定创作的遮蔽？如何表现人物安排命运？如何葆有时代的应有特质？如何凸显自我审美个性？这些无疑都是作者创作实践中直接面对且需要审慎处理的问题。为了具化自我的诗性瞩望，王跃文对"漫水"进行了全面的审美创化。首先，在环境设置上，《漫水》有着开放性的同时又有着其应有的单纯与自足。与《桃花源记》那样隔离人世不同，也与《边城》那样内在自足相异,《漫水》的世界是开放的,它感应着时代的潮汐,也经历着风雨的涤荡。它的世界是充实且富于变化的,有解放、"文革"、改革开放等近半个世纪的"变",也有生老病死、爱恨情仇轮回的"常";有着多样的善恶的冲突,也有着种种美丑的矛盾。但漫水不为外在风雨苍黄所动,依然能够保全其恬淡的风致与宁静的姿态。其次,《漫水》虽然时间跨度大、所述事情多,但矛盾冲突并不复杂紧张。社会体制的更替、政治运动的洗刷、市场经济的冲击等呼啸而来,但叙述者并未让矛盾朝着刚性方向发展,而是举重若轻、淡笔勾勒,让其在余公公、慧娘娘天高云淡、静水深流的生活中闪现,最终在朴素单纯、温和宽厚的人道情怀中涣然冰释。因此,也就没有出现《雾失故园》《冬日美丽》等作品中那种极左路线、金钱异化等造成的不幸和苦难。在艺术表现上,作品也一改《我的堂兄》《也算爱情》等乡土叙事中那种客观写实和讽刺笔法相结合的写法,而是以一种"慢下来"的心态,将久积的乡村经验用悠长温馨的情感包裹着,用浸润的方式渗透于民情风俗与日常生活中,将对乡村世界宁静谐和、温馨淳朴的眷恋氤氲在字里行间……

当然,上面所述只是文本的表层状态,而要深入认识作品,则需要对叙事结构进行具体把握。一个相对完整的故事应该具有三个基本因素:促使主角形成一个目的的起始事件,主角为达到目的而做出的努力,努力的结果。《漫水》很是独特,作为作品主角的余公公、慧娘娘,似乎对自己的人生没有一个明确的目的,他们不汲汲于富贵权力,也不激进于个性解放,更不踊跃于社会变革,他们只是顺应自然生命的进程,劳作生息、生老病死,自然而然。同时,作品中也没有为他们设置一个促使其形成目的的起始性事件。扯辣椒、捡枞菌、建房子、割老屋、看舞龙、谈闲天……民情风俗的细节充满了整个文本，日常生活的点滴更让人物变得闲散而淡远。但从内在叙事的推进来看，余公公与慧娘娘的生活并非无目的的，他们的目的是顺应生命进程，葆有属我的温爱素朴、善良单纯的自然之性。但因他们的目的是原初性的，就在人物当下生活与日用伦常之中，从而也就难以给人"鲜明"印象。他们的生命追求与其日常生活的这种高度融契，是"从心所欲不逾矩"的，也是一种"无为而无不为"的自由自在。虽然在叙事展开中保全生命诗性并非一个典型的目的性事件，但人物形象也需要有"为达到目的而做出的努力"。具体来看，那就是对外来强权的抵制、对狭隘道德的拒绝，以及对物质欲望的超越。

在《漫水》波澜不惊、明净自然的生活中，余公公、慧娘娘与绿干部、秋玉婆的冲突可说是整个作品中最为紧张的所在。前者是乡村道德与外来强权之间的，后者则是乡村道德自身常态与畸变之间的。面对绿干部的非议与强势，余公公毫无畏惧，不仅勇敢地站出来主持公道，更是严厉地斥责了绿干部："不要以为你屁股上挎把枪哪个就怕你了，我们不犯王法，你那家伙就是坨烂铁！"秋玉婆的善嚼舌根、搬弄是非，是乡村道德自身狭隘与畸变的典型。她不仅受到了有余的批评，还受到了天谴。在神秘的炸雷声中，死去的她的下巴竟然掉了下来。当然，生命诗性的持存并非表现在这些基本矛盾的解决上，它还有着更为高远与美丽的境界和情怀，这一点在余公公和慧娘娘那儿同样有着典型的体现。当慧娘娘因流言蜚语而紧张害怕时，余公公安慰她："世上哪个人敢保证自己是干净的！"当绿干部因妻子小刘有外遇而恼羞之时，余公公劝解他应当反思自我，尊重与理解妻子。慧娘娘同样如此。当小刘来到她家改造时，她不仅不对其另眼相看，更是理解她的难处,时时处处给其以细心的照顾与贴心的开导。当秋玉婆突然辞世时,她不计前嫌,为其洗澡妆尸。甚至水有点冷,她都会要求加热,说:"死者为大,侍奉死的,同侍奉活的,要一样。"在余公公与慧娘娘那里,他们对苦难的抗争、对生命的尊重,朴素自然而又温润绵长,境界高远而又亲切暖心。它不仅超越了乡村伦理的种种狭隘与板结,更是努力将传统与现代生命意识进行了日常性的有机融合。

生命向外,要直接面对时代的混乱、强权的威压、欲望的席卷;向内,则需要面对情与欲、得与失、念想与现实、守护与远离的冲突与矛盾。年轻美丽的慧娘娘进入漫水时,为沉寂简陋的乡村带去了特有的风景。她知书识字、善良温柔、坚强自尊,虽是柔弱女子,却积极学习新的医学知识,为漫水人治病助产,提高生活质量;为死者装殓遗容,让生命有着最后的尊严。她虽曾沦落风尘,但不卑不亢、娴静自持、端庄洁净。她如温煦的阳光,将自己的德行懿行撒播到漫水所有的村民身上……或许命运的安排不甚妥帖,明慧美丽、温柔如水的她只能与瓷实敦厚的慧公公相伴,但她从不怨天尤人,更不恣睢妄为,而是恬静自适、洁净不滓。她的到来,深深打动了年轻的有余。他深深记住她来的日子,为她仗义执言,为她与有慧争执蛐蛐的雌雄、菊花是否可以入药,为慧娘娘精心打制樟木药箱、"割老屋"以备后事……但有余始终将这种情愫安置在一个适度的范围内,做到"发乎情止乎守护"。他没有让自己的情感进一步发展,更没有突破道德的防线。当有慧说他吹笛子是在呼唤母蛐蛐时,他就不再吹奏;当慧娘娘问他怎么会记得自己来漫水的日子时,他会说是自己那时恰好想去当兵吃粮。余公公的心灵手巧、大度公道、勇敢正派、对生活与情感的珍惜与爱护等也深深地打动了慧娘娘。有余吹笛子的时候,她会自然地应和而踏着节奏,有余为小事与有慧争执时,她内心会洋溢着幸福与满足,她欢喜有余房屋四周种养的花朵,为有余的各种呵护与帮助而感动不已……同样,她也是将自己对有余的感情置之度内的。彼此之间有着一定的距离,也遵循着各自的方向与归属。这是一种"可望而不可即"的美,是一种"可远观而不可亵玩焉"的美。它没有突破既定状态的轰轰烈烈,有的只是细水长流波澜不惊;它没有点燃熊熊的本能之火,有的只是彼此之间心灵扶持时散发的人性芬芳。一切都在天高云淡、泉水潺湲中纯化成人与人之间的相濡以沫,人与人之间的理解与陪伴。

　　命运或许本就不甚妥帖,得失有无仅在咫尺方寸间,但正是这一咫尺方寸,让人的生命获得其应有的值域。虽然米兰·昆德拉说:"抒情的性比起上一个世纪的抒情的情感世界还要更加可笑。"但是人之所以为人,不仅是对自然人性的释放,更在于对自然人性的升华。在身体优先的当下语境中,对"爱"的灵魂的重拾与表现,或许有点不合时宜,但"爱"向"善"的转换,由身体向灵魂的温柔的升华,无疑是生命之"美"的真正的归宿……生命中总有着某种不圆满,对这种不圆满予以直接的抗争,是追求自由的方式。而有些不圆满或许本身就是命运无从避免的,对这种不圆满予以"顺应性"的超越,也是获得自由的一种方式。因为"自由是心灵的最高定性。按照它的纯粹形式方面来说,自由首先就在于主体对和它自己对立的东西不是外来的,不觉得它是一种界限和局限,而是在那对立的东西里发现它自己"。也正如此,余公公、慧娘娘的人生中虽然缺少一般意义上的"积极抗争",甚至显得有些无为与柔弱,但对这种不圆满与不如意的某种宽容的"接受"或者"顺应",不是生命的退缩与怯懦、消极与放弃,而是一种"化为绕指柔"的超越,它不仅不会有损于生命的诗性,更会让其生命有着高远而庄严的境界……

淤塞的融通与传统人文的依托

要建构属我的诗性人生,不仅与环境设置、情节安排、人物塑造等具体问题有着直接的关联,而且与创作者的人生阅历、创作经验与文化心理取向有着极为复杂而微妙的交集。就在《漫水》从容迂缓、不愠不火的叙述之中,在纯如山泉、淡如流水的人物交集中,依然可以感受到作者审美意向和生活经验之间的罅隙和裂缝,诗性瞩望和时代语境之间的淤塞和阻滞;也可感受到作者对"漫水"世界礼赞时的惆怅、认同时的隔膜、高扬之时的低抑……

乡土生活的粗拙与浊重、苦难与不幸,应该是王跃文对生活最为直接的经验,也是其乡土记忆的底色。《国画》《苍黄》《我的堂兄》《雾失故园》《冬日美丽》中生活的浊重苦难、严峻深沉似乎已经在《漫水》中实现了完美蜕变,转而化为一派纯净温馨和满眼诗意葱茏。其实王跃文很难从中完全超脱,也不可能将其完全搁置,它们依然在文本中留下了丝丝缕缕的印痕。用心体会,就可直觉到在《漫水》的从容叙说中,潜隐着难以明言的哀戚与酸涩;宁静纯净的诗性下,总有着挥之不去的隐忧与失落。慧娘娘苦难的身世、秋玉婆的毒舌、小刘的下放、绿干部发起的运动、经济大潮的席卷……这些事件虽不错综复杂,但其所意味的辛苦与酸涩是不言而喻的。于是,如丝绸般柔和的叙述中出现了一些不甚畅达的淤塞,并潜在地具有让文本生发罅隙和裂缝的势能。

　　与上述艰涩苦难的过去相应，当下的漫水世界也存在着种种令人忧患与揪心的地方。今日的漫水没有了昔日种种外在强力的干涉，却面临着无处不在的市场大潮的冲击。虽然作为漫水的老一代，余公公、慧娘娘在历经种种社会动荡与人生艰辛后，依然能不忘初心，葆有素朴与单纯的诗性人生，拥有恬淡高远的生命风致，但在强坨、旺坨、发坨等新一代身上，则出现了诸多的蜕变。旺坨、发坨已经远离，让漫水失去了应有的继承者。强坨很是不堪，妻子与人私奔，自己也是疲沓懒惰、游手好闲、怒怼母亲慧娘娘、合伙与外人偷走"龙头杠"……这些无不表明漫水在"今不如昔"中颓变，余公公与慧娘娘的诗性人生也总给人一种孤独凄凉、无可奈何的黄昏之叹……

　　在《漫水》优美迂缓、悠远纯净的牧歌情调中，既往的苦涩与当下的颓变打破了作品的单纯整一而生发了裂缝与罅隙，让如潺潺流水般的叙述出现了逆洄。显然，作者也应直觉到了文本的这种不谐和矛盾，但他并没有让其扩大与蔓延，而是本着和谐的美学精神对其进行了应有的化解与融洽。首先，叙述者采取了回忆视角，将当下与往昔来回穿插，并将主体事件安排在了过去。隔着几十年的时空回溯，苦难虽然深重，但回首时乐感文化心理往往会将艰涩与痛楚予以淡化稀释，让作品朝着单纯整一推进。其次，将主要人物形象设置为富有童心童性的老者形象，也有着让作品整体葆有单纯明净的功能。老年人不仅会冷静地面对外在汹涌的时潮，更能恬淡地面对纷繁淆乱的世相，表现出天高云淡、风澄烟净的生命态度。与此同时，余公公、慧娘娘还有着儿童的天真与可爱。捉蛐蛐辨雌雄的举动，为菊花是否能吃而起的争执，狗咬人时对责任的积极承担等所表现出来的赤子人格与真挚心性，无不让读者为之动容。这也在一定程度上有着弱化读者理性剖析文本罅隙与矛盾的取向。再有，作品在一定程度上避免重大社会事件的纵深展开，而是巧妙地将关注重点转向风情民俗与乡土日常生活的和悦展现上，甚至还给余公公在严峻的政治情势下以建造新屋的成功与喜悦……可以说，这些处理让作品在展现以溆浦为中心的湘西北生活特有风情的同时，更让作品洋溢着超越时代的温暖与和谐。当然，这种缝合与补缀并不可能让矛盾与罅隙了无痕迹，乡村道德的真淳朴素与田园生活的原野逸性无法代际传递的现实，让作品留下了挥之不去的怅然。余公公与慧娘娘的世界，是属于过去的世界，是记忆的世界，是回望时的世界。龙头杠的被盗，就像《边城》中倒去的白塔。虽然龙头杠可以重雕，白塔可以重建，但既往的一切无法再现，失去的也无法挽回，该来的都还在迷惘之中……

  不仅仅是结尾龙头杠的被盗与《边城》中"白塔"的倒掉有着某种相似，其实无论是故事还是人物、风格还是语言，《漫水》都与《边城》有着极为密切的关联。作为湘西作家，王跃文对沈从文深怀爱意。他曾深情回忆拜谒沈从文故居时的情景："我第一次踏进凤凰的沈家老屋，望见挂在壁板上的沈先生照片，我突然通体麻麻的就像过了电。那一刻，我相信自己同沈从文先生的灵魂是相通的。"这种"灵魂"的"相通"，在《漫水》中的体现是极为具体的。深浓的桃源情结、悠扬的牧歌情调、淳朴的民风民俗、"优美、健康、自然，而又不悖乎人性的人生形式"等都可说是这种灵魂相通的具体表现。正因如此，许多论者将两者予以直接关联甚至等同观之。但从作品深层意蕴与生命体验来看，《边城》更多地隐藏着天地苍黄中生命孤独与文化失怙的悲哀，而《漫水》则更多的是对人性"善"与"美"的瞩望与日常生活的悦乐。其实，不仅《边城》，《桃花源记》对和谐宁静生活的向往、《竹林的故事》中经禅宗美学过滤后生活的明净、《受戒》中小儿女童心童性的至真至纯等等，都给了《漫水》以应有的滋养与濡染。相较而言，《漫水》更接近于20世纪80年代初汪曾祺的创作，与《大淖记事》《受戒》等在精神气质上有着更大程度的契合。

20世纪80年代的汪曾祺以"大器晚成"的姿态出现在文坛。他穿过"伤痕"与"反思"文学的伤痛与血泪，给文坛带来了传统美学的情致与风度，更带来了儒家文化的善良与和悦。他说："我想把生活中真实的东西、美好的东西、人的美、人的诗意告诉人们，使人们的心灵得到滋润，增强对生活的信心、信念。我的世界观的变化，其中也包含这个因素：欢乐。"王跃文对"善"与"美"的瞩目，同样经历了种种劫数，是穿透了权力、物欲和时代无序造成的阴霾与苦难后的诗性寻求。其次，审美观念上，两者也是有着内在的相通。汪曾祺认为文学应该"总得有益于世道人心"；王跃文也认为"文学除了描写和展示，还必须有一种向善的力量"，"作家应该是仰望星空的人。人类需要被照亮，也需要正义与光明引领"。再有，两者的文化资源也是极为接近的，那就是对以道德为本位的传统文化的亲和与依托。汪曾祺说："我是一个中国人。中国人必须会接受中国传统思想和文化的影响……比较起来，我还是接受儒家的思想多一些。"王跃文也有着近似的夫子自道，他说："我认为中国作家应该多从传统文化中寻求中国人的精神滋养，从民间、从草根寻求中国道德的火种。"的确，传统文化有着久远的历史、深涵的意蕴。在长期发展过程中，它逐渐形成了稳定的结构与自足的特质。钱穆说："得于性而内在具足，再无所待于外，在儒家则成为圣，在道家则成为真，在佛家则成为佛。三宗教法各异，但就其德的一观念而言，则仍是相通合一，不见其有异。"传统的善与美，是人性本就具备的，只是时代的无序、强力的压制、物欲的蒙蔽让其处于黯淡之中。在当下语境中，将其发明敞亮，对于深化文学作品的审美内涵，惠泽读者的心性，重建社会精神文明都有着极为重大的价值与意义。

儒家善良、道家自然、佛家慈悲，彼此相融，让生命具有应对外在冲击的能力，更让生命有着内在属我的自由，这是传统文化之所以散发着诱人魅力的所在，或许也是作者在作品中意图将其圆融的缘由。《漫水》中，叙述者将儒家的善良仁厚、道家的自然适性、佛家的悲悯博爱融入生生不息的民间田野之中，从而整个作品也就有了深宏的生命内涵与悠长的审美情韵。但整个来看，传统文化多是以弱化、压抑甚至取消自我的方式来顺应既定生活与自在状态。这虽有着人与社会、自然和谐的特质，但也有着某种因循固化的弊端和过于守成的缺点。无论是余公公的道德自信，还是慧娘娘的温顺慈悲，还是生命的庄严境界等，虽给人以绵长的情韵，但都呈现出内敛守成太过而开拓进取匮乏、谨慎矜持有余而独立生化不足的状况，其生命值域也是属于过去与历史的……历史是一种资源，但历史中的优质部分并非一种纯粹性的抽象存在，过度的依赖顺应不仅无法让生命真正面对现实，甚至可能会让主体新建的可能性空间萎缩。萨特说："过去就是没有任何一种可能性的，是消耗它的诸种可能性的……我曾经是的过去就是它现在之所是，就像世界上的诸事物一样，这是一种自在。我必须支持的存在与过去的关系是一种自在类型的关系，即是一种自我同一化的关系。"因此，当余公公面对强坨的不堪时，只能碍于情面而暗自生气。慧娘娘终其一生竟连"老屋"都无力置办，面对强坨的怒怼更是忍气吞声。温馨恬淡的漫水在经济大潮席卷中只能无奈地渐行渐远……当然，对既定世界的顺应与认同，或许是生命不可避免的维度，但需要对此种同化维度有着相应的反思与审视。这显然不是余公公与慧娘娘所能做到的，它只可能存在于明了这一切的叙述者那里。但为了文本的整一，叙述者又只能将这种情感认同与理性疏离的背反、诗性瞩望与时代语境的矛盾低抑到最小的程度。于是优美与伤感、善良与苦难彼此相对同在却并不剑拔弩张，而是融入那风轻云淡、温润绵长的朴素生活……

很有意味的是，20世纪80年代的汪曾祺常以"美"与"善"和解生活中的丑与恶。但随着创作实践的推进与生命体验的丰富，他的创作出现了"衰年变法谈何易，唱罢莲花又一春"的情形。先前《受戒》《大淖记事》这样软、柔、甜的作品日渐减少，《辜家豆腐店的女儿》《薛大娘》《八月骄阳》《百蝶图》《鹿井丹泉》等表现"怪力乱神"的创作大大增加。但王跃文却由先前发露腐败、批判变异的"求真"，转向以"向善"与"尚美"为主导的《漫水》《爱历元年》等。变化各自不同，但都是在特定境遇中对创作开展的尝试与探索，都让各自的文学世界变得更为丰富与斑斓。萨义德曾对艺术家风格的变化有过精妙的论述，他说："我们在某些晚期作品里会遇到某种被公认的年龄概念和智慧，那些晚期作品反映了一种特殊的成熟性，反映了一种经常按照对日常现实的奇迹般的转换而表达出来的新的和解精神与安宁。"对于王跃文天命之年创作的《漫水》也可作如是观，只是王跃文正处于人生的壮年，其创作的新变也正在期待的可能中……

拒绝游戏 民间立场 灵魂写作
——论王跃文的文学观及其创作实践

郑国友

王跃文是当今一位活跃的作家,迄今已出版长篇小说八部、中短篇小说及随笔集多部,其作品在读者中和市场上具有强大的号召力,评论界对其作品的意义及其价值也给予了持续的关注。在文学潮流"各领风骚三五年",呈快速切换并不断被新的文学类型掩盖的状况之下,文学作品能保持畅销的时间越来越短。但在此背景下,王跃文的作品却让读者和评论家持续关注三十余年并在今天的图书市场和评论界仍然保持着十分活跃的态势。畅销并能维持长销,王跃文创造的这种文学现象,不能不引起我们对此进行深入思考。可以这样说,王跃文从创作一开始,就通过确立自己独特的创作站位、叙事姿态和精神立场,打出了其别具韵味的小说创作"王牌",因而,其创作实践和作品集合已经具有了整体性和系统性。也就是说,王跃文的创作不是零散的、随意的、互不关涉的,而是有着自己独到的文学认同和创作追求,形成了对生活进行艺术观照的独特视角和鲜明的艺术个性,从而使其创作在题材类型、表现形态、主题意缊等方面表现出一种统一的创作风貌和精神气象。因此,对王跃文的文学观及其创作实践进行探讨,无疑是我们整体把握王跃文创作独特性的一个重要途径。

拒绝游戏

何为文学？文学何为？这两个问题曾在文学史上引起过激烈的争论。而作家对这两个问题的不同回答也显示了各自对文学不同的审美追求和价值选择。比如中国新文学就曾有过"为人生而艺术"和"为艺术而艺术"两种文学观的思想交锋和创作对垒。而 20 世纪 90 年代以来，"文学是阶级斗争的工具"余威不再，人们对文学的理解也日益丰富和多元。但是，丰富而多元的文学观并没有带来经典文学的繁荣，文学在"去意识形态化"后，反而越来越"娱乐化""影视化""个人化"，文学生产"批量化"和"泡沫化"现象越来越严重。而在媒体的鼓噪下，文学更是被炒作成各种事件，包装成各种惹人眼球的非文学。文学被搞乱了，文学似乎缺乏一种内在的规范了。在一些人眼中，文学一词似乎等同于一种哗众取宠的搞笑文化、一种混淆道德准则的流氓文化，整个时代似乎都在一种糟蹋文学的闹剧和狂欢中看等文学的死亡。

我们时代的文学面临危机几乎已成共识。重新回到文学的本源是王跃文面对我们这个时代缭乱纷繁的文学状况进行拯救而开出的一个药方。他说："我想文学至少应该有良心，而不仅仅是玩具。"在此，王跃文声张要进行有良心的文学创作，亦即要"重申文学的真善美"。那什么是有良心的写作？对王跃文而言，他首先要拒绝的就是那种把文学当工具，或者说是利用文学以达不可告人之目的的方式。文学只能是文学，他要维护文学的纯洁性。针对文坛上一些文学家人云亦云甚至依然没能摆脱对权力的依附之状况，他特别强调说："如果文学只是学舌,作家便沦作笼中鹦鹉了,成了贵人们的玩物。""真正的文学需要自由的翅膀,不屑于畏缩笼中为讨人夸奖而啾喁。"很显然,王跃文是在追求文学的独立性或曰自主性。但文学独立的深层其实是作家人格的独立,作家一定是要为自己同时也是为时代进行写作。因此,他说:"有些作家容易按外界给定的程序思考问题,按格式化语言进行表达。我写《国画》,执意要抗拒这些东西。"王跃文执意抗拒文学作附庸和"听将令",他要听从的是一位有良心的作家内心的和时代的召唤:"耳闻目睹太多的人和事,常令我心绪难平。不写出来,心有不甘。"对于一个有责任感和担当意识的作家,他是知道自己所从事的文学是什么以及文学能做什么的,因为对他来说,每个时代的文学功能和作家责任都是有着特定内涵和时代色彩的。一个作家不能以文学的方式对时代问题进行把握和回答也许是文学的悲哀和作家的罪过。

而在这个时代,我们是多么希望能让现实重新"主义",文学能够继续多方面反映时代现实。我们希望这个时代的文学能少一些急功近利,多一些耐心和虚心;少一些轻飘暧昧,多一些对伟大的向往和对崇高的敬畏;少一些风花雪月,多一些批判的勇气和对现实的质疑;少一些无病呻吟,多一些人道情怀和高贵气质。而这些,都需要我们这个时代的作家能秉持信念,以如椽之笔,来书写无愧于我们这个时代的文学。王跃文是有着自己的文学理想的,他说:"文学就是一种与梦有关的事业。要么是寻找失去的梦,要么是向往未来的梦。"把文学视为一种"梦"的事业,他显然是要在文学的世界中与缪斯相约的,因此,他的文学实践也就与伟大、崇高、人道、高贵、向善等取得了联系。

但是，这样一种文学追求同时伴随着风险和坎坷。他其实也有很多的不忍："我梦想着写出抽离时代的作品。小说内外的人们，感觉不到所谓的时代，除了亘古不变的日月山川，只有与生俱来的原欲哀乐，只有普世皆懂的人间童话。然而现实的泥太深，我的双脚陷入其中而不能自拔。我想超拔现实，却没有这个功力。"他得遵从于自己的内心进行写作，于是，1999年，他的第一部长篇小说《国画》出版，在后记中他特地声明要拒绝游戏——拒绝以文学游戏人生和抗拒他人游戏文学。"现在很多人虽不至于颓废，却选择了麻木，而且是连理想的泡沫都从未拥有就直接走向了麻木。我既不想颓废，也不愿麻木，就只有批判。"在以后的人生和创作中，由于某些众所周知的原因，他失去了工作，在读者中引起轰动的《国画》也遭禁止出版。但时间总是公正的，当今天我们回望曾经的那些闹剧，我想，那些坎坷和不公，所指向的却都是一个作家的高尚和一部作品的高贵。

在王跃文这里，文学永远是有良心的、有尊严的，是伟大而高尚的。文学诞生于俗世，有着浓烈的烟火气息，但文学必须通往灵魂，接通精神。文学不是图一时之快，好的文学更多的是必须面对历史，在时间中经得住检验。拒绝游戏，这是作家拒绝了一种以糟蹋文学、玩弄文学的方式来混文学饭吃的生存方式，重新坚守文学的使命和张扬文学的理想，以此捍卫了作家的尊严，更使文学获得了自身独立的品格和纯净的精神质地。而这种文学生产方式和作家生存方式，无疑是伟大文学、崇高文学、经典文学诞生的一个非常重要的前提条件。

坚守民间立场

新时期以来，我们的文学一边拼命要扎进"纯文学"的怀抱，把文学弄成不食人间烟火的东西，一边却又在市场化的语境中以金钱作为创作指针，什么好卖弄什么。前一种情况的典型代表是先锋小说；后一种文学追求以所谓的欲望化写作为代表。文学越来越让人看不懂，一是不懂文学为什么要那么写，二是不懂文学怎么能这样写。对于第一种情况，王跃文说："文学不是高科技"，"有人正试图把文学弄成高科技。不是一般的高科技，而是尖端科技。只要有人说，你的大作我看不懂，那些高明得自以为像爱因斯坦的作家就高兴了，脸上露出高深莫测的笑容，笑容里自然还有对无知群氓的嘲讽"。对于这种拼着老命跑到现实生活之外的"高科技文学"，王跃文表现出强烈的鄙弃。当我们回顾新时期以来的文学历史，那种玩弄技巧，或是半生不熟地模仿西方的小说创作方式进行小说创作现在看来无疑显得幼稚，也没能获得中国读者的认同。至于欲望化叙事怎么能这样写，王跃文自觉地在其小说中表现了一份警惕和节制。当我们整体地阅读王跃文作品，我们能发现，他的作品似乎呈现了一个"分裂"的艺术世界。一块是具有强烈批判色彩的现实题材小说创作，另有一块是强烈地渲染着乡土人情美和人性美的乡土小说创作。显然，王跃文的创作与流俗中的文学创作拉开了距离。王跃文写过很多乡土题材小说，他说："事实上，我更喜欢《漫水》这类题材的小说。"在他的许多文章中，他对自己的乡土都流露出生在乡土的自在自得和走出乡土后的深情回望。我们可以发现，王跃文在拒绝游戏的背后，依靠乡土获得了一个厚重的创作资源、道德资源乃至精神资源——王跃文是在抗拒流俗和拒绝游戏中确立了坚守民间立场的文学站位。

通过坚守民间立场，王跃文的小说创作表现出一种可贵的人民性质地。这首先表现为其拥有的一种判断是非的朴素的乡土道德伦理。王跃文说："我的乡土情结其实很深，多表现在我的生活趣味、行为习惯及思维方式、情感倾向等方面。……有乡土生活经验，对作家显然是非常有意义的。中国式的思维、中国式的情感，存留和传承于安静凝滞的乡村，而不是日新月异的城市。当我看到城市生活的种种怪象，我最基本的价值判断其实是属于原始朴素的乡下人的。最朴素的乡下人，懂得最基本的是非。不断翻新的眼花缭乱的幌子，心思简单的乡下人一眼就能看穿。""我是按照百姓的良心去观照形形色色的人物。"在这里，王跃文凭借其"乡下人"的乡土经验来放眼看世界。我们同样可发现，他其实是有着两重视点的。也就是说，他在以"乡下人"朴素的道德伦理打量世界的同时，也在用一种作家的眼光观照并批判着现实。而作家的眼光正是其站在民间立场上获取的艺术思考方式，这使他对生活的感悟有了艺术的独到发现。他说："文学创作不可能同生活比赛。如果要比，文学永远比不过生活。生活本身的惊心动魄、复杂深邃、变化莫测，永远超过作家的想象力，永远超过文学的多样性。因此，文学永远不要企图所谓'真实'地记录生活。文学需要的是另一种真实，也许就是通常所说的艺术的真实。"他还说："文学也许应该超逸出生活的真实，给人以理想和希望；但只要我们真诚地面对生活，那种表现恐怕是作家的一厢情愿，极可能成为另一种意义上的伪现实主义。""小说要有大虚构，但一定要有无数的小真实，要有大量生活细节的真实。这些细节真实能把一个大虚构托起来。细节的真实只能从生活中来……""文学不是对生活的剽窃，而是依据生活的虚构。虚构不是无中生有，而是源于生活的艺术重构。"王跃文在这里特别强调文学是来源于生活的，这当然不是他的发现，文学从生活中来，早已达成了理论共识。但王跃文总是这么反复地强调，他要凸显的无非是自己的创作态度和创作方式。他在对生活进行着艺术重构，但生活总是客观地、不疾不徐地在那里流逝，每个作家都有权利和自由对生活按照自己的方式进行重构，因此，每一种对生活的重构方式都将鲜明地打上作家艺术个性的烙印。"我最感兴趣的是探求生命的本质和人性的真实，探求人类生存状态的真实。写作过程就是我不断探求思考人的生命、人性、人类的生存状态的过程……我看到了生活的荒谬、无奈和人性缺失的荒凉。我写小说好像没有什么'最终追求'。人，人性，人类已然的生存状况和应有的生存状况，永远是我关注的主题。"这显然是王跃文坚守在民间立场上对生活和现实进行观照的视野、视线和视点。

　　民间立场的坚守，甚至还表现在王跃文对民间语言的偏爱。王跃文说："坚持民间话语，是我一贯的文学态度，尽管这样的写作也许并不讨好。"坚守民间立场，带来的是朴素、本色的审美风貌，这是亲近人民的，同时也是让人感到亲切的。"民间语言就是最好的文学语言。我写作《漫水》的时候，时时感觉自己像咿呀学语的婴儿，每个词每句话都在模仿我的父老乡亲。只可惜以北方语言为中心的汉语系统，无法完全精准地记录鲜活的南方民间语言。用老百姓的语言思考和写作，脑子里活生生地就呈现出许多意蕴无穷的形象、修辞、情绪等等。"由此可见，王跃文是一位本色作家。背靠民间资源，他的文学创作必然就走向了一种博大和宽广，他的创作要不体现出创作个性、艺术风貌和精神质地都难。

当确立了民间立场的站位之后,他关注的是现实中的日常生活状态。"我主张小说是要故事的,但排斥刻意地编故事,特别不喜欢为了吸引读者而把故事编得离奇。我向来主张写生活的日常状态。难就难在把日常状态的生活写得有味道,让读者有兴趣看下去。我想,这应该需要对生活有深刻的理解。""我的小说一向没有极端的形象,他们就像身边随处可见的各类人物。我也不喜欢写大开大合的大事件,看上去波澜壮阔、风起云涌。我觉得这些都是很表面的。生活多是常态,小说写常态,更能反映生活的本质。"王跃文写日常生活,写的并不是一种平淡的、琐屑的生活流,而是达到了一个高度,正如论者所指出的,他是"将埋藏在日常生活秩序中的现实和文化的隐忧完整地裸露出来,写出了日常生活熟悉中的陌生、平静中的惊叹、日常中的非日常、常态中的反常态"。其文字是"在鲜活的日常生活世界,在生活化的表述中揭示出现实生存文化逻辑的荒诞和可怕之处"。我们不得不承认,王跃文取得这样突出的文学成就,显然与其对民间立场的坚守具有必然的逻辑联系。

同时,在民间立场上,王跃文更追求做一位"人性的勘探者"。他不仅将自己的笔对准了日常生活,更是将自己的血脉情感灌注在日常生活中的小人物、边缘人物身上。"这些人物形象,无所谓好坏,也不见批判,王跃文对这些人物怀着的是一种深切的悲悯,弥散在其作品文本空间里的是一种淡淡的哀婉的忧伤。"在王跃文的作品中,有一类小人物如汪凡、黄之楚、张青染甚至关隐达等,王跃文似乎更有着一份感同身受的体贴和悲悯灌注其中。我想,这也是王跃文在民间立场之下对生活的"入情入性、见血见骨"的独到体验和感悟。怪不得读者和评论界都发现,同样是写一类题材,王跃文的小说却别具韵味，个中奥秘，也许就在这里。

追求灵魂写作

可以这样说，坚守民间立场是经典文学创作的重要方式。在拒绝游戏之后，王跃文确立了民间立场，标示着的是独属于作家自己的审美姿态、创作方式以及价值选择。在此基础之上，王跃文追求的是一种高贵的灵魂写作。所谓灵魂写作，是作家以一个灵魂去靠近其关注的另一个灵魂，在灵魂的切近、沟通、对话中，来对人予以艺术观照和精神关怀，对人类的一些生存困境和精神命题进行叩问和逼视。这是一种高贵的写作，张扬的是精神的旗帜，充盈着生命的灵性。而一段时期以来，我们的文学一度"坠入庸常"、消费历史，甚至以欲望为卖点，沦为了肉体表演，成了文学之外别有用心之徒的食利工具。在世纪之交的文坛上，有一股力量在吞噬着文学，有一种文学精神在摇摇欲坠。在这个时候，重新倡导一种写作伦理显得多么紧迫和重要。

文学在市场化中不断走向沦落，文学的精神旗帜在不断降下高度，对此，王跃文有着清醒的认识，并在多个场合强调他文学创作的取向。当文坛受市场风潮诱惑，趋之若鹜大写某类题材时，王跃文强调："我几乎不赞同所谓题材一说。"申明"如果非说题材不可，那么依我愚见，人便永远是唯一的题材"。"这世上自有作家以来他们都在写人，而且是在写现实（或说现在）的人。不管作家们自己觉悟与否，承认与否，他们写历史也罢，写神怪也罢，抑或现实主义也好，超现实主义也好，他们都在写天天可以看到的人。""写人才是我小说的真义。"在这里，王跃文特别强调，自己的小说是写人的。人是其小说关注的中心。他显然认识到了当今的现实主义小说已经陷入了写事泥沼而不能自拔的怪圈，他明确地宣称自己的小说是写人的。写人的强调，接通的确实是经典文学的创造路径。中国文学之所以生生不息，就在于中国作家能为中国小说的人物画廊源源不断地添加进独特的、经典的人物形象。

文学是对生命进行鉴赏的一种艺术形态。"既是人的生命过程的特殊解释系统，也是帮助人们对付生存困境的一种努力。"因此，在小说中写什么人，以什么样的视角、姿态和情感来写这类人，体现着作家的创作眼光和价值立场。比如鲁迅创作《阿Q正传》，即意在"画出这样沉默的国民的魂灵"，寄寓作者"改良这人生"的现实期待。阿Q这一古老中国儿女形象，甚至跃出国界，而具有人类性的精神特征，从而成为"人类精神现象的象征"。

我们不难发现，王跃文的小说重点关注的多是些生活中的小人物、边缘人、失意者，写他们在权力面前的生存状态和生命悲歌。王跃文提倡一种忠于生活的创作态度，他说："生活的逻辑，应该就是文学的逻辑。""如果把作小说比作化学实验，那么人就是实验品，把他们放进官场、商场、学界、战场或者情场等不同的试剂里，就会有不同的反应。作家们将这种反应艺术地记录下来，就是小说。"在谈到其小说《无头无尾的故事》时，他说这篇小说的成功之处"是天然裁取生活流中的一段，展示小人物在巨大而庸常的生活流中的惶然和渺小"。但生活总是灰暗的，王跃文的作品总是为我们呈现出生命的底色，因此他的小说也面临着一些人的指责。他解释道："我经常会受到一种批评：你的小说太阴暗了。有的人甚至认为我故意丑化了生活。我无非是正视了严酷的现实，不是温情脉脉地，而是硬着心肠呈现了生活的真实。这是我目光的冷峻,绝不是故作阴暗。"他同时用"冷峻、荒诞、微妙、尴尬、悲悯、温暖"六个关键词来阐释自己的作品,以此证明自己的作品是充满爱的。并认为"作家心里应该有爱,爱生活,爱人类,爱芸芸众生,爱天地万物。有爱做底色,小说的内涵就是温暖的"。"我是一个写作同生命结合得很紧的人,我笔写我心。我不会因为外在的理由,强迫自己写作。比如,有违我意愿的命题作文,我永远写不出来。"这种以爱为底色,将写作和生命结合起来进行文学创作,正是王跃文追求的灵魂写作的创作境界。王跃文反复地说:"其实我也一直认为作家写小说,就是写自己。只不过,小说是作家心灵的自传。""我是一个用心创作的写作者,不屑于作缺乏灵魂的僵死文字。""作小说是一件暴露自己灵魂的事。任何一位作家,不管他的写作如何晦涩曲折,他的灵魂也会在作品中隐现。""我决不会为了某种功利,昧着良心去欺骗百姓。这种不道德的事有专门的人士在做,让他们去做好了。我按照百姓的良心去观照形形色色的人物,真诚地写作,作品中吐纳的就不会是污秽之气,而是天地之真气、人间之正气。我从不夸大文学的功用,只要读者朋友们读了这部小说,同我共着一股气,一道呼吸了一回,我就知足了。"显然,王跃文是怀着真诚的创作态度,以严肃的创作姿态,敬畏地从事着写作。他甚至说:"文学是民族的公共思维,承载着民族的灵魂。"自觉地将作家个人写作与历史使命和责任担当进行对接,体现出一位作家浓烈的家国情怀和高贵的灵魂处境。

从文学实践来看,作家的文学观与批评家的文学观最大的不同可能在于作家的文学观更直接地指导和影响着作家的创作。王跃文拒绝"与大地上的苦难擦肩而过",他说他是在"用小说俯瞰大地",从而接续现实主义文学的精神传统,选择了拒绝游戏的精神站位和叙事姿态,在民间立场上,悲悯地审视着"现实与人性的纠缠",通过"艰难而生动的诉说","用作品激发人性的光辉"。其接通的无疑是我们民族文学宽阔浩瀚的精神长河,从而把创作出无愧于我们这个时代的经典文学作为一种不懈追求。

王跃文小说原创性初探

张 战

1999年5月,王跃文第一部长篇小说《国画》出版,在读者和文学评论界引起强烈反响。2001年10月,王跃文又发表《国画》续集《梅次故事》,2004年5月发表长篇小说《西州月》(原《朝夕之间》),2007年3月发表长篇历史小说《大清相国》,2009年8月发表长篇小说《苍黄》。除此之外,王跃文先后发表了一系列现实题材的中短篇小说。王跃文的小说,对独具中国传统政治文化特色的人生场景及文化内涵做了开拓性、原创性的书写,对人性及国民性进行了洞微烛照的挖掘,确立了中国当代现实题材小说鲜明的审美风格,也确立了王跃文在中国当代文学史上的地位。

《国画》出版伊始,有人就惊呼这是一部难得的好小说。许多文学评论家就题材和主题的相似性指认王跃文小说与晚清谴责小说之间的传承关系,亦有人将王跃文小说归类为"反腐小说",著名文学评论家雷达则将王跃文小说归类为"政治文化小说"。纵观学界对于王跃文小说的研究,对其在主题开拓、人物形象塑造、小说结构、细节、叙述节奏等方面的原创性意义,远没有给了足够充分的认识和研究。

王跃文小说主题上的开拓性书写

  从题材上说，1999年发表的王跃文长篇小说《国画》上承1903年晚清李伯元发表的六十回章回体小说《官场现形记》，皆以官场生活为叙写对象。而从主题上说，王跃文小说则有进一步的深化和开拓。李伯元的《官场现形记》是一幅封建社会的官僚百丑图，止于"揭发伏藏，显其弊恶"。而王跃文《国画》等小说则以中国当代官场入笔，不仅"生动刻画了一批生存于权力中心和边缘地带的人物形象，对他们独特神貌和所遵循的游戏规则都做了镜子般的映照；对其丑恶及腐败的滋生原因，也做了人性和机制等多方面的探索与揭示"。

  王跃文系列官场小说的主题从表层来看，首先是对当代官场潜规则的深刻揭露和生动剖析，对"官本位"文化及体制下的"人治"现象的揭示，对"权力寻租"和"权钱联姻"的批判。但是，如果仅止于此，王跃文便并没有赋予官场小说以新的意义和价值。王跃文小说在主题上尤其具有独特意义和价值的是，从深层意义上说，王跃文通过其小说中一系列人物形象的生动塑造，展示了中国特有的政治文化中官本位体制下人性的缺失和变异，尤其是继承了自鲁迅先生以来中国现代启蒙文学中的国民性批判主题，进一步深究了中国国民性的历史根源和文化根源，深刻而真实地描绘出国人的集体无意识，表现出令人震撼的警世力量，以及作家忧愤深广的责任意识和悲悯情怀。

  中国文学自现代以降，国民性批判主题一直是一个或显或隐的母题。鲁迅先生首先扛起国民性批判的大旗，以一个独特的文化视角，创造性地写出了中国特有的政治文化背景下一种集体无意识，一种民族的文化性格，活画出国人的灵魂。这灵魂，虽然丑陋病态，却唯因勇敢画出，才能"引起疗救的注意"，才有康愈的希望。应该说，王跃文小说是对鲁迅先生国民性批判主题在新的历史时期的传承和发展。鲁迅的叙写对象大多是农民和知识分子，王跃文则把眼光聚焦于生活在中国当代官场这一生态圈中心及边缘的各色人物身上。《国画》中的朱怀镜是王跃文着力叙写的一个颇富于"官场智慧"的人物，然而就是在对他的形象塑造上，最能集中体现王跃文小说主题的国民性批判。

《国画》中的朱怀镜并未被王跃文描绘成一个阿Q似的漫画夸张人物。他在现实生活中如此真实，以至许多读者能在他身上看到自己或身边熟人的影子，居然还有人以朱怀镜自居。然而，仔细考察一下朱怀镜的人格，我们就会发现，在他的身上有一种根植于内心深处的奴性。对于官位比他高，哪怕只比他高半级的人，他处处表现出逢迎巴结，不仅甘当奴才、努力当好奴才，也以当一个被赏识的好奴才为荣。在《国画》中，他为讨好他的顶头上司刘仲夏，软硬兼施向好友李明溪索画。他深夜给柳秘书长和皮市长家里送保姆，陪他们打牌，进寺庙烧香，甚至陪着他们玩女人。皮市长一个眼神、一句看似毫不相关的话，朱怀镜都能心领神会，不但竭尽全力充当驱使，还受宠若惊，以能深入权力核心人物的隐私圈子为荣。为了奉迎讨好权力人物，他不惜出卖自己最好的朋友，甚至出卖真心爱他的情人。尽管他的良知并未完全泯灭，他也有过反省，有过痛苦，有过忏悔，但在权、钱、欲的交易面前，他貌似无奈，其实还是自觉选择了一种奴性人格。

然而正像鲁迅先生所言："他们是羊，同时也是凶兽；但遇见比他更凶的凶兽时便现羊样，遇见比他更弱的羊时便现凶兽样。"朱怀镜面对生活中与他地位相当，或者比他弱小的人，能利用便利用，能压服便压服，甚至不惜欺骗和出卖。而面对他们的痛苦，则表现出十足的麻木和冷漠。对好友李明溪，朱怀镜一而再，再而三，利用他的画作为巴结逢迎上司的阶梯，并乘人之危，在李明溪神志不清时拿走他视若至宝、市价不菲的《寒林图》，对李明溪深陷痛苦，身心几欲崩溃的状态却不理不睬，甚至以为不祥而深感嫌恶。对他的另一个好友曾俚，朱怀镜不但不认可他的理想追求，而且明确地意识到，自己和曾俚已是两个世界的人了。为了替张天奇摆平乌县假桃种案和送乞丐翻车案，封住曾俚之口，朱怀镜威逼利诱，软硬兼施，最后利用曾俚对友情的看重，用苦情计迫使曾俚放弃对案子的报道。朱怀镜对他的妻子香妹不仅背叛在先，对给她造成的痛苦也无动于衷，冷漠处之。即使对他所谓用情最深的梅玉琴，朱怀镜也因为要促成皮市长的儿子皮杰高价卖掉天马娱乐城，变相向她施压，最终导致梅玉琴身陷囹圄。

《国画》中的朱怀镜伴随着灵魂的沉沦，也有过愤激、感慨、苦闷和忏悔。第一次与按摩女发生性关系后，他也站在无人的电梯里大叫，称自己"不是东西"。他也曾在无人的深夜街头泪水纵横，痛哭流涕。然而，他很快就给自己找到心理解脱和安慰，如同鲁迅先生笔下的阿Q，用自欺欺人的精神胜利法麻醉自己，义无反顾地纵身于官场的博弈之中了。

王跃文的国民性批判主题同样表现在他一系列小说人物的塑造上。《国画》中的裴大年、黄达洪、宋达清，《梅次故事》里的于建阳，《朝夕之间》里的孟维周，《苍黄》里最终疯了的刘星明，等等，无一不带有鲜明的国民性烙印。应该说，冷峻的国民性批判是王跃文小说一以贯之的主题，这是作家一种自觉的目标指向，也是作家对文学鲜明的道义担当。仅从这一点来说，较之晚清李伯元的《官场现形记》，王跃文同样以官场为题材的小说就实现了一种新的跨越和主题上开拓性的提升。

王跃文小说人物形象的原创性塑造

应该说,王跃文的官场小说在人物的塑造上为当代中国文学贡献了全新的文学形象,具有鲜明的原创性色彩。王跃文笔下的小说人物,无论是朱怀镜、陶凡、关隐达、李济运,还是皮德求、张天奇、刘星明、张兆林、孟维周,都是文学史上不曾有过的官场人物形象。他们既有别于旨在揭露与批判,以俯视的角度塑造出的官场丑角形象,也不同于新中国成立后,旨在歌颂和美化,以仰视的角度塑造出的正气凛然的领导干部形象,而是采用平视的角度,以非道德化的立场,还原了官场生活中日常化、世俗化的官员形象。

《国画》中的人物朱怀镜的塑造,就完全超越了简单的道德审美评判意义。王跃文并没有刻意将朱怀镜写成一个清官,或者一个贪官;一个好官,或者一个庸官。如果非要从道德审美意义上来说,朱怀镜即使不是一个坏人,也是一个灰色的中间人物。尽管他并未完全丧失一个知识分子的良知,对社会、对官场、对人生、对自己,也不缺乏反省。他想做些好事,在可能的情况下也能做些好事,他对朋友、对亲情爱情从愿望上来讲也是真诚的。但这一切却以不损害自己的利益为前提。他不主动做坏事,但如果这事虽不光彩,却能给他带来直接或间接的利益,又往往属于顺水推舟、顺手牵羊的情况,利己而不伤人,那又何乐不为?恰恰是在这种看似被时局或机运左右,实则是朱怀镜内心的主动选择中,显现出朱怀镜在官场游戏规则里的所谓圆通和智慧。《孙子兵法》中讲"取势",顺势而动,趁势而越,有意无意间,朱怀镜是深得其中三昧的。

《国画》一开篇，朱怀镜约他的画家朋友李明溪一起看足球赛，可两人的心都不在足球赛上。朱怀镜先是被一个叫陈雁的女记者袅娜如水的腰肢搞得心迷神乱，又被朋友毫无顾忌的莫名大笑弄得羞恼不安。回家之后，他把因陈雁而起的情欲发泄在妻子身上，又开始琢磨妻子的长相与红杏出墙的关系。而这一切仅仅因为一个相面先生的无稽之谈。那个夜晚，朱怀镜以做了一个噩梦而结束。梦中，妻子果然红杏出墙，自己操刀向情敌大砍，却误中自己大腿，痛得大叫一声醒来。

　　小说接下来写身为副处长的朱怀镜白天在机关里谨小慎微，却动辄得咎，处境尴尬微妙的机关生活。这种生活也许使他时时咬着牙暗骂，却又必须殚精竭虑去奉迎。他的顶头上司，正处长刘仲夏提出装修房子，想通过朱怀镜要一幅李明溪的画，朱怀镜就得认真地把李明溪约出来，费尽周章，大诉苦情才索到一张画。这时朱怀镜妻子香妹打来电话，告之表弟在龙兴大酒店无故被打。朱怀镜本是个无能之人，拿此事一筹莫展。但派出所打来电话时他玩了一个小计谋，捏着嗓子以别人的口吻谎称朱怀镜正在向市长汇报工作。这一伪造的与市长的亲密关系一下使派出所所长前倨后恭，不但亲自上门汇报，还着意巴结，请朱怀镜到龙兴大酒店吃饭。朱怀镜因而得以结识当时的龙兴大酒店副总经理梅玉琴，与她一见钟情。可才下饭桌，朱怀镜就经不住桑拿小姐一对大白兔一样奶子的挑逗，和她发生了性关系。有趣的是朱怀镜一面听凭自己的情欲冲动，一面不停地告诫自己不可以，绝对不可以。这"不可以"的含义，一是多少还有些道德自制，二是怕这是别人为他设下的圈套。所以他一待完事，马上提醒自己：快点走。等他摆脱掉小姐，独自一人钻入电梯里，才大声叫喊起来。这叫喊，既可看成朱怀镜与桑拿小姐做爱后的道德忏悔，更可看成朱怀镜对日常庸碌压抑生活的一种发泄。朱怀镜感叹：

这世上找不到一个可以任他叫喊的地方，只好躲在这里喊几声。可这几声叫喊，却使他鼻子发酸。这是朱怀镜的自怜，也是他的无奈。但他毕竟理性起来，警告自己：不可以这么脆弱，早不是哭泣的年龄了。

其实，朱怀镜一入官场，当他开始自觉或不自觉地把官场游戏规则奉为自己的行为准则，就已经选择了以放弃自我、放弃道德原则、放弃作为一个知识分子起码的良知为代价。这种所谓的官场游戏规则是什么呢？"在有些官场人物那里，没有起码的是非或道德标准，他们只认同实用的游戏规则和现实的生活逻辑，他们不仅为自己在官场游戏中玩得游刃有余而自鸣得意，而且把一切中规中矩的言行看成迂阔可笑。他们从骨子里嘲笑崇高，却很职业地扮演着伪崇高。"在《国画》前五十页里，王跃文已大体上完成了对朱怀镜的人格刻画。小说第四十六页，王跃文让朱怀镜给自己下了定论：不是东西。然而，就是这么个不是东西的人物，却引得读者们心有戚戚，不但理解他、同情他，甚而艳羡他、佩服他，觉得他有智慧、有能力、可亲可近、可怜可叹，拿他做自己或朋友形象的代称写照，一点不觉委曲下作，个中原因真值得深究。

中国传统文化里，尽管也有孔子的知其不可为而为之，有孟子的杀身取义，但其更深入人心、更契合人性的，却是战国时蓬勃发展起来的"明哲保身，趋利避害"的实用哲学。险恶的生存环境是滋生这种哲学的现实基础。在求生存的前提下，中国文化对某些恶的东西特别宽容。一句"人在江湖，身不由己"的喟叹，轻松化解了作恶所带来的道德压力。趋利避害哲学使得"识时务者为俊杰"这句话成为人人能够接受的至理名言。识时务，就能做出有利于自己的选择。这种选择也许与自己的道德意识和社会良知恰恰相反，却是生存下去的必要条件。这时候，听从自己的道德良知，你就是一个悲剧英雄。个人的道德坚持在社会这一架巨大的隆隆运转着的机器里,必然会被碾得粉碎。背叛自己的道德良知,你也许会痛苦、内疚、挣扎、反省,但是,你得以生存,甚而得到你想要的现实利益。在这个社会里,能毅然决然做一个悲剧英雄的毕竟是少数。自觉选择作恶的人也是少数,更多的是像朱怀镜一样不断向着现实妥协,又不断进行着道德反省的灰色人物。

因此,在朱怀镜身上,表现出了太真实深刻的中国特有传统政治文化下的人性,或曰国民性。这种人性也许不那么高尚光亮,却出自人类求生自卫的潜意识本能,这是人类还在做着动物的时候,就已深深印刻在大脑沟回里的东西。它比文化更深远,更固执。正是这种东西,决定了人性的脆弱和不可考问。

朱怀镜的形象,就因为揭示了人性中这最为隐秘而又最为深刻的部分,使得众多在生活中,尤其是置身于与朱怀镜相同的官场环境中的芸芸众生,发出了声声共鸣、声声唏叹。那些官场中的小人物、不大不小的人物,甚而是所谓的大人物,由朱怀镜这面镜子,看到了自己身处环境的真相,看到了自己生活的真相,看到了平时自己都有意回避、不敢正视的内心深处的真相,怎么不为之唏嘘再三呢?

耐人寻味的还有"朱怀镜"这个名字。怀镜之人的使命原本是为了观照。朱怀镜这一名字本身是否也是一种象喻?王跃文的意图,是否想以朱怀镜这面镜子,活照出当今官场这一生态圈内种种生命形态,包括其中的规则、玄机,甚至是存在于我们民族性格里的人性或国民性?

除了像《国画》中朱怀镜这样的灰色人物,王跃文的官场题材小说中也塑造了一些颇具中国传统审美色彩的文人官员形象。《朝夕之间》中的陶凡和关隐达这一对翁婿就是这样的典型。陶凡的形象仿佛一袭褪色的战袍,一个秋风中栏杆拍遍的背影。他的韬略智慧、进退攻守、虎气龙威,都无法拂去笼罩在他身上的那一层寂寞。他既有一叶落而知天下秋的敏锐政治才能,又有叶落悲秋的诗人气质。王跃文以赋词的手法来敷染铺陈,在一步三顿的舒缓节奏中塑造了一个极富中国古典美学意蕴的政治家,使其具有了中国丝竹音乐一样的细腻丰满和诗一样的意境。这种诗人政治家的形象无疑是王跃文对当今小说人物画廊的一大贡献,因而也赋予了官场人物形象极丰富的艺术内涵。

《朝夕之间》中的关隐达也是一个极有中国传统文人士子美感的形象。关隐达的名字巧妙地构成一对张力十足的隐与达的矛盾。作为一个大学中文系的才子,他本能地会追求一种隐的生活美感。而男儿血性里的功业抱负必然又使他向往着达。达与隐不可兼得。这使得关隐达一入官场就陷入一种尴尬。现实智慧终于使关隐达在隐与达之间找到了一种微妙的平衡。然而无论是隐是达,都不可能是关隐达本人的自主选择。他的命运沉浮主宰在一只看不见的手里。他能清醒地认识这一点,因而也就能在无可奈何的喟叹中顺应那只手对自己的操纵。他所能做的也不过是尽量调整好自己在这只巨掌中的姿势而已。关隐达对于读者来说是一个最亲切的形象。这个如同我们身边父兄丈夫一样的男人,在官场中的命运也无非是最后"空落一张满是脂肪的大肚皮,一双酒精刺激过度的红眼睛"而已。关隐达的悲凉不是英雄式的悲凉。英雄的悲凉会让我们慷慨悲歌,至少有一种张扬的美。而关隐达的悲凉只能是官场中普通人的悲凉。他让我们心头隐隐作痛,无言以叹。也因为如此,他的形象就具有了更深沉的悲剧色彩。

孟维周应该是《朝夕之间》里最没有美感的人物,然而在现实官场中往往正是此类人物能够如鱼得水。他对官场的悟性就如同他对做爱的悟性,就是要"越来越放开了","但两人再怎么疯怎么癫,完了之后还是要穿好衣服，人模人样地在街上行走"。因此为官之道不过就是要分出个"人前人后"。领悟到这一点，孟维周的官场命运自然就要比关隐达顺畅多了。很难说孟维周在小说中是作为关隐达的对立面而存在的。但同为官场中人，作家显然对关隐达和孟维周寄予了不同的感情倾向。应该看到的是，作家那双悲悯的眼睛，同样落在了孟维周的身上。甚至，孟维周在人性上的沉沦，比陶凡和关隐达身上的悲剧色彩更为沉重。我们仿佛感到无论个人的本性如何，一入仕途，总难免不由自主。也许你在飞升的同时，就是在不知不觉中毁灭。

王跃文小说在叙事范式上的原创性

　　王跃文官场题材小说在叙事范式上也提供了一定的原创性意义。首先，在小说结构上，王跃文有意淡化了那种以故事的外在的情节、以一个中心事件来组织结构的做法。他更愿意用一种中国画中浓淡干湿的墨色来敷画小说中的人物和环境，传达其中最为幽微深妙、难于言传的状态。

　　如果拿中国的国画技法来比，王跃文的很多小说应该是中国水墨画中的没骨画。中国传统绘画讲究骨法。骨的表现依赖用笔，笔能造线，以表现骨的感觉。没骨画却不以线来造骨，而是用水墨色彩晕染成形。这正是我们把王跃文小说比作没骨画的原因。

　　《当代》杂志的副主编周昌义先生是王跃文长篇小说《国画》的编辑。《国画》创作完成之前，周昌义先生对王跃文创作长篇小说的功力颇为担心。他说：王跃文以表现微妙复杂的氛围见长，传神写照功夫自不待言。可是长篇小说的写作，没有大的事件和情节，光靠那股子气韵、那种氛围,能支撑起来吗?《国画》完成后,周昌义先生拍案叫绝。他说:没想到,就凭着这股气韵、这种氛围,王跃文结结实实撑起一个长篇小说,成了!

王跃文在《梅次故事》中有一段算是夫子自道。《梅次故事》中,范东阳对前来讨画的朱怀镜说:水墨画,神就神在墨上。墨分五色,干黑浓淡湿。古人说运墨而五色具矣。阴阳明暗,凹凸远近,苍翠秀润,动静巨微,尽在五色之妙。这一段话固然是范东阳颇为得意的绘画心得。摸透了范东阳心理的朱怀镜更把它发展为一种官场甚而是生活智慧。他说:人间百态,无非五墨。做人做事,也要学会五墨自如。朱怀镜在官场中可谓游刃有余,如鱼得水。他很自然地把范东阳说的这段话看成是对官场智慧的绝妙诠释。但我们从中窥见的,却是王跃文的创作法门。

无疑,王跃文对于中国特定历史文化中的官场状态、官场人物有着令人叹服的洞察力。他又以其良知和勇敢直面这一切,准确无情地描写出来,清澈而冷峻。然而本来很庸俗丑陋的官场游戏却被他写得一派蕴藉,意味深长。正如前面所说,他不注重构筑剑拔弩张的情节、峰回路转的故事,就如同国画中没骨画的不以线条勾勒轮廓,而是用或浓或淡、或轻或重的墨点墨色来传神写照,达到满纸云烟、意境神妙的效果。

但是不是说,王跃文的小说里,就没有那种环环相扣、惊心动魄的情节效果呢?非也。《水浒传》第八回,写林冲误入白虎节堂,真让读者看得背脊上冒冷汗。《梅次故事》中朱怀镜当任地委书记后,面对一步一步紧逼而来的权力和腐败,他内心的犹疑、战栗与抗拒,同样具有令人心胆俱颤的效果。王跃文构筑的是一种心理情节。王国维先生云:一切景语皆情语。我们是不是可以说,在王跃文的官场题材小说里,一切心理语言都是情节语言呢?他刻画人物,将其精神生活中最幽微奥秘的东西表现出来,但却从没有大段大段的心理独白,或者自己来一番对人物心灵的解剖。他运用的是笼罩于全篇的一种心理暗示,使得动作、语言、心理,甚至每一个细节都浑然一体。心理的张力成为在暗中支撑全篇的骨架,它控制了小说的外在节奏,心理的进展本身就是情节。然而这种心理进展更是一种无时无刻不在微妙紧张变化着的氛围,一种气,虽然空灵无迹,却笼罩于全书之中。而且聚点为块,聚气为力,依然有一种"生死刚正"的效果。这也正好符合国画中没骨画的用墨之道。

王跃文文学年谱
（1962—2020）

廖述务　杨　宁

1962年—1968年，1—6岁

1962年9月26日，王跃文出生于湖南省怀化市溆浦县漫水村（当时叫万水村）一个干部家庭（父亲原来是干部，此时被划成右派分子回到农村）。父母共生育七个子女（王跃文排行老六），成年的有五个。乡土成长经历、父亲的曲折命运、母亲和祖母的性格以及家人间的关系，直接影响了他的精神气质与创作。

20世纪60年代的漫水极为贫穷，整个村子找不到几本书。王跃文第一次接触的小说是在大哥那里发现的一本纸质发黄、残破不堪、繁体竖排版的《红楼梦》。这是王跃文读到的第一部真正意义上的文学作品。当时还读到一本短篇小说集，书名已无详记，小说内容全是反"美蒋特务"的故事。祖母是王跃文的文学启蒙老师。在书籍极度匮乏的情况下，口口相传的民间故事成了王跃文最初的文学养料。祖母虽目不识丁，却能给王跃文讲述许多民间故事。王跃文回忆说："耳濡目染间，一种后来知道叫形象思维的本能，就在听奶奶讲故事的时候养成了。"童年的印象使王跃文后来以乡村为题材的小说染上了一种原始质朴的色彩。

王家祖上曾是出过秀才的殷实人家,到其祖父时家境已没落,但小学肄业的父亲仍是当时村里少有的文化人。土改时期,父亲因为识字,家庭出身又好,参加了土改工作队,正式成为基层国家干部,后来任区委书记(区是当时介于县乡间的行政层级)。年轻时的王父幽默风趣、好开玩笑,曾作打油诗取笑县委书记夫人,埋下后来被整的祸根。1957年反右派斗争中,王父实际上因这首打油诗,但表面上以别的罪名被打成右派,遣回农村老家当农民,历次政治运动中都遭到批斗。由国家干部转为农民的王父在生产队当过会计,后为大队养蜂,为赶花事常辗转四川、贵州等地。在散文《爸爸》中,王跃文写到过父亲的养蜂经历,文中包蕴着对父亲既敬畏又同情的感情。父亲因言获罪使年幼的王跃文在心底埋下了谨言慎行的种子,这造就了他以后敏感谨慎的精神气质,更对他成年后的文学创作有着潜移默化之影响。

王跃文的母亲是位坚忍、果敢、聪慧的女性。幼年家贫,13岁便到王父家里做了童养媳。她虽没上过学但仍能识得许多字,以至解放后的扫盲班都不肯收她。但她极力争取后仍上了速成识字班,后来做了母亲仍带着小孩上了3年小学。在王父被打成右派的20年时间里,她既要宽慰丈夫又要哺育儿女。生活的重担并没能压倒这位普通的农村妇女。王跃文在其散文《妈妈》中对母亲早年的事迹做过详细描述。

身处这样的家庭,王跃文在童年时代就面临着更多成长的考验。所幸他还有读书的机会。

1969年—1973年,7—11岁

1969年秋，王跃文入万水大队小学读书。学校设施落后且没有固定的场地，先后在王家祠堂和没收的地主窨子屋上课，到二三年级时大队才开始修建新小学。修小学那个学期的体育课，全部改成从三华里之外的砖窑搬砖到新校工地。艰苦和落后的环境并未让王跃文觉得太苦，最叫他痛苦的是同学们异样的眼光。其时，阶级斗争的政治气氛极其浓厚，身为右派子弟的王跃文和长其两岁的姐姐在学校常受到同龄人的嘲笑与欺辱。每当这时父亲就不让孩子们去学校，自己在家教授孩子学业。在时断时续的学习中，王跃文读完了5年制的小学。

1974年—1975年，12—13岁

1974年，12岁的王跃文入马田坪公社中学中林分校读初中。学校是公社办的，校址设在中林大队的一个山坡上。学校周围是学农基地，学生们在学习之余要参加种红薯、摘花生等劳作活动。初中时期王跃文学习刻苦，在校期间因学习成绩优异赢得了同学们的尊重。

1976年—1977年，14—15岁

1976年，王跃文入马田坪公社中学大坡塘本部读高中。高中也是公社主办，即由原来的初中直接升格而成，教学质量得不到保障。王跃文回忆说："有位地理老师把阿尔卑斯山读作阿尔鄙斯山。'卑鄙'二字老师肯定是认得的，但这两个字分开他就不认得谁是谁了。"

从小学到高中，王跃文对文学的热爱有增无减，他的作文多次被老师当作范文在班级朗读，这小小的成就感极大激发了王跃文的写作热情。当时王跃文心里并没有文学的概念，只知道写作文。课文里有新诗，老师说这是诗歌体，但因老师方言很重，王跃文一直把"诗歌体"听成"丝瓜体"。

1978年，16岁

这年高中毕业的王跃文参加高考。王跃文高考成绩在全校文科班排名第一，但仍未能考上大学。1978年秋，16岁的王跃文选择在这所公社高中复读。

是年，国家开始对右派分子的划分进行改正。

1979年—1980年，17—18岁

1979年，被错划为右派20多年的父亲得到改正，重新恢复工作。同年王跃文高考再次失利。王跃文将自己高考失败的原因归结为不该学文科，可自己理科成绩又实在不好。

这年秋，王跃文决定进入村里的初中（当时初中已办到村里）重新学习初中文化知识，准备改学理科，但村办初中很快解散了。

1981年—1983年，19—21岁

1981年，王跃文考入湖南怀化师范高等专科学校（现怀化学院）中文科。

大学时期的王跃文开始了真正意义上的文学阅读。在校图书馆他系统阅读了许多外国名著，最后发现自己还是对中国本土文学最为热爱。在校期间，王跃文参与同学邹伺生、张思京、刘志良等人创办的涉江文学社活动，办文学刊物《雏语》。这时的王跃文已初显创作才能，有短篇小说《山娘娘》刊登在同学们自己创办的油印文学刊物上。

1984年—1986年，22—24岁

1984年，22岁的王跃文大学毕业。当时王跃文的工作志愿是做一名人民教师，但被选拔到溆浦县政府办公室从事文秘工作。工作之初，王跃文主要进行公务文书的学习与写作。

1987年—1988年，25—26岁

1987年，王跃文开始担任溆浦县政府经济调查研究室副主任。此时的王跃文因"官样文章"写得出众，在机关小有名气。公务文书写得得心应手后，他的文学梦开始苏醒。这期间，王跃文尝试着进行散文、小说创作。

1989年，27岁

升任溆浦县政府经济调查研究室主任。

是年，开始公开发表作品，第一篇散文《书房小记》刊发在当年《湖南日报》（8月8日）副刊上。散文《往兮杨柳正依依》也刊发在该报上。王跃文的小说创作不像散文那样顺利，起初他找不到写小说的思路，好几篇小说或是只开了个头或是写到中间就不得不放弃。

1990年—1991年，28—29岁

1990年，王跃文第一个短篇小说《无头无尾的故事》创作完成。

1992年，30岁

是年，开始在《湖南文学》上发表作品，有短篇处女作《无头无尾的故事》（《湖南文学》2月号）以及短篇小说《很想潇洒》（《湖南文学》5月号）、《花花》（《湖南文学》8月号）。

7月，调入湖南省怀化行署办公室任综合科科长。

1993年，31岁

发表短篇小说《望发老汉的家事》、《呼拉圈》（《湖南文学》第

4期)。其中,《望发老汉的家事》被《小说月报》(第7期)转载。

1994年,32岁

7月,调入湖南省政府办公厅为正科级干部。同年举家搬往长沙定居。

1995年,33岁

发表中篇小说《秋风庭院》(《湖南文学》7、8月合刊),该小说后获得当年度《小说选刊》优秀中篇小说奖。《秋风庭院》一经发表便引起文坛广泛关注。在此后的几年间王跃文又创作了另外5篇同这篇小说人物和故事相关联的中篇小说,并于2002年集结为长篇小说《朝夕之间》出版。

1996年,34岁

发表短篇小说《天气不好》(《湖南文学》第3期)、《雾失故园》(《理论与创作》第5期)以及中篇小说《今夕何夕》(《当代》第2期)。《今夕何夕》被当年《中篇小说选刊》(第4期)选载并配发创作谈《生活的颜色》,该小说后斩获1996—1997年度《当代》文学奖。

1997年,35岁

发表短篇小说《旧约之失》(《中国作家》第2期)、《冬日美丽》(《青年文学》第6期),中篇小说《夜郎西》(《当代》第2期)、《蜗牛》(《湖南文学》第7期)。《夜郎西》被当年《中篇小说选刊》(第5期)选载并配发创作谈《关于夜郎西》,该小说后获《中篇小说选刊》1996—1997年度文学奖。

1998年,36岁

这年，发表短篇小说《夏秋冬》(《当代》第1期，后获1998年《当代》文学奖)、中篇小说《漫天芦花》(《新创作》第1期)以及创作谈《作家的本分》(《长沙晚报》6月3日副刊)。同年，与谢璞、姜贻斌"同题小说"《今天》刊发在《长沙晚报》(8月31日)副刊上。

年内，中短篇小说集《官场春秋》由百花文艺出版社出版，它是中华文学基金会资助出版的"21世纪文学之星丛书"之一。

是年，获湖南省第13届（1997年度）青年文学奖。

1999年，37岁

这年，发表短篇小说《也算爱情》(《新创作》第4期)，中篇小说《没这回事》(《湖南文学》第1期)[该小说后被当年《中篇小说选刊》(第2期)选载并配发创作谈《有这回事》]与《人事》(《湖南文学》第12期)，散文《拒绝游戏》(《书屋》第2期，是为《国画》后记)以及创作谈《〈国画〉琐语》(《理论与创作》第5期)。

是年，长篇小说《国画》开始在《当代》第1、2期上连载（因小说篇幅较长，《当代》只连载了一部分）。

年内，长篇小说《国画》由人民文学出版社出版，中短篇小说集《没这回事》由湖南文艺出版社出版，中短篇小说集《官场无故事》由中国电影出版社出版。《国画》是王跃文出版的第一部长篇小说，也是他创作上的一个高峰。在短短两个月的时间里，《国画》加印5次。1999年人民文学出版社重印5次后，此后10年间《国画》未在大陆发行，直到2010年才再版发行。在这10年里，《国画》并没有销声匿迹，据出版界业内人士估计，《国画》的盗版在500万册以上。

2000年，38岁

在机构改革中离开湖南省政府办公厅。

是年，发表短篇小说《明天见报》（《书摘》第4期）以及散文《亲情散文四章》（《芳草》第6期）。

年内，小说集《湖南文艺湘军百家文库·王跃文卷》由湖南文艺出版社出版，长篇小说《国画》由香港明报出版社出版。另有长篇小说《亡魂鸟》完稿于靖州。同年，《三湘都市报》邀王跃文开设随笔专栏，王跃文以"浦人"为笔名在《三湘都市报》发表了20多篇文章，这些文章后收入杂文集《有人骗你》，于2004年由工人出版社出版。

2001年，39岁

2月，长篇小说《梅次故事》完稿于丽江。

7月，修改长篇小说《亡魂鸟》《梅次故事》。

这年，发表中篇小说《编个故事》（《中国作家》第3期）[该小说后被当年《中篇小说选刊》（第4期）选载并配发创作谈《故事本不用编的》]、长篇小说《梅次故事》（《当代》第5期，后获2001年《当代》文学奖）。

年内，长篇小说《亡魂鸟》以及小说集《人事故事》由中国电影出版社出版，长篇小说《梅次故事》由人民文学出版社出版。

2002年，40岁

这年，发表中篇小说《结局或开始》（《人民文学》第7期），该小说后被当年《中篇小说选刊》（第5期）选载并配发创作谈《没法结局》。

年内，长篇小说《朝夕之间》以及中短篇小说集《王跃文自选集》

由陕西师范大学出版社出版。

2003年，41岁

5月，调入湖南省作家协会工作。

9月中旬，影视剧《龙票》开机拍摄，王跃文与李跃森担任编剧。

这年，发表中篇小说《朝夕之间》（《清明》第2期），随笔《随笔三则》（《当代》第2期）、《告别英雄》（《湘声报》3月7日副刊）、《千古赌场》（《三湘都市报》5月28日副刊）、《天地与圣人》（《三湘都市报》6月4日副刊）、《谁让我们成了白眼狼》（《今日女报》9月18日副刊）。

2004年，42岁

年初，书商诱诳河北遵化农民王立山改名为"王跃文"，于当年5月以其名义出版长篇小说《国风》并进行虚假宣传，侵犯了作家王跃文的合法权益。王跃文遂向法院提起诉讼。所谓"河北王跃文"仅是法律程序意义上的"侵权人"，实际侵权人是"盗名图书"制售者北京中元瑞太国际文化传播有限公司。

9月1日，全国首例同名著作权官司在长沙市中级人民法院一审判决。法院以不正当竞争侵权判令被告河北王跃文和北京中元瑞太国际文化传播有限公司赔偿原告湖南著名作家王跃文10万元，并立即停止侵权行为。

这年，发表短篇小说《乡村典故》（《当代》第2期），散文《一种秘诀》（《今日女报》1月18日副刊）、《我们把肉体放在何处》（《芙蓉》第4期）、《隐入或者逃离》（《美术之友》第4期）。

年内，长篇小说《西州月》（原名《朝夕之间》）由中国社会出版社出版，《龙票》（与人合著）由长江文艺出版社出版，中短篇小说集《官场王跃文》由北京广播学院出版社出版，随笔集《有人骗你》（这是王跃文第一部随笔集，收录了100来篇随笔、杂文、创作谈以及书序）由中国工人出版社出版。

2005年，43岁

这年，发表散文《浮世与浮想》（《新闻天地》第2期）、《袁世凯的稻草龙椅》（《随笔》第2期）、《皇帝其实都知道》（《长春日报》8月22日副刊）。

年内，长篇散文《我不懂味》由同心出版社出版。

2006年，44岁

1月，受聘为《时代邮刊》杂志名誉主编，并在该杂志开辟《跃文视点》专栏，发表时评和随笔类文章。

3月，王跃文同志被授予"湖南省德艺双馨中青年文艺工作者"荣誉称号，省政府记一等功。

这年，发表短篇小说《桂爷》（《芙蓉》第2期），中篇小说《我的堂哥》（《小说月报·原创版》第3期，后获梁斌文学奖），散文《长沙浮世绘》（《文学自由谈》第1期）、《读史札记》（《芙蓉》第5期）、《他们不像野兽》（《文艺报》4月1日第3版）、《越写越害怕》（《文艺报》11月16日第7版）、《让死亡等待》（《中国作家》第19期）。在《时代邮刊》发表散文《你的石头砸向谁》（第1期）、《羊毛出在猪身上》（第3期）、《谁让我们成了白眼狼》（第5期）、《有人生气了》(第6期)、《我不看球》(第7期)、《待价而沽》(第9期)、《无聊或好玩》(第11期)、《做人要厚道》(第12期)。

年内,中短篇小说集《今夕何夕》由时代文艺出版社出版,"王跃文精品系列"(《亡魂鸟》《漫天芦花》《西州月》《天气不好》)由长江文艺出版社出版。

2007年,45岁

2月,王跃文同志被授予"湖南省首届青年文化名人"荣誉称号。

6月27日至7月10日,参加中国作家代表团,赴约旦、叙利亚执行文化交流任务。

这年,发表散文《长沙满城尽玩家》(《郴州日报》5月8日第A3版)、《北京人很好玩》(《华商报》5月27日第B12版)、《我是官场失败者》(《三联生活周刊》第29期)。在《时代邮刊》刊发散文《一个有关"论断"的故事》(第1期)、《屈原的倔与迂》(第6期)、《告别道德神话》(第7期)、《别拿学问吓唬人》(第8期)、《在路上》(第9期)、《倒路鬼》(第10期)、《马蜂之类》(第11期)、《秋夜怕读书》(第12期)。

年内,短篇小说集《天气不好》由长江文艺出版社再版,长篇历史小说《大清相国》由花山文艺出版社出版。《大清相国》讲述一代清官陈廷敬的为官之路。该小说获湖南省首届文化创新奖。《三湘都市报》报道"《大清相国》获时任国务院副总理王岐山同志的推荐"。

2008年,46岁

3月,入选第二批湖南省宣传文化系统"五个一批"人才。

这年，在《芙蓉》发表散文《康熙亦有真性情（外三则）》（第 1 期）、《融入大地》（第 2 期）、《瞎想与胡说（外二篇）》（第 3 期）、《那些砍了头的树》（第 4 期）、《甲申事》（第 5 期）、《君子与圣训（外二篇）》（第 6 期）。在《时代邮刊》发表散文：《敢问您是第几房宠妾》（第 1 期）、《四十犹惑》（第 3 期）、《谁的屁股不敢说》（第 4 期）、《读书人的命》（第 6 期）、《人会进化成蟑螂》（第 8 期）。

年内，散文集《胡思乱想的日子》由中国海关出版社出版。

2009 年，47 岁

5 月，担任湖南省作家协会创研室主任。

7 月，长篇小说《苍黄》完稿于长沙。

9 月 8 日，向太原市中级人民法院起诉《法制博览》杂志社的侵权行为：《法制博览》未经允许私自刊登王跃文的多篇作品。20 日，赴山东德州参加"山东省第二届图书交易博览会暨首届鲁冀图书展订会"活动。当月有访谈《当代官场小说依旧没有经典》（《德州晚报》9 月 21 日第 8 版）。

10 月，赴台湾参加海峡两岸图书交易会，并在高雄举行读者见面会。

这年，发表散文《旅客的脸色》（《文摘报》3 月 1 日第 5 版）、《精舍之类》（《新快报》4 月 21 日副刊）、《老姨妈的自豪》（《今晚报》6 月 2 日副刊）、《别提你老公》（《三湘都市报》9 月 24 日副刊）、《头发的是非》（《潇湘晨报》9 月 25 日第 A26 版）、《鹤龙湖读莲》（《三湘都市报》10 月 30 日副刊）、《到怀化去》（《湖南日报》11 月 5 日第 7 版）以及杂文《山寨与骗术》（《三湘都市报》11 月 19 日副刊）、

《老爷去庙里喝茶》(《三湘都市报》12月24日副刊)、《向善的文学》(《芙蓉》第2期)、《杂书谈》(《芙蓉》第3期)、《风水轮流转》(《芙蓉》第6期)等。另有评论文章《一部好看的小说——读万茵长篇小说〈独家新闻〉》(《中国青年报》4月23日专版)、《颂诗以知人,读书而鉴史——读〈当代湖南作家评传丛书〉》(《湖南日报》5月19日副刊)。

年内,长篇小说《大清相国》由台湾高宝书版集团出版、《苍黄》由江苏人民出版社出版,《王跃文作品精选》由长江文艺出版社出版,中短篇小说集《蜗牛》以及《平常日子》由群言出版社出版。

2010年,48岁

10月22日至27日,参加中国作家代表团,赴土耳其执行文化交流任务。

12月,王跃文被评选为"湖南省2010年度十大文化人物"。

这年,发表散文《清韵澳门》(《湖南日报》1月8日第6版)、《演百姓》(《今晚报》1月9日第13版)、《茶陵是茶叶最古老的故乡》(《湖南日报》3月18日第10版)、《我的大哥王跃和》(《三湘都市报》12月31日副刊)、《养生与打铁》(《新华日报》6月11日第B07版)、《官员与富豪的故事》(《新快报》8月11日第B15版)、《痛下决心不再作序》(《新华日报》10月21日第B07版)、《你想牛一把吗》(《时代邮刊》第9期)、《从传闻到传闻》(《时代邮刊》第10期)等,发表艺评《刘应雄水墨山水画记》(《三湘都市报》1月25日第A20版)。

年内，长篇小说《亡魂鸟》《大清相国》《西州月》由新世界出版社再版，《国画》《梅次故事》由百花洲文艺出版社再版。

2011年，49岁

6月，湖南省作家协会第七次代表大会选举王跃文同志担任湖南省作家协会副主席。

这年，发表散文《紫笋红姜煮鲫鱼》(《科教新报》1月12日第B4版)、《溆浦过年》(《科教新报》2月16日第B4版)、《杂文是成年人的苦药》(《今晚报》2月19日第13版)、《小人物的忏悔录》(《京华时报》4月1日副刊)、《大煞风景事》(《科教新报》5月11日第B4版)、《李道长仍需努力》(《科教新报》6月15日第B4版)、《一个酒鬼的自白》(《人民文学》第1期)、《起名》(《新华日报》8月26日第B07版)、《宁乡猪儿》(《湖南工人报》10月21日第6版)、《赵岳牡丹》(《文艺生活·艺术中国》第12期)，另有创作谈《二十年小说创作之检讨》(《理论与创作》第2期)，文论《长篇政治抒情史诗〈东方的太阳〉诗美追求和诗美贡献》(《理论与创作》第4期)。

年内，杂文集《拍手笑沙鸥》由江苏文艺出版社出版，《我们把肉体放在何处》由湖南人民出版社出版。

2012年，50岁

2月，重新修订长篇小说《国画》《苍黄》，短篇小说集《漫水》，杂文集《幽默的代价》。

这年，发表中篇小说《漫水》（《湖南文学》第1期，该小说后获第六届鲁迅文学奖）、创作谈《重申文学的真善美》（《创作与评论》

第5期)、评论《笨狼妈妈——汤素兰印象》(《文艺报》6月6日第5版)。发表散文《读史随笔七则》(《大家》第1期)、《蛤蟆潭,沈家门》(《人民文学》第4期)、《长沙有北山》(《教师报》3月14日B2版)、《沉醉乡村的理由》(《渤海早报》5月2日副刊)、《下灌观棋》(《湖南日报》7月5日副刊)。在《时代邮刊》发表散文《有人官当大了以为什么都懂》(第1期)、《醒着不由人,梦里也不由人》(第3期)、《人一阔,脸就变》(第5期)、《官场上的小媳妇》(第7期)、《世界越来越热闹,人们越来越孤独》(第8期)、《中国的官场最像官场》(第9期)、《有人说我眼睛很毒》(第10期)、《我小时候不敢顽皮》(第11期)、《孤独不是作家的专利》(第12期)。

年内,"王跃文作品系列"(包括长篇小说《国画》《亡魂鸟》《苍黄》《大清相国》《爱历元年》《朝夕之间》,中短篇小说集《漫水》《无雪之冬》,杂文随笔集《幽默的代价》)由湖南文艺出版社出版。

2013年,51岁

4月28日,赴母校怀化学院参加"王跃文研究所授牌仪式暨王跃文小说《漫水》学术研讨会"。

7月16日至23日,参加中国作家代表团,赴俄罗斯执行文化交流任务。

10月27日,赴京参加中国作协创作研究部、中国作协小说委员会、湖南省作家协会和湖南文艺出版社共同主办的"《漫水》及王跃文作品研讨会"。

12月,重新修订长篇历史小说《大清相国》。

这年,发表散文《我待在官场也不会发达》(《时代邮刊》第1期)、

《城里的茶花不能成精》（《时代邮刊》第2期）、《也许男人变好了，世界就太平了》（《时代邮刊》第3期）、《所谓德政》（《时代邮刊》第4期）、《板桥·扬州》（《人民文学》第10期），另有评论《文学与世相》（《新文学评论》第2期）、《张战及其〈黑色糖果屋〉》（《南方文坛》第4期）、《拆碎糖果屋：张战其人其诗》（《诗刊》第19期）。

年内，长篇随笔《我不懂味》由金城出版社再版发行。

2014年，52岁

5月，长篇小说《爱历元年》完稿于长沙。

6月12日，赴太原科技大学参加"畅谈历史小说《大清相国》与名相陈廷敬"文学讲座。本月，王跃文被推荐为享受国务院政府特殊津贴专业技术人员。

7月25日，赴深圳信息职业技术学院参加访谈活动。

9月10日，山西晋城市召开反腐倡廉"警示教育月"动员大会，王跃文应邀为与会者做"从《大清相国》看陈廷敬的功业成就之路"专题讲座。11日，赴"阳城大讲堂"专题演讲，被阳城县政府授予"阳城荣誉市民"称号。

10月28日，参加中南大学文学院举办的《爱历元年》研讨会。

这年，在《时代邮刊》发表散文《"老爷"都有坏脾气》（第1期）、《曹雪芹爷爷的奏折》（第7期）、《不要这些帽子》（第8期）、《除了〈国画〉，我还有〈漫水〉》（第9期）、《我想写部更好的小说》（第10期）、《我那柔弱而坚韧的乡村》（第11期）、《中国作家多为寒士》（第12期）。另有散文《溆浦年俗》（《三联生活周刊》年货专刊）。

年内,思想随笔集《读书太少》由广东人民出版社出版,长篇小说《爱历元年》(该小说曾被评选为第六届"中国图书势力榜"年度十大好书之一,后获"花地文学榜"年度长篇小说金奖)由湖南文艺出版社出版。

2015年,53岁

1月8日,赴京参加中国作协创作研究部、中国作协小说委员会、湖南省作家协会和湖南文艺出版社共同主办的"王跃文长篇小说《爱历元年》研讨会"。

4月,应台湾夏潮基金会邀请,率湖南作家采风团赴台湾采风。

5月29日,参加"清华大学第89期文新论坛"活动,并做"王跃文先生解读《大清相国》"专场讲座。

6月29日至7月9日,随湖南自驾游协会从韶山出发,赴俄罗斯乌里扬诺夫斯克采风。

7月11日,赴武汉参加"名家论坛"讲座。15日至21日,赴香港参加第26届香港书展,其间发表主题演讲《〈从大清相国〉说古道今》。

这年,发表最新中篇小说《蕨草青青》[《时代文学(上半月)》第11期]、创作谈《向着人民的文学》(《湖南日报》10月16日第14版)、《慢工出细活》(《芳草》第11期)。在《时代邮刊》发表散文:《我爱东坡性情》(第2期)、《太平街寻隐》(第3期)、《雍正十三年》(第7期)、《我有很多毛病,比如缺乏勇气》(第9期)、《遥想当年高峒元》(第10期)、《我的孤独由来已久》(第11期)、《这个冬天遇到的好玩的事》(第12期)。

2016年,54岁

4月12日，湖南省作家协会第七届理事会第六次全体会议选举王跃文同志担任湖南省作协主席。

6月24日，根据长篇历史小说《大清相国》改编的同名话剧在上海话剧中心首演。

10月15日至22日，参加中国作家代表团，赴摩洛哥、阿尔及利亚执行文化交流任务。

12月2日，在中国作家协会第九届全国委员第一次全体会议上当选为中国作协主席团委员。

这年，在《时代邮刊》发表散文：《我家乡的花都是狐仙》（第3期）、《一条教人无奈的历史逻辑》（第4期）、《贴在我身上的狗皮膏药》（第5期）、《贾府失盗以后》（第6期）、《我的文青时代》（第7期）、《几件好玩的煞风景事》（第9期）、《过江龙和强盗草》（第11期）、《仁者·君子·凡人》（第12期）。另有访谈《王跃文：什么是好小说》（与徐芳）（《解放日报》3月31日第9版）、《王跃文新身份：是生活选择了我》（与赵颖慧）（《潇湘晨报》4月17日第6版）。

年内，线装本《大清相国》由长沙岳麓书社出版，日文版《大清相国》（泉京鹿与斋藤惠美译）由日本媒体综合研究所株式会社出版。

2017年，55岁

3月25日，参加湖南图书城举办的"王跃文作品交流会暨签售会"活动。

4月21日，参加湖南省委宣传部、省社科联、省妇联共同主办的"湖湘大学堂·女性讲坛"活动。

5月12日，赴母校怀化学院参加"二酉讲坛"开坛仪式暨首场专家讲座活动。

8月11日，携新作《王跃文文学回忆录》在"南国书香节"与广州读者举行见面会。

9月5日，据其小说改编的同名话剧《大清相国》走进中央党校，在中央党校礼堂上演。

10月25日至11月2日，担任中国作家代表团团长，赴秘鲁、智利执行文化交流任务。

这年，在《时代邮刊》发表散文《有理想的文学，才是好文学》（第1期）、《官员应有的品格》（第2期）、《旁观者言(1—3)》（第3期）、《旁观者言(4—6)》（第4期）、《旁观者言(7—9)》（第5期）、《旁观者言(10—12)》（第6期）、《旁观者言(13—15)》（第7期）、《由网络文学想到萨福》（第8期）、《我没有理由埋怨父母》（第9期）、《谁的人格都有多面性》（第10期）、《我是个乡下人》（第11期）。

年内，《王跃文文学回忆录》由广东人民出版社出版，散文集《无违》由百花洲文艺出版社出版，中短篇小说《漫水》单行本由作家出版社再版。

2018年，56岁

1月，担任湖南省政协文教卫体和文史委员会副主任。

3月15日，腾讯视频播放的电视剧《警犬来啦》（第48集）中擅自使用王跃文照片当作指认犯罪嫌疑人的道具，严重侵害了王跃文的肖像权及名誉权。5月11日，王跃文将电视剧的出品方、播放方等6名被告起诉至长沙市芙蓉区人民法院。

6月8日至13日，参加《解放军文艺》与国防科技大学政治工作处共同举办的"诗颂强军新时代"全军诗歌笔会活动,会上做了《向解放军致敬》的发言,该发言文稿后刊发在当年《解放军文艺》(第8期)上。

8月5日,携妻子张战参加长沙乐之书店举办的"名家读书分享会"活动。

9月1日,赴常德参加"向上向美的文学"讲座。

11月18日,赴乐之书店参加"王跃文系列作品2018新版"读者见面会。

这年,发表杂文《福州杂谈》(《长沙晚报》1月7日第A06版)、访谈《秉承史笔,表现四十年中国社会状态》(与龚旭东)(《芙蓉》杂志11月20日微信公众号)。在《时代邮刊》发表散文《谁敢跟上级开玩笑》(第1期)、《甘愿在寂寞孤独中前行》(第2期)、《饥饿留给我的印象》(第5期)、《话说"无违"》(第6期)、《横岭侗寨》(第11期)。

年内,"王跃文作品系列"(包括长篇小说《国画》《梅次故事》《苍黄》《大清相国》《朝夕之间》《亡魂鸟》《爱历元年》中短篇小说集《漫水》《无雪之冬》,随笔集《幽默的代价》)由湖南文艺出版社再次结集出版。

2019年,57岁

4月20日,参加"书写新时代——中南传媒原创精品新书发布会"并作为中南传媒原创作家代表发言。

6月29日,参加湖南师范大学中国当代写作研究中心暨"走向辉煌——新中国文学70年"研讨会。

7月16日,赴京参加"纪念中国文联、中国作协成立70周年"座谈会。会议发言稿《结缘文学三十年》刊发在《文艺报》(7月17日第6版)上。24日,参加"湖南省作家协会教师作家分会"成立大会并当选为该分会的名誉主席。

10月17日,赴大连大学讲学。

12月16日,参加湖南省作家协会主办的第23期"文学名家讲堂"活动。

这年,发表散文《探寻人性的幽微与纷繁》(《长沙晚报》2月28日A12版)、《漫水村的好日子》(《人民日报》5月20日第20版)、《小樵夫的梦(外一篇)》(《湖南文学》第9期)。在《时代邮刊》发表散文:《我的早读时间》(第1期)、《茶道的真谛》(第2期)、《麓山的暮色之美》(第3期)、《我梦中的溆水》(第8期)、《月亮从哪边升起》(第10期)。另有访谈《生活不是演戏》(与杨晓澜)(《芙蓉》杂志3月20日微信公众号)。

年内,小说集《漫水》(索尔·汤普森译)由英国欧罗拉出版有限责任公司出版。

2020年,58岁

年初,发表评论《〈论语〉美文采》(《新湘评论》第3期)、抗疫诗歌《假如我还能活下去》(《中国作家》第3期)。

3月,长篇历史小说《大清相国(王跃文讲解版)》由岳麓书社出版。

4月19日,通过线上平台与读者直播互动。

5月12日,应津市政法委之邀赴津市开展讲座。